Erin Lawless est une femme comblée, entourée d'amis extraordinaires et d'un mari qui lui achète des livres plutôt que des fleurs. En quelques mots, elle écrit des histoires où les héros rencontrent des obstacles, mais parviennent toujours à les surmonter. Et lorsqu'elle n'est pas occupée à l'écriture d'un nouveau roman, elle lit absolument tout ce qui lui passe sous la main et passe beaucoup (trop) de temps en pyjama. Elle tient aussi un blog sérieux – mais non dénué d'humour – sur l'histoire de la Grande-Bretagne.

LONDRES
avec toi

ERIN LAWLESS

L●NDRES
avec toi

ROMAN

Traduction de l'anglais (Etats-Unis) par
EMILIE TERRAO

Titre original :
SOMEWHERE ONLY WE KNOW

Publié avec l'aimable autorisation de HarperCollins Publishers, Limited, UK.

HARPERCOLLINS FRANCE
83-85, boulevard Vincent-Auriol, 75646 PARIS CEDEX 13.
www.harlequin.fr

ISBN 978-2-2803-5119-5 — ISSN 2271-0256

Les êtres humains sont comme des villes :
Ils cachent tous en eux de petites ruelles menant à des jardins secrets sur les toits et à des endroits où les pâquerettes fleurissent du béton fissuré, mais, la plupart du temps, ils n'offrent à la vue des autres qu'un aperçu de ciel bleu ou un banal boulevard. L'amour permet de découvrir ces lieux mystérieux chez l'autre, y compris ceux dont l'autre ignore lui-même l'existence, y compris ceux qu'il n'aurait pas trouvé beaux lui-même.

HILARY T. SMITH

Chapitre 1

Alex

Donnelly s'était vraiment laissé aller. Son ventre débordait sur la table de la salle de réunion, tendant sa chemise à tel point que les boutons menaçaient de sauter à tout moment. Il ne lui restait plus qu'à se gratter la bedaine avec un gros chat dans les bras pour incarner à la perfection le méchant des films de James Bond.

Le stagiaire fraîchement diplômé assis à la gauche d'Alex prenait des notes avec ferveur. Au bout de six mois, Alex, lui, avait renoncé à apporter son bloc-notes pour ce genre de réunions. Il tendit le cou vers son voisin pour voir ce que la brioche de Donnelly lui avait fait rater. *Veiller aux détails*, avait noté le petit nouveau. *Poser les bonnes questions. Optimiser ses journées,* avait-il souligné plusieurs fois. Ce qui n'optimisait pas sa journée, songea Alex, c'était ce *brief* inutile un vendredi après-midi.

Après leur avoir servi encore quelques mantras qu'il voulait motivants, Donnelly les renvoya à leur bureau pour les vingt dernières minutes de travail de la semaine. Alex agita sa souris pour réveiller son PC et réprima aussitôt un sourire déplacé en voyant qu'il avait reçu un e-mail de Lila.

Deux lignes à peine pour lui demander s'il était partant pour des spaghettis bolognaise ce soir ou s'il avait d'autres plans. Comme s'il allait dire non ! Lila était, sans exagérer, le seul rayon de soleil de sa semaine. La simple idée de manger un plat qu'elle avait préparé, assis près d'elle en silence tandis qu'ils regardaient un DVD, suffisait à illuminer sa journée. Décidément, l'amour donnait un côté magique aux choses les plus banales de la vie.

Aussitôt, et comme toujours, l'image de son colocataire Rory apparut dans l'esprit d'Alex, entamant largement son enthousiasme. Il soupira.

Eh, Lils, ça me branche carrément ! Merci ! Vous avez prévu quelque chose ce week-end, Rory et toi ?

Nadia

Les sirènes des flics étaient pour elle, Nadia en était presque sûre. Comment se détendre dans ces conditions ?

Elle se servit une autre tasse de thé, dont elle renversa la moitié dans l'évier tant elle tremblait. Elle tenta de se distraire en surfant un peu sur Facebook, mais, étrangement, la vie des autres ne lui semblait pas aussi fascinante que d'habitude. Inutile de compter sur la télévision : les programmes de l'après-midi lui donnaient envie de s'arracher les yeux. Alors, elle se résolut à s'asseoir et à regarder passer les heures en se rongeant les sangs.

Quand Holly rentra finalement du travail, Nadia avait recouvré ses esprits et attendait depuis déjà vingt minutes dans le couloir.

— J'ai changé d'avis, lâcha-t-elle sans préambule avant même que son amie n'ait refermé la porte de leur appartement.

Holly haussa les sourcils en retirant ses chaussures.

— Il est un peu tard pour ça, ma biche, la lettre est postée.

— Je sais, je sais, mais peut-être qu'on pourrait appeler la poste ou le centre de tri pour leur demander de… la mettre de côté ? insista-t-elle, pleine d'espoir.

Holly prit un air encore plus incrédule.

— La mettre de côté ?

— Ouais, la sortir du circuit et… la retourner à l'envoyeur, expliqua Nadia d'un geste vague.

— J'ai bien peur que ça ne marche pas comme ça, répliqua Holly en passant devant elle pour se diriger vers sa chambre. Ne t'inquiète pas, tout ira bien.

— Mais… j'ai menti sur un document officiel, gémit Nadia. Je pourrais avoir de sérieux problèmes. La situation est déjà assez compliquée comme ça. Je ne sais pas à quoi je pensais.

— Du calme, dit Holly tandis qu'elle s'efforçait de dompter ses cheveux permanentés pour les rassembler en une queue-de-cheval.

A en croire son visage écarlate, elle avait enduré un trajet suffocant dans un métro bondé pour rentrer.

— Les gens font de fausses déclarations en permanence. Et puis, tu n'as pas vraiment menti, en fait.

— Ah non ? Comment tu appelles ça, alors ?

Holly réfléchit un instant avant de répondre.

— Tu as simplement été un peu devin, conclut-elle en récupérant un tas de vêtements dans sa corbeille de linge sale avant de passer de nouveau devant Nadia pour regagner le couloir.

Nadia la suivit dans la cuisine.

— Devin ? répéta-t-elle. En quoi ? Et arrête avec ça, je sais très bien que tu ne fais ta lessive que quand tu veux éviter une conversation.

Holly afficha une expression coupable tout en déposant son chargement dans le tambour de la machine à laver.

— Sérieux, Hols, je flippe grave.

— Il n'y a pas de raison de flipper ! s'exclama Holly en se redressant et en claquant le hublot. Ce n'est pas comme si tu leur avais dit que tu étais mariée depuis dix ans et que tu attendais ton sixième enfant. Là, ç'aurait été un mensonge.

— Alors, prétendre que j'ai un petit ami, c'est juste... faire preuve de divination ? demanda Nadia d'un ton sceptique.

— Ouais, c'est de l'anticipation. Tu as simplement extrapolé un peu.

— Beaucoup, tu veux dire.

— Ecoute, on est vendredi soir. Si tu tiens tellement à te trouver un mec, allons sur High Street. Tu n'auras qu'à jeter ton dévolu sur l'un de ces crétins qui remontent le col de leur polo de rugby et essayer d'en faire un type acceptable.

Nadia soupira.

— J'ai ajouté quelques séries qui devraient te plaire à la playlist Netflix. On pourrait en visionner une.

Holly lui décocha un regard réprobateur.

— Je pensais plutôt à un truc qui mettrait un terme à cette nouvelle idylle entre tes fesses et notre canapé. Allez, on sort !

— Hols, tu sais que je n'ai pas une tune ! se plaignit Nadia en se laissant tomber de façon théâtrale sur ledit canapé.

Neuf mois plus tôt, elle s'était fait retirer son permis de travail et son passeport. Depuis, elle vivotait grâce à ses maigres économies, son autorisation de découvert et la générosité déclinante de ses parents.

— Cela dit, reprit-elle, je ne suis pas contre une bonne bouteille de vin de chez Budgens. Je crois qu'il me reste un peu de monnaie quelque part.

Holly pencha la tête sur le côté et examina Nadia en feignant la pitié.

— Oh ! arrête, tu me fends le cœur, dit-elle avec sarcasme. Allez, remue-toi ! J'ai été cloîtrée au bureau toute la semaine, j'ai vraiment besoin d'un verre.

Nadia rit, se laissant finalement convaincre sans trop de résistance.

— OK, je te suis. Mais je compte quand même acheter cette bouteille avec mes précieuses économies. On la boira en se préparant.

— Génial ! Après, je passe au mojito. Je tuerais pour un mojito. Ça doit être le soleil.

— D'accord, mais je te préviens, pas question que tu me traînes dans le bouge de la dernière fois à 4 heures du mat pour t'enfiler des doubles cocktails. Tu te souviens que j'ai dû jeter mon débardeur après cette soirée ? J'adorais ce haut.

— Je ne te promets rien, répondit Holly en riant. A 4 heures du matin, je ne me contrôle plus.

— Après tout, j'imagine qu'il serait malvenu de bouleverser les coutumes, d'autant plus que j'ai le souci permanent de respecter les traditions historiques et culturelles, récita Nadia en reprenant les mots de sa demande de visa.

C'était Holly elle-même qui avait trouvé cette formule merdique.

— Je suis d'accord. Une soirée sans excès à Clapham High Street ne serait pas une vraie soirée. Bon, dis-moi, tu crois que je serais trop sexy dans mon jean moulant ?

L'armoire Ikea grinça quand Holly ouvrit l'un des tiroirs.

C'était peut-être l'une des dernières fois qu'elle passerait la nuit à boire des mojitos avec Holly, songea Nadia.

Alex

Alex n'avait jamais eu de plan de carrière. Il avait obtenu la moyenne dans la plupart des matières au bac, ce qui présentait l'inconvénient de lui ouvrir un trop large champ de possibilités. Toutefois, lors du premier forum des métiers auquel il s'était rendu, il avait aussitôt été attiré par le stand de recrutement du ministère de l'Intérieur, sous un gigantesque drapeau du Royaume-Uni. Séduit par l'idée de siroter des vodkas Martini — mélangé au shaker, pas à la cuiller évidemment — et par le fantasme de poursuivre des méchants sur les toits d'un bazar oriental, Alex avait tout de suite signé pour leur formation diplômante accélérée. Inévitablement, le poste s'était révélé être un job de bureau quelconque et, avec les crises à répétition, l'un de ceux qui n'offraient aucune perspective d'évolution, pas plus que des primes ou des avantages. Chaque année, les agents s'entendaient rappeler que leurs salaires modestes se trouvaient largement compensés par l'intense satisfaction d'œuvrer pour le bien de leur pays, ce qui, dans le cas d'Alex, semblait surtout consister à en interdire l'accès aux étrangers.

Chaque lundi matin apportait son lot de candidatures. La

plupart correspondaient à des demandes classiques de citoyens européens qui souhaitaient obtenir un visa pour leurs études et, parfois, pour raison familiale. A ce stade, le travail d'Alex se bornait à les parcourir et à s'assurer que les candidats étaient restés dans le cadre — au sens littéral comme au sens figuré — avant de transmettre les dossiers qu'il jugeait complets à son supérieur.

Les courriers se répétaient tous. Entre les faux élans patriotiques, les traductions hasardeuses de Google et les expériences professionnelles qui se limitaient à des stages inutiles datant de plusieurs années, c'était à pleurer.

L'autre jour, Nadia et moi avons regardé University Challenge. Les questions portaient sur la politique, et Nadia a trouvé toutes les bonnes réponses à l'exception d'une seule. Combien de citoyens britanniques connaissent-ils aussi bien leur pays, d'après vous ?

Alex se frotta les yeux et relut la phrase d'introduction de la lettre qu'il venait de piocher. Il sentit un sourire se dessiner sur ses lèvres. *Pas faux,* admit-il avant de parcourir la suite du texte remarquablement expansif, en s'intéressant en particulier aux formules affectueuses qui ressortaient des longs paragraphes décousus.

Nadia connaît et exécute parfaitement la chorégraphie de Tragedy *et de 5, 6, 7, 8, mais sa Macarena n'est pas encore au top...*

Elle a couru un semi-marathon avec moi vêtue d'un soutien-gorge rose fluo, afin de récolter des fonds pour la lutte contre le cancer du sein après que ma tante en est morte...

Je suis intimement convaincue que si le prince Harry rencontrait Nadia, il voudrait l'épouser. Comment pourriez-vous refuser à la potentielle future princesse de cette grande nation le droit d'y résider ?

Si vous expulsez Nadia du pays, vous mettriez fin à l'équipe la plus mythique des quizz-bars de la capitale. Nous remportons celui du Bellevue presque chaque semaine et nous aurions beaucoup de mal à trouver un remplaçant doté des connaissances exceptionnelles de Nadia…

Alex souriait franchement à présent. Ce truc était dingue.

La conclusion était soignée et maîtrisée, en total décalage avec l'exubérance de l'ensemble, comme si son auteure s'était brusquement souvenue qu'elle rédigeait un courrier formel à l'administration.

Vous obtiendrez toutes les informations dont vous aurez besoin sur Nadezhda Osipova dans les formulaires et documents ci-joint. J'ai pour ma part voulu vous présenter Nadia — la fille la plus gentille que j'ai jamais rencontrée. J'ose espérer que cette lettre un brin impertinente — mais sincère ! — est parvenue à vous convaincre que vous devez accorder à Nadia le droit de rester au Royaume-Uni, où elle a construit une vie riche au cours des dernières années. La perdre serait comme de perdre un membre de ma famille. Par conséquent, merci de bien vouloir offrir à Nadia un titre de séjour permanent.

Alex s'attarda sur la dernière phrase. Son amusement cédait la place à la contrariété. Ce n'était pas si facile, surtout pour les ressortissants russes. Il revint à la première page du formulaire et s'intéressa de plus près aux informations personnelles de la candidate. Nadezhda Osipova, vingt-six ans, vivait au Royaume-Uni depuis ses onze ans, quand elle avait intégré un prestigieux pensionnat de la périphérie de Londres. Après avoir obtenu son diplôme, elle était restée sur le sol britannique en cumulant les visas temporaires, une époque désormais révolue.

Le passé migratoire de Nadezhda « Nadia » Osipova était un véritable casse-tête. Chaque année, lorsque son école fermait pour les congés estivaux, elle retournait chez ses parents en Russie. Pendant ses études, elle avait passé son temps à voyager : à la plage avec ses amis en été, à la montagne pour skier au printemps et en Russie dans sa famille chaque Noël. Que croyait donc l'avocat de cette fille ? Elle n'obtiendrait jamais un titre de séjour permanent avec toutes ces absences aléatoires et prolongées.

Légèrement abattu, il examina les autres courriers de soutien de Nadezhda, qui visaient tous le même objectif. Puis il reprit le premier et l'étudia de nouveau. C'était sans doute la lettre la plus stupide qu'il ait jamais lue au cours de ses années de service au ministère, ce qui lui donnait un côté fascinant. Il devait reconnaître qu'elle avait atteint son but, puisque, derrière ce formulaire, il voyait davantage Nadia, la coureuse au grand cœur, la championne de quizz, la danseuse de chorés ringardes, que Nadezhda, l'étrangère qui, il en était certain, ne serait jamais retenue par sa direction.

Pour cette raison, et bien qu'il sache que sa demande serait probablement rejetée, Alex décida de faire passer le dossier à son supérieur en souhaitant bonne chance à Nadezhda Osipova.

Nadia

Dix semaines après que son visa lui avait été retiré, Nadia avait lu tous les livres qui se trouvaient dans l'appartement et s'était déjà livrée à deux sessions de ménage de printemps. Ledge lui avait gentiment donné ses identifiants Netflix, et elle cumulait des centaines d'heures passées devant des films américains aux scénarios douteux. Elle errait le long de High Street, faisant du lèche-vitrines et louchant sur des objets qu'elle ne pouvait même pas se permettre d'acheter avant d'avoir perdu son salaire. Bref, elle s'ennuyait à mourir.

Le poste de bénévole chez Oxfam trois jours par semaine lui était donc apparu comme une bénédiction. Ce job n'allait pas à l'encontre de son statut, puisqu'il n'était pas rémunéré, et il l'occupait et la distrayait, en particulier lorsque son désœuvrement tournait à l'obsession. Malheureusement, ces derniers temps, il était rare que l'on frappe à la porte de la boutique pour donner ou pour acheter. Nadia passait donc la majeure partie de ses journées dans la réserve humide à réorganiser inutilement le stock moisi, ou encore perchée sur un tabouret bancal derrière la vieille caisse à parcourir un bouquin récupéré sur l'une des étagères.

Le mardi, cependant, Caro n'avait pas cours et venait discuter avec elle une heure ou deux. Son amie admettait joyeusement qu'elle n'avait jamais imaginé mettre un jour les pieds dans une boutique de fripes jusque-là.

— C'est mignon, déclara-t-elle en brandissant un sweat molletonné rose sur lequel figurait un chaton blanc.

Nadia leva les yeux des formulaires de dons qu'elle était en train de préremplir avec optimisme.

— Alors, achète-le, suggéra-t-elle. Après tout, il ne coûte que quatre livres.

— Oh ! non, répondit Caro avec un petit rire.

Elle replaça le cintre sur la tringle et poursuivit son exploration du méli-mélo de vêtements de ses doigts manucurés.

Il était difficile de lui en vouloir. La famille de Caro donnait sans doute plus aux œuvres de charité chaque année que ne rapportait cette minuscule boutique cachée dans une ruelle isolée de Londres.

Caro était riche, le genre de fortune associée à un nom à particule. L'affaire familiale n'avait rien de glamour, mais elle était terriblement lucrative, ce qui permettait à Caro et à son frère de ne rien faire officiellement. Le frère avait disparu avec un sac à dos et une carte de crédit dès l'obtention incontournable de son diplôme universitaire. Caro, elle, était plus casanière et avait donc décidé de rester étudiante à vie. Elle était actuellement à mi-parcours de son deuxième master et commençait à réfléchir sérieusement à laquelle de ses nombreuses qualifications elle pousserait jusqu'au doctorat, juste pour le *fun*. Étant donné que cette question constituait probablement le plus grand souci de Caro, il était heureux qu'elle soit sincèrement gentille et une amie merveilleuse, autrement Nadia l'aurait depuis longtemps étranglée avec l'une des écharpes en tricot d'occasion de la boutique.

— J'imagine que tu n'as pas encore reçu la réponse, déclara Caro en détournant son attention des pulls pour se concentrer sur les chemisiers.

— Du ministère ? Non. J'en saurai sûrement plus à la fin de la semaine.

— Tu gardes espoir ?

— Bien sûr, mentit Nadia.

Elle n'était pas exactement optimiste, mais il était important de prétendre le contraire devant les autres. Son assurance facilitait les choses pour eux, en particulier Caro, qui ne digérait toujours pas le fait d'avoir vu sa générosité refusée par Nadia. Elle avait insisté pour utiliser la carte de crédit de son père, afin d'engager un avocat digne de ce nom pour son amie, mais cette dernière avait décliné avec la même obstination, lui assurant qu'elle et sa famille pouvaient assumer cette dépense. Un mensonge de plus. Pour préparer sa défense, Nadia s'était limitée à une recherche sur Google en quête de blogs sur les lois en termes d'immigration.

— Bien, rétorqua Caro avec un sourire, moi aussi.

Elle décrocha un chemisier écossais.

— J'ai vu une petite robe super sexy exactement pareille chez Bottega Veneta le mois dernier, dit-elle en riant, et elle coûtait 845 livres.

Nadia leva les yeux au ciel.

— Alors, achète-le !

Caro s'esclaffa de nouveau, comme si Nadia venait de prononcer la blague la plus drôle qu'elle ait jamais entendue, et poursuivit son inspection blasée.

Alex

Les cuisses de Lila étaient moites. Alex le savait, parce qu'elle ne cessait de le mentionner, comme s'il était absolument normal de parler de sa peau nue en se pressant contre lui toutes les trente secondes tandis qu'ils cuisinaient ensemble dans la cuisine exiguë.

Son gratin de pâtes finalement enfourné, elle s'installa sur l'une des deux chaises pliantes et croisa ses jambes (moites, apparemment).

— C'est un peu bizarre de se balader sans collant au travail et dans le métro, confessa-t-elle en attrapant son verre d'eau, mais même ceux couleur chair sont insupportables avec cette chaleur, tu comprends ?

Alex ricana.

— Imagine si tu devais porter un costume et une cravate au bureau et dans le métro ! ironisa-t-il. Désolé, mais tu n'auras pas ma pitié, Lils.

Lila balaya sa remarque d'un geste de la main.

— Vos pantalons ne sont pas moulants, objecta-t-elle. Ce n'est pas la même chose. Et tu pourrais acheter un bermuda.

Alex lui décocha un regard amusé.

— Lils, tu as déjà vu un homme porter un bermuda ? demanda-t-il.

— Oui !

— Dans le métro, je veux dire, pas dans un magazine.

— OK, jamais, admit-elle en riant.

— C'est un mythe. Les hommes savent que s'ils mettent ce genre de trucs, les autres auront simplement l'impression qu'ils ont oublié un bout de leur costume chez eux.

— Tu affirmais que les hommes qui portaient des Uggs étaient un mythe, protesta Lila, et puis David Beckham l'a fait.

— David Beckham est une célébrité, pas un homme ! répondit aussitôt Alex en reportant brièvement son attention sur sa casserole frémissante.

— C'est pourtant bien un homme, plaisanta-t-elle, et quel homme !

Ils pivotèrent en direction de l'entrée lorsqu'ils entendirent un bruit de clé dans la serrure. Lila bondit avec impatience et se précipita dans le couloir pour accueillir Rory qui rentrait du travail. Les vêtements froissés, la peau luisante de sueur, il avait retiré sa cravate et ouvert trois boutons de sa chemise.

— Il fait une chaleur de dingue dehors, lança-t-il comme s'ils n'en avaient pas déjà conscience.

— Le trajet en métro a dû être un cauchemar, commenta Lila avec compassion en se hissant sur la pointe des pieds pour déposer un baiser sur ses lèvres.

— Central Line. La ligne la plus chaude du réseau !

— Je ne comprends pas qu'ils arrivent à installer la wifi souterraine et pas une foutue clim ! se plaignit Lila.

Alex était resté sur le seuil de la cuisine, gêné. Son impression de tenir la chandelle avait resurgi, lui donnant le sentiment d'être de trop. Il en avait déjà parlé à Lila, une nuit, après avoir bu trop de bières, et elle s'était contentée d'en rire, totalement indifférente. Elle ne comprenait jamais ses allusions de toute façon. « La cinquième roue du carrosse ? avait-elle répété. Ne sois pas bête. Et si nous étions un tricycle, toi, moi et Ror ? »

C'était simplement une façon de se montrer gentille avec lui, bien sûr, et cela ne changeait rien au fait qu'Alex était définitivement un triste monocycle, seul avec lui-même.

Tout aurait dû être différent. A l'origine, Lila était son amie, du moins elle l'avait été à l'université. Certes, ils s'étaient perdus de vue pendant deux ans, mais le destin avait fini par les réunir. Leur histoire incarnait la théorie selon laquelle on est à six poignées de main de n'importe qui. Lila partageait une maison avec une fille qui sortait avec un collègue de Rory. Si le type en question n'avait pas organisé une soirée chez lui à cette période exacte, dans une ville de huit millions d'habitants, Lila Palmer aurait pu demeurer un obscur contact Facebook pour Alex. Et Rory, son colocataire plus grand, plus ténébreux, plus riche et globalement plus séduisant que lui ne l'aurait jamais rencontrée. Mais leurs chemins s'étaient bien croisés et, quinze jours après, elle s'était installée d'un air penaud face à Alex à la table du petit déjeuner, vêtue du peignoir de Rory. Ils avaient discuté un peu maladroitement de ce que leur vie était devenue depuis qu'ils avaient obtenu leur diplôme. Et, six semaines plus tard, Alex devait douloureusement admettre qu'il était tombé amoureux d'elle.

Et aujourd'hui il restait planté là, bêtement, tandis que Lila suivait son petit ami dans sa chambre en bavardant sur un ton léger comme elle l'avait fait un peu plus tôt avec lui dans la cuisine. La porte fut refermée d'un coup de pied quelques secondes plus tard, comme si l'idée leur en était venue après coup. Alex se dit qu'il n'en apprendrait pas plus sur ce que pensait Lila de David Beckham, en tout cas pas ce soir.

Il se souvint soudain qu'il était en train de cuisiner et se précipita vers sa casserole pour découvrir que l'eau avait débordé et que ses légumes étaient desséchés. La plaque de cuisson sifflait bruyamment, comme si elle était aussi furieuse contre Alex qu'il l'était lui-même.

Nadia

Nadia rentra chez elle un peu plus tard qu'elle n'en avait l'habitude le jeudi. Elle s'était arrêtée au Tesco pour s'acheter un dîner bon marché (et probablement peu nutritif) consistant en un plat de nouilles déshydratées (saveur poulet selon l'emballage, mais bizarrement adapté aux végétariens). Holly était déjà là lorsqu'elle entra. Assise au bord du canapé, l'air gêné, les jambes serrées l'une contre l'autre, ses chaussures encore aux pieds, son amie lui lança un regard anxieux. Une enveloppe d'un blanc immaculé reposait sur la table basse devant elle.

— Elle est arrivée ? demanda Nadia d'une voix étrangement calme.

— Elle est arrivée, confirma Holly en pressant les mains sur ses genoux, comme si elle se retenait littéralement de bondir sur le courrier pour l'ouvrir.

— Hum…

Au lieu de se jeter sur le morceau de papier qui déciderait de son avenir, Nadia se rendit dans la cuisine et entreprit de ranger méthodiquement ses courses. Holly la rejoignit et prit appui contre l'encadrement de la porte.

— Alors, tu ne l'ouvres pas ? demanda-t-elle, incrédule.

— Dans une minute, répliqua Nadia.

— Comment peux-tu attendre ?

Nadia pivota vers son amie et posa les mains sur le plan de travail derrière elle.

— J'ai simplement besoin d'une minute, Hols, OK ?

— Mais…

— Cette lettre peut très bien m'annoncer que je dois faire mes valises et abandonner tout ce que je connais derrière moi.

Nadia avait essayé d'adopter un ton léger, mais avait échoué lamentablement.

— Laisse-moi juste quelques minutes d'insouciance supplémentaires, s'il te plaît.

— Oh ! ma chérie.

Holly traversa la cuisine et prit Nadia dans ses bras.

— Tu n'as quand même pas envisagé ça, si ? Ils ne peuvent pas t'expulser. Tu vis en Angleterre depuis que tu es toute petite. Tu as payé des impôts ici. Tu parles probablement mieux anglais que moi… et assurément mieux que Ledge !

Nadia lui adressa un faible sourire.

— Tout va bien se passer, promit Holly. Allez, ouvrons cette lettre.

Nadia peina à décoller le rabat de l'enveloppe tant ses mains étaient moites. Elle en renversa le contenu sur ses genoux. Un petit livret plastifié en tomba en premier : sur la couverture, un groupe multiethnique composé d'inconnus qui lui souriaient sous leurs turbans sombres et leurs voiles aux couleurs vives. Il fut suivi d'une unique feuille de papier A4. Nadia essaya de lire tous les mots d'un seul coup, mais les lignes se mêlaient sous ses yeux. Elle déglutit et s'éclaircit la voix, concentrée sur les lettres familières de son nom. Lentement, les fragments prirent sens.

Chère madame Osipova… regret de vous informer… demande a été rejetée pour le motif que vous avez passé plus de quatre cent cinquante jours en dehors du territoire au cours de votre résidence en Angleterre… de quitter le pays dans un délai de trois mois…

Nadia n'eut pas la force de poursuivre sa lecture. Elle laissa le bout de papier retomber sur ses genoux et pressa les mains sur ses tempes. Quitter l'Angleterre. Dans trois mois, elle retournerait chez ses parents, avec lesquels elle n'avait plus vécu depuis son adolescence. Elle devrait partir pour s'installer dans un pays qu'elle connaissait à peine. Elle n'avait peut-être jamais été totalement acceptée en tant qu'Anglaise — son nom de famille, son accent issu d'une école internationale et ses soucis permanents de visa la trahissaient —, mais la situation était encore pire lorsqu'elle était de retour en Russie.

Elle parlait russe parfaitement, bien sûr — elle n'avait pas le choix, puisque aucun de ses parents ne comprenait l'anglais —, mais elle n'était jamais parvenue à se tenir au courant de l'argot utilisé par les jeunes ni de la mode, ce qui faisait d'elle une étrangère dans son pays de naissance. Elle n'avait peut-être jamais été totalement chez elle en Angleterre, mais elle ne s'était jamais sentie à sa place en Russie non plus. Au moins, ici, elle avait son appartement, ses amis — et une collection de diplômes presque inutiles assis sur une montagne de prêts étudiants, auxquels le ministère de l'Intérieur n'avait pas prêté la moindre attention. Ces distinctions ne lui serviraient vraiment plus à rien à présent. Elle en était malade.

Il lui fallut un moment pour réaliser qu'Holly était en train de parler.

— Nous serons tous derrière toi, Nads. Ça va marcher. Tu verras, était-elle en train de dire, avec une expression pleine d'espoir.

Elle avait récupéré la lettre sur les genoux de Nadia et la tenait plaquée contre sa poitrine.

— Qu'est-ce qui marchera ?

— L'appel.

Nadia dévisagea son amie d'un air absent.

— L'appel qu'ils te suggèrent de faire.

Comme Nadia demeurait figée, Holly se mit à lire à voix haute le paragraphe qu'elle n'avait pas pris la peine de déchiffrer.

Cependant, vous avez la possibilité de produire les justificatifs adéquats pour prouver une vie privée au Royaume-Uni selon l'article 8 de la loi. Vous n'avez pas résidé sur le sol britannique durant les vingt années requises dans votre cas, mais — en raison de votre relatif jeune âge — un juge de la Cour d'appel aura le pouvoir d'arbitrer sur ce point ultérieurement. Vous trouverez ci-joint un livret indiquant la démarche à suivre pour faire appel si vous n'étiez pas satisfaite de notre décision de vous refuser un titre de séjour permanent au Royaume-Uni. Veuillez noter, cependant, que vous ne pourrez présenter qu'une seule requête en appel et que le jugement qui en découlera sera définitif et irréversible. Les frais de cette procédure ne seront pas pris en charge par l'administration.

Muette, Nadia prit la lettre des mains d'Holly et parcourut de nouveau le paragraphe de conclusion.

— C'est une bonne nouvelle, s'exclama son amie en se levant. Il faut fêter ça.

Quand Holly posa devant elle deux tasses de thé au lait brûlant, Nadia avait lu et relu le courrier trois fois et n'était toujours pas certaine de ce qu'elle devait en penser.

— Ça te dit qu'on commande à manger, ce soir ? demanda Holly à sa colocataire silencieuse. Les placards sont un peu vides pour préparer un repas de fête.

— Oh ! Hols… Merci. Je suis juste… Je ne suis pas sûre que nous devions célébrer quoi que ce soit, pas encore en tout cas, admit Nadia, le regard attiré malgré elle vers le courrier officiel.

— Qu'est-ce que tu veux dire ? OK, je sais que ce n'est pas exactement ce que nous espérions, mais, au moins, ce n'est pas un non catégorique.

Nadia la dévisagea.

— C'est un non. C'est clairement un non.

— Je dirais plutôt que c'est un vrai peut-être, protesta Holly. Ils ne s'embêteraient pas à te suggérer de faire appel s'ils ne pensaient pas que tu as tes chances.

— Je sais, je sais, c'est juste que...

Nadia soupira.

— Qui sait combien de temps encore je vais devoir attendre pour être fixée ? reprit-elle. Combien de temps vais-je devoir endetter mes parents pour payer mon loyer ?

Elle étudia de nouveau la lettre avec attention.

— J'imagine qu'il s'agit d'une stratégie pour me décourager. Ils espèrent que j'abandonne et quitte le pays de mon propre chef.

— Nadia, ce n'est que du jargon administratif, rien à voir avec un complot monté contre toi personnellement.

Holly fronça les sourcils.

— Je trouve qu'ils se montrent plutôt corrects, en fait, en soulignant que tu as le droit de faire appel au lieu de cacher cette possibilité dans les petites écritures à la fin.

— Tu as raison. Simplement, je pensais obtenir une réponse aujourd'hui, quelle qu'elle soit. Je déteste vivre dans l'incertitude.

— Mieux vaut rester dans le flou ici, tu ne crois pas ? demanda Holly calmement. Tu préférerais devoir réserver ton billet d'avion dès maintenant ?

— Non, bien sûr, tu as raison.

Nadia observa son amie. Elles étaient inséparables depuis le collège. Elle remarqua à quel point les mains d'Holly étaient blanches sur sa tasse de thé et se souvint de la pâleur de son visage avant qu'elle n'ouvre la lettre. Elle oubliait parfois que sa situation était difficile à vivre pour son entourage également.

— Je crois que j'ai envie... de manger chinois, dit-elle avec un sourire en repliant le courrier du ministère et en le replaçant en sécurité dans son enveloppe, avec le petit livret.

— Chinois, ça me branche, approuva Holly, comme d'habitude ?

— Oui.

— Dans ce cas, je passe la commande pendant que toi (Holly pointa son index sur Nadia en prenant un air sévère), tu appelles tes parents pour leur annoncer la bonne nouvelle. Maintenant !

Alex

Le jeudi était le jour où Alex sauvait les apparences à la salle de sport. Lorsqu'il rentra ce soir-là, Rory était installé sur le canapé, une manette de PlayStation dans les mains. Ses pieds étaient posés sur la table basse près des restes d'un plat préparé au curry dont la sauce orange fluo commençait déjà à gélifier dans la barquette.

— J'en déduis que Lila n'est pas là ce soir, observa Alex en laissant tomber sa sacoche sur une chaise près de son ami.

Rory pressa la touche pause de sa console.

— Non… T'as passé une bonne journée ? T'as buté des terroristes ?

Alex n'était jamais certain de savoir s'il s'agissait d'une vieille blague entre eux ou si une part de Rory croyait naïvement que son colocataire était le Jack Bauer britannique.

— Non, pas aujourd'hui.

— Il faut que tu durcisses le jeu, indiqua Rory d'un ton détaché avant de relancer sa partie.

Alex s'écroula sur le canapé à côté de lui, retirant ses chaussures sans défaire ses lacets, détendus comme jamais il ne pouvait l'être lorsqu'il savait que Lila était dans les parages. Il observa la progression de Rory à l'écran d'un œil critique.

— Non, tu dois grimper sur le toit de cette épicerie. Il y a des armes cachées là-haut. Et une fenêtre avec un super point de vue pour tirer, ordonna-t-il.

Rory lui décocha un rapide coup d'œil.

— Tu connais vraiment ce jeu comme ta poche, hein ?

Alex haussa les épaules.

— Il faut que tu sortes plus, ajouta Rory, les sourcils froncés.

— Tu as une meuf, j'ai une console, répondit Alex en ne plaisantant qu'à moitié.

Ils restèrent ainsi dans un silence confortable seulement troublé par les coups de feu réguliers provenant des haut-parleurs de la télévision.

— Tu veux boire un verre demain soir ? demanda Rory sur un ton désinvolte. On pourrait aller sur Clapham High Street, là où sortent toutes les nanas de la ville.

— Merci, mais non merci, du moins pour ce qui concerne les nanas. Un pub, ça me branche bien, en revanche.

Rory insista, sans se décourager.

— J'ai une collègue au boulot qui m'a parlé d'un super quizz-bar près de la station de métro. Les questions tournent autour du cinéma et ce genre de trucs. Les gens restent après pour boire un verre. Il paraît qu'ils font un mètre de Jägerbomb pour une dizaine de livres.

— Un mètre ?

— Un mètre, lui assura Rory.

— Ça fait un peu beaucoup pour un vendredi soir, rétorqua Alex en laissant sa tête retomber sur le coussin du canapé.

Rory leva les yeux au ciel et mit sur pause encore une fois.

— Ecoute, je vais te faciliter les choses, OK ? Arrête-toi à Clapham Common demain après le travail. Je demanderai le nom du pub à cette fille au boulot et je te l'enverrai par texto. Toi et moi, nous boirons quelques bières, nous épaterons tout le monde avec notre impressionnante culture générale, nous gagnerons un peu de fric et nous le dépenserons pour acheter des mètres de shooters. T'as pigé ?

Alex ne pouvait pas vraiment protester.

— OK, ça me va, dit-il en souriant avant de se rendre dans la cuisine pour fouiller les placards en quête d'un dîner.

— Cool, conclut Rory en reprenant son jeu. Je dirai à Lila d'y être tôt pour nous garder une bonne table.

Alex leva les yeux au plafond pour ne pas perdre patience. Bien sûr, Lila serait là. A quoi s'attendait-il ?

Nadia

Nadia imaginait passer une soirée durant laquelle elle n'aurait pas à penser ou à parler de son statut d'immigrée. Malheureusement, personne ne semblait avoir capté le message.

— J'espère sincèrement que tu me laisseras te trouver un avocat cette fois, déclara Caro, les sourcils froncés, en faisant glisser délicatement son doigt sur l'écran de son iPad. D'après ce que je vois sur le site du ministère de l'Intérieur, la démarche a l'air très compliquée.

— Pourtant, ce truc donne l'impression que c'est du gâteau, objecta Ledge en agitant le livret pour souligner son propos. Ne t'inquiète pas, Nads. Tu n'auras qu'à te présenter devant le juge, lui offrir ton plus beau sourire et exposer ton cas. Il dira :

cool, vous auriez dû être autorisée à rester en Angleterre dès le début, désolée du dérangement, beauté, éclatez-vous ! Et voilà, emballé, c'est pesé.

Holly leva les yeux vers son cousin et se força au silence en prenant une grande gorgée de vin.

— Tu crois que tu pourrais convaincre l'un des directeurs de ton ancienne entreprise de t'accompagner au tribunal ? poursuivit Caro en ignorant Ledge. Si tout ça ne dépend que de la richesse de ta vie privée en Grande-Bretagne, plus nous réunirons de personnes autour de toi, mieux ce sera.

— Je ne sais pas, peut-être. Je leur enverrai un e-mail quand j'aurai la date de l'audience, répondit Nadia en tendant la main vers la bouteille de vin pour remplir son verre à ras bord, bien qu'il soit encore à moitié plein.

Elle qui s'attendait à une bonne soirée pour oublier ses soucis de visa, c'était réussi.

— J'espère que tu auras la confirmation au plus tôt, déclara Holly. Ce sera forcément un jour de la semaine, n'est-ce pas ? C'est la misère pour obtenir un jour de congé en ce moment au boulot…

Holly travaillait au siège d'une association caritative, mais ses patrons étaient les hommes d'affaires les plus impitoyables et les plus avides qui existaient.

— Eh bien, moi, je serai là ! affirma Caro en passant maladroitement son bras autour des épaules de Nadia et en renversant quelques gouttes de son verre de vin au passage.

— Ce n'est pas comme si tu avais besoin de poser une demande de congé, remarqua Holly d'un ton poli.

Pour toute réponse, Caro fronça le nez et tira la langue de façon éloquente avant de libérer Nadia et de reporter son attention sur sa tablette. Holly et Caro entretenaient une relation étrange. Elles étaient toutes les deux proches de Nadia et passaient donc pas mal de temps ensemble, mais Nadia se demandait parfois si les deux jeunes femmes resteraient en contact quand elle serait expulsée du pays.

Expulsée du pays... Nadia soupira et se resservit du vin.

— Je serai là moi aussi, ajouta Ledge en se relevant et en traînant les pieds en direction de la cuisine.

Sur le seuil de la pièce, il pivota vers elle.

— Au fait, qu'est-ce que tu comptes faire au sujet de ton petit ami ? demanda-t-il, sincèrement curieux.

Nadia sursauta alors qu'elle portait son verre à ses lèvres et aspergea son cou de pinot frais. Elle leva les yeux vers Ledge, horrifiée.

— Son petit ami ? répéta Caro, perdue, en les regardant tour à tour. Quel petit ami ?

— Celui qu'elle a mentionné dans sa demande de visa, lui apprit Ledge. Tu sais, celui avec lequel je joue au football ? ajouta-t-il en mimant des guillemets avec les doigts pour citer le mensonge qu'il avait écrit dans sa lettre de soutien à Nadia.

— Oh... lui...

Caro prit appui contre le pied du canapé, embarrassée.

— Ne t'inquiète pas pour ça, intervint Holly aussitôt. Ils ne s'attendront pas nécessairement à ce qu'il t'accompagne au tribunal et, même si c'est le cas, tu pourras toujours dire que... vous avez rompu...

— Mais ça ne donnera pas une bonne image de Nadia, déclara Caro, alarmée, en se penchant de nouveau en avant. Et puis, le fait qu'elle sorte avec un Anglais a forcément pesé dans la balance pour eux. Tu ne peux pas faire plus « vie privée » que ça !

— S'il vous plaît ! supplia Nadia en tamponnant son cou avec la partie sèche de son tee-shirt.

— Ledge, que dirais-tu de faire croire à l'Etat que tu fréquentes Nadia ? demanda Holly à son cousin, son masque de femme d'affaires fermement plaqué sur le visage.

— Hols, coupa de nouveau Nadia.

— Je ne pense pas que ça fonctionnerait, répliqua Ledge lentement. J'ai affirmé dans ma lettre qu'elle et moi étions de très bons amis et que je jouais dans l'équipe de football de son mec. Comment l'a-t-on appelé, déjà ? Matthew, je crois. Oui, je m'en souviens, on a choisi le nom de ton père. Ce serait beaucoup trop suspect de changer l'histoire maintenant.

— On aurait dû y penser, remarqua Caro, l'air furieux. On aurait dû dire que Ledge était son petit ami dès le début.

— Arrêtez un peu ! s'emporta Nadia en leur faisant les gros yeux. C'est le ministère de l'Intérieur. On doit leur servir ce genre de mensonges tous les jours. Ça n'aurait jamais marché !

— Ça n'aurait pas été pire que maintenant, grogna Caro en dévisageant Ledge comme s'il était le principal responsable du fait qu'ils n'aient pas imaginé un moyen de rouler le gouvernement britannique plus tôt. Il faut que nous trouvions quelque chose.

— Pourquoi ne pas passer une annonce sur Internet pour m'offrir à un vieil homme triste en quête d'une fiancée russe ? suggéra Nadia avec sarcasme. Il économiserait le transport, puisque je suis déjà ici.

— Eh bien, déclara Caro en grimaçant tandis qu'elle s'emparait de son verre de vin. OK, ce n'est pas la meilleure idée, mais en théorie…

— Si vous voulez mon avis, il ne nous reste plus qu'à trouver un Matthew et à le faire tomber amoureux de Nads, lança Ledge en revenant s'installer dans le salon, une bière fraîche à la main.

— Désolée, mais je ne sais plus si vous plaisantez ou pas, bredouilla Nadia.

— On peut au moins garder les yeux ouverts au cas où nous croiserions un citoyen britannique potable du nom de Matthew, ajouta Holly en ignorant les protestations de Nadia. Il n'y a aucun mal à ça !

— Ouais, approuva Ledge, il doit y avoir des milliers de Matthew qui se baladent dans le sud de Londres.

— Au moins une poignée, en tout cas, concéda Caro.

Chapitre 2

Alex

Lorsque Alex pénétra dans le pub, l'endroit était déjà noir de monde. Les gens étaient voûtés autour de minuscules tables, parfois à deux sur une même chaise. Lila devait être là depuis un moment. Assise la tête baissée, elle s'efforçait de ne pas croiser le regard des autres clients entassés les uns sur les autres, qui semblaient plutôt agacés de voir un petit brin de femme accaparer une table de quatre pour elle toute seule.

Lila leva les yeux tandis qu'Alex la rejoignait et tirait la chaise face à elle.

— Eh ! le salua-t-elle.

— Eh ! Waouh, c'est blindé ici ! s'exclama-t-il avant de maudire sa fâcheuse tendance à faire remarquer l'évidence. Tu veux boire quelque chose ? offrit-il pour tenter de se rattraper, en dépit du verre plein qui trônait devant Lila.

Deux verres pleins, en fait.

— Non, merci, répondit-elle. Tu n'as qu'à prendre la bière de Rory.

Elle désigna du menton la seconde boisson sur la table.

— Il vient de m'envoyer un texto pour me dire qu'il était coincé au boulot.

— Oh...

Alex prit conscience qu'il était encore debout et se laissa tomber sur la chaise.

— Il a précisé quand il arriverait ?

Lila recueillit de son pouce une goutte de condensation qui roulait sur son verre de vin.

— Il a dit qu'il serait en retard, répondit-elle d'un ton plat.

— Oh...

Alex prit la bière.

— Tu veux toujours...

Lila haussa les épaules.

— Oui, bien sûr, j'ai déjà payé l'entrée pour jouer de toute façon. Mais ça risque d'être compliqué, à deux contre toutes ces équipes de six...

Elle désigna les groupes de joueurs visiblement endurcis qui les entouraient.

— On peut le faire, affirma Alex en souriant. Je crois en nous.

Lila lui rendit son sourire et prit une gorgée de vin.

Ils avaient déjà bien entamé leur deuxième tournée de verres lorsque l'animateur du quizz fit son entrée, une poignée de stylos sans capuchon dans une main et une pile de questionnaires vierges dans l'autre.

— Vous n'êtes que tous les deux ? demanda-t-il.

Alex leva la tête, légèrement ennuyé de cette interruption. Il était si heureux d'être seul avec Lila qu'il avait oublié que le jeu mettrait fin à leur conversation en tête à tête.

— Ouais.

L'animateur eut l'air gêné.

— Eh bien, nous imposons un minimum de trois membres par équipe et un maximum de six…

Il désigna l'endroit où ces règles étaient indiquées en minuscules sur les questionnaires que Lila et Alex voyaient bien sûr pour la première fois.

Lila soupira.

— Vraiment ?

— En fait, nous attendons un troisième joueur, mais nous ne savons pas exactement à quelle heure il arrivera, ajouta Alex obligeamment.

L'homme l'observa d'un œil sceptique.

— Ça vous dérange si je vous mets avec deux autres joueurs en attendant ? s'enquit-il. Ils sont venus à huit.

Il fit un geste en direction d'une petite table ronde où un groupe bruyant était entassé sur un assortiment de chaises et de tabourets.

Lila consulta Alex du regard pour le laisser prendre la décision. Il souffla.

— Bien sûr que non, allez-y.

— Super ! s'exclama l'animateur en souriant. Je vous les envoie. Merci !

Il leur abandonna un stylo à moitié mâchouillé et s'éloigna en direction de la bande.

— On doublera nos chances de gagner, au moins, commenta Lila avec optimisme.

— Mais on devra partager le prix avec eux…

Lila rit.

— Qui sait ? Sois positif, ce sont peut-être des scientifiques de génie !

— Neurochirurgiennes, en fait, intervint avec entrain la brune qui venait de rejoindre leur table en posant une bouteille de vin rouge entamée devant eux, suivie d'une blonde qui tenait leurs deux verres.

Alex rit, gêné.

— Salut.

Il n'était pas très doué avec les inconnus.

— Salut, répondit la brune. Désolée de taper l'incruste dans votre équipe. C'est sympa de nous accepter. Nous ferons en sorte de mériter notre place, c'est promis.

— Quelqu'un veut du vin ? demanda la blonde.

Elle avait une pointe d'accent européen, très doux sur ses voyelles.

— Non, merci, je suis au blanc, répondit Lila poliment en montrant son propre verre.

Alex observa son amie tandis qu'elle jaugeait les nouvelles arrivantes, un sourire indéfectible sur le visage.

— Je m'appelle Lila.

— Et moi, Alex.

— Holly et Nadia, répondit la blonde en désignant d'abord sa copine, puis elle.

Nadia

Il n'avait pas fallu plus de quelques secondes pour que les autres décident à l'unanimité d'éjecter Holly et Nadia de l'équipe. Si cette dernière essayait de ne pas s'en vexer, elle était néanmoins déterminée à battre Caro et sa joyeuse bande de copains étudiants en art, à défaut de pouvoir remporter la première place avec ses nouveaux partenaires. Question de fierté !

S'efforçant de modérer son ton belliqueux pour éviter d'effrayer ses coéquipiers, Nadia exposa la situation aux deux autres membres de la *dream team*. Le mec, dont les cheveux bruns tiraient sur le roux, était plutôt mignon. Il souriait timidement, séduisant dans un style BCBG accentué par ses lunettes carrées et son costume ajusté. Sa petite amie était jolie, blonde comme les blés avec de grands yeux noirs et des sourcils foncés. Elle était aussi un tantinet agressive, mais, à sa décharge, Holly et Nadia venaient probablement de ruiner son rencard, il était donc difficile de lui en vouloir.

— Nadia, ton accent.

La fille, Lila, pencha la tête sur le côté comme un oiseau curieux.

— Il est adorable. Tu es galloise ou un truc du genre ?

Holly s'esclaffa tandis que Nadia baissait légèrement le menton, priant pour que son verre de vin dissimule son petit sourire moqueur.

— Pas vraiment, parvint-elle à répondre après un moment.

— C'est une première ! s'exclama Holly, amusée. D'habitude, on la prend pour une Française ou une Polonaise.

— Je viens d'une ville appelée Perm, expliqua Nadia.

Holly ricana à ses paroles. Le nom de sa ville natale provoquait toujours une certaine hilarité chez son amie. Devant le regard vide de Lila, Nadia soupira.

— C'est en Russie, ajouta-t-elle. Je suis russe.

Le type, Alex, se figea aussitôt, sa bière à mi-chemin entre la table et ses lèvres.

— Russe ? répéta-t-il comme s'il n'avait jamais entendu parler de cette nationalité de toute sa vie. Tu es russe ?

Nadia et Holly échangèrent un regard.

— Ouais, rrrrusse, confirma Nadia en roulant le *r* pour imiter l'accent des méchants de James Bond et en écarquillant les yeux pour accentuer son effet.

— Mais elle vit ici depuis toujours, coupa Holly sur la défensive. Elle devrait obtenir la citoyenneté britannique bientôt.

— La citoyenneté ? insista Lila.

— Ce n'est pas exactement la citoyenneté, corrigea Nadia, enfin pas vraiment. Pas encore.

Elle foudroya Holly du regard. Cette fille n'avait décidément aucun filtre et ne pouvait s'empêcher de tout exagérer.

— On appelle ça un titre de séjour permanent, précisa-t-elle.

Elle haussa les épaules comme pour dire « vous savez ce que c'est », alors qu'à l'évidence, aucun d'entre eux ne comprenait de quoi elle parlait exactement.

De l'autre côté de la table, Alex reposa sa pinte de bière sans y avoir touché.

Alex

Une Russe du nom de Nadia qui vivait dans Clapham avec une copine un brin excentrique appelée Holly et qui venait de déposer une demande de titre de séjour permanent. Autant voir la réalité en face : la jeune femme qui buvait tranquillement son verre de vin rouge en face de lui n'était autre que Nadezhda Osipova. Pour une ville de plusieurs millions d'habitants, Londres savait être une sacrée garce quand elle l'avait décidé.

Tandis que les filles orientaient la discussion sur le nom que leur équipe devrait porter, Alex tourna subrepticement la tête vers le menu accroché derrière le bar pour déchiffrer le nom de l'établissement. Le Bellevue. « *Si vous expulsez Nadia du pays, vous mettriez fin à l'équipe la plus mythique des quizz-bars de la capitale. Nous remportons celui du Bellevue presque chaque semaine et nous aurions beaucoup de mal à trouver un remplaçant doté des connaissances exceptionnelles de Nadia.* » Hum… Pour une compétitrice hors pair, elle s'était fait dégager de son équipe plutôt rapidement !

Comme Alex l'avait anticipé, son patron avait accordé un bref regard au dossier de Nadia avant de le rejeter. Si le ministère avait été équipé d'un énorme tampon REFUSE, Alex était certain que Donnelly se serait fait un malin plaisir de l'apposer sur la première page à l'encre rouge. Mais Nadia Osipova avait décidé de se battre. Sa demande était en cours de révision par le supérieur de Donnelly. Malgré son expression déterminée et ses talons vertigineux, cette femme avait forcément un cœur et — comme Alex — elle avait vu le potentiel du fameux article 8, qui orientait les demandeurs vers une procédure d'appel auprès du ministère.

— OK, les amis, lança l'animateur dans un microphone grésillant. On va commencer. Culture générale, première question…

Ses trois coéquipières se turent instantanément et se penchèrent sur la feuille posée devant elles, l'esprit de compétition reprenant le dessus. Alex tenta d'étudier le visage de Nadia, mais ses cheveux détachés voilaient son profil. Il y avait quelque chose d'exotique chez elle qui n'avait rien à voir avec son léger accent. Elle avait la peau très blanche, mais d'une pâleur qui évoquait le mystère plutôt que la maladie. Ses yeux clairs et sa chevelure d'un blond naturel lui donnaient un air de princesse de conte de fées. Lila — dont la blondeur requérait une maintenance onéreuse toutes les six semaines — en était certainement verte de jalousie. Holly apporta une réponse comique à la deuxième question, et Nadia rit en passant ses cheveux derrière son oreille. Alex était subjugué de découvrir qu'elle existait vraiment. Il trouva soudain un peu malsain de connaître tant de détails intimes sur une parfaite inconnue et décida qu'il prendrait bien une autre gorgée de bière après tout.

Nadia

L'animateur annonça une pause de vingt minutes entre les rounds trois et quatre, autorisant ainsi les participants à faire un tour aux toilettes ou — dans un intérêt plus commercial — à remplir leurs verres au bar. Nadia parcourut les réponses écrites sur la feuille et hocha la tête, plutôt impressionnée. D'après ses calculs, ils ne s'en sortaient pas mal du tout. Mieux que Caro et son équipe, espérait-elle. Et puis, il restait l'épreuve de géographie, domaine de prédilection d'Holly.

En plus, Lila semblait s'être détendue — si sa proposition d'aller chercher une autre bouteille de vin au bar pouvait être interprétée de cette façon. Nadia la remercia avec profusion, ignorant l'irritation désormais familière que ce genre de geste éveillait en elle ces derniers temps. Elle détestait dépendre des autres et elle avait la certitude que la générosité de Lila était liée à leur conversation, qui avait fatalement dévié sur l'impossibilité de travailler sans visa et les difficultés financières qui en découlaient.

— C'est scandaleux, affirma Lila en servant deux grands verres de vin à Nadia et Holly lorsqu'elle fut revenue du bar. Ce n'est quand même pas comme si tu ne savais pas aligner deux mots d'anglais ou que tu débarquais tout juste d'un camion en provenance de Calais. Tu n'es pas là pour profiter des allocations ou de la Sécu.

Elle observa Nadia de la tête aux pieds.

— Tu as vraiment l'air d'une Anglaise, affirma-t-elle, comme s'il s'agissait du plus beau compliment qu'elle pouvait lui faire ; et peut-être était-ce le cas.

Lila pivota vers Alex, qui était bien plus réservé et sobre qu'elle.

— Tu ne peux pas faire quelque chose pour elle ?

Alex leva les yeux vers elle, méfiant.

— Moi ? Qu'est-ce que tu veux que je fasse ?

— Eh bien, je ne sais pas, tu pourrais en toucher un mot au ministre, par exemple, répondit-elle sur un ton flatteur.

— Lils, tu as vraiment une très haute opinion de moi et de mon travail si tu crois que je suis pote avec le ministre, répondit Alex en riant.

— Mais tu travailles pour le ministère de l'Intérieur, non ? insista-t-elle.

Holly se redressa aussitôt pour sonder Alex avec intérêt. Nadia grimaça. Ces choses-là n'arrivaient qu'à elle ! Elle avait passé la soirée à cracher sur le gouvernement devant un fonctionnaire. Génial !

— Tu travailles pour le ministère de l'Intérieur ? demanda Holly à l'intéressé. Waouh ! Allez, balance, c'est quoi le truc pour obtenir un titre de séjour permanent alors ? Qu'est-ce qu'elle doit faire ?

Alex était visiblement mal à l'aise.

— Je… Je ne connais pas grand-chose à l'immigration. Je ne suis qu'un agent administratif.

— Holly, laisse-le tranquille. Il est venu pour le quizz, pas pour se faire cuisiner par de parfaites inconnues, la réprimanda Nadia en adressant un sourire désolé à Alex.

— Le quatrième round commence dans deux minutes, cria l'animateur.

— Allez, les amis, on va les tuer ! les encouragea Holly, de nouveau concentrée sur le jeu, au grand soulagement de Nadia. On peut le faire !

— Ouais ! approuva Lila. Le premier prix est à nous !

— Ça ne fait que 25 livres chacun, ironisa Alex avec amusement. A ta place, j'attendrais un peu avant de commander mon yacht.

— Eh bien, pour moi, 25 livres, c'est deux jours de courses que je n'aurai pas à quémander à Holly ou à mes parents, observa Nadia avec un rire forcé pour atténuer le côté pathétique de ses paroles.

Alex lui lança un regard compatissant.

— Je suis vraiment super désolé, les amis ! lâcha alors un grand type en se précipitant vers leur table.

Nadia et Holly le dévisagèrent, déconcertées, tandis qu'il se penchait vers Lila pour effleurer les lèvres qu'elle lui tendait. Troublée, Nadia posa les yeux sur Alex. Ce dernier l'observait avec un air amusé, visiblement conscient du quiproquo. Le nouvel arrivant inspecta les alentours en quête d'une chaise libre, une mission impossible dans le pub déjà bondé. Comprenant son embarras, Lila bondit aussitôt pour troquer son siège contre les genoux du jeune homme.

— Nadia, Holly, je vous présente Rory, déclara Alex sur un ton aimable.

— Il a été retenu au boulot, précisa Lila.

— Eh ! Je n'ai que quelques heures de retard ! protesta Rory en riant. Mais je vois que vous m'avez remplacé, ajouta-t-il en décochant un large sourire à Alex.

— Quatrième round, première question ! intervint l'animateur avant qu'Alex ait pu répondre à l'allusion.

Alex

Alex ne savait pas trop s'ils devaient leur victoire à la culture insoupçonnée de Rory, aux efforts redoublés de l'équipe pour que Nadia puisse s'acheter à manger ou simplement au fait qu'ils étaient les meilleurs. Toujours était-il qu'ils avaient remporté le quizz. Rory — dans sa grande générosité — refusa sa part de la récompense et commanda en plus une autre tournée. On aurait pu s'attendre à ce que Nadia et Holly aillent retrouver leurs amis, maintenant que le jeu était terminé, mais la bouteille de rouge pleine semblait les ancrer à la table. Pourtant, Rory s'était lancé dans un monologue ennuyeux à mourir après qu'elles lui eurent demandé poliment ce qui pouvait bien le retenir si tard au bureau un vendredi soir.

— Et le ministère ? l'interpella Nadia avec un sourire, abandonnant Holly à sa conversation assommante avec Rory et Lila au sujet de la pression exercée sur les stagiaires dans les cabinets d'avocats. Ça doit être passionnant.

Alex lui rendit son sourire.

— Plus passionnant que le droit en tout cas, répondit-il à l'intention de Rory qui l'ignora. Qu'est-ce que tu faisais avant...

Il s'interrompit, ne sachant pas trop comment finir sa phrase. *Avant que l'administration pour laquelle je travaille te retire ton gagne-pain et te persécute comme si tu représentais une menace terroriste ?*

Nadia soupira.

— Eh bien, je suis passée de permis de travail en visa étudiant pendant si longtemps que mon CV est devenu un véritable casse-tête. Je crois que j'ai à peu près tout fait, de comptable à serveuse dans un *Fish and chips*…

— Un *Fish and chips* ? C'était pour avoir l'air plus *british* sur ta demande de visa ? la taquina Alex.

— Non, pour ça, j'ai travaillé au guichet du Royal Albert Hall, dit-elle en riant. Bref, maintenant, je suis bénévole chez Oxfam, à Clapham. Je ne suis pas payée, mais, au moins, je ne pue pas la friture quand je rentre à la maison. Je sens la naphtaline à la place.

— Il y a toujours un bon côté à tout.

— C'est ce que j'aime penser.

Leurs regards se croisèrent, et Alex considéra que c'était le bon moment pour révéler à Nadia qu'il avait participé à l'examen de sa demande de visa.

— Tu sais, c'est bizarre, mais…

— Eh, on bouge ! le coupa une brunette en posant les mains à plat sur la table, le buste tourné vers Holly et Nadia, en l'ignorant royalement.

L'inconnue avait déjà son sac sur l'épaule, prête à partir.

— Vous allez où ? demanda Holly en levant les yeux vers elle.

— On ne sait pas encore. On pensait descendre l'avenue et voir en fonction de l'ambiance. Au Bison, peut-être ?

— Ça vous dit d'aller au Bison & Bird ? proposa aussitôt Nadia à la tablée.

— J'adore leurs cocktails, répondit Lila avec enthousiasme. Ils en ont un qui a le goût des bonbons Love Hearts.

Holly et la fille lancèrent un regard en coin à Nadia, qui les présenta.

— Caro, voici Lila, son petit ami Rory et son… Alex.

— Ravie de vous rencontrer, déclara Caro sur un ton poli, mais dissuasif. Belle performance, les félicita-t-elle encore avant de se tourner vers Nadia. Tu viens ?

En réponse, Nadia observa Alex avec insistance. Elle voulait vraiment qu'ils se joignent à eux, comprit-il. Pourquoi refuse-rait-il ? Ce n'était pas comme s'il avait de grands projets pour la soirée. Et puis, à en croire les signes du destin, lui et Nadia Osipova étaient faits pour être amis. Il ouvrit la bouche pour accepter.

— Peut-être une autre fois, les filles, répondit Rory avant qu'il ait pu parler. Il faut qu'on prenne notre mètre de shooters. D'après ce que j'ai entendu, il n'est qu'à 10 livres ici !

Nadia regarda Alex, comme si elle s'attendait à ce qu'il contredise son ami.

— Oui, une autre fois, confirma-t-il.

— OK, dit-elle en se levant, une expression légèrement déçue sur le visage. J'imagine qu'un cocktail à 8 livres ne fait pas le poids face à un mètre de shooters à 10.

Holly l'imita en vidant les dernières gouttes de son verre.

— C'était super de vous rencontrer, conclut-elle avec un sourire, dévoilant des dents ultra-blanches qui contrastaient avec ses lèvres teintées par le vin. Merci de vous être montrés d'aussi bons coéquipiers.

— On devrait remettre ça un de ces jours, suggéra Nadia en fermant son sac, le regard toujours braqué sur Alex avec l'air d'espérer qu'il réagisse.

— A la prochaine, répondit Rory d'une voix chaleureuse.

Puis, de manière aussi soudaine et inattendue qu'elle était apparue dans sa vie, Nadia agita la main dans la direction d'Alex et disparut.

Chapitre 3

Alex

Le quatrième Jägerbomb était en train de lui retourner l'estomac. En face d'Alex, Rory avait le visage enfoui dans le cou de Lila qui gloussait et se tortillait contre lui. Leur tendance à se donner en spectacle empirait toujours lorsqu'ils buvaient. Il détourna le regard.

La chaise occupée par Nadia avait depuis longtemps été récupérée et installée à une autre table par un patron particulièrement opportuniste, mais cet espace demeurait vide, creusant un fossé entre lui et ses amis auxquels — objectivement — il n'aurait pas manqué s'il avait accepté d'aller au Bison & Bird. Comme pour illustrer son raisonnement, Lila détacha à peine son corps de celui de Rory et murmura quelque chose en lui mordillant le lobe de l'oreille. Alex ne voyait pas trop pourquoi elle se donnait tout ce mal. Même s'il l'avait voulu, il n'aurait pas pu entendre ce qu'elle lui disait avec le vacarme ambiant. Rory écouta sa petite amie patiemment, puis sourit et l'embrassa de nouveau lorsqu'elle eut fini de parler. Alex avait observé cette scène tellement de fois qu'il pouvait presque imaginer la sensation qu'éprouvait son colocataire en cet instant.

Décidé à se distraire de ces pensées frustrantes, il dégaina son portable et balaya l'écran de son pouce pour réveiller l'appareil. Quelques-uns de ses anciens copains étaient forcément de sortie ce soir, quelque part dans cette immense métropole. Il parcourut la liste de ses contacts en quête d'un ami à qui envoyer un texto, ignorant les potes de fac, les collègues et ceux dont le prénom apparaissait dans son répertoire uniquement parce qu'il était synchronisé avec son compte Facebook. Aucun ne lui sautait aux yeux. Il avait peut-être trop traîné avec Rory et Lila au cours de l'année passée et s'était en quelque sorte retiré du monde normal. L'exploration de son téléphone soulignait cruellement cette vérité, et Alex n'était plus tout à fait certain que regarder Lila se faire peloter méritait qu'il abandonne les vestiges de sa vie sociale.

Les deux derniers Jägerbomb trônaient entre eux au milieu du plateau poisseux. Lila s'étant abstenue, Rory et Alex s'étaient retrouvés avec cinq shooters chacun. Alex se redressa pour prendre l'un des deux verres et l'avala d'un trait sans que Rory ou Lila lui accorde le moindre regard. Le mélange d'alcool et de boisson énergisante diffusa une nouvelle dose de folie dans son corps. Il tendit le bras vers le dernier, ce qui attira l'attention de Rory.

— Eh ! protesta-t-il en tournant à peine la tête, les lèvres toujours pressées contre le cou de Lila. Pas touche, c'est le mien.

Alex avala le shooter encore plus vite que le premier et replaça les deux verres vides sur le plateau en les faisant s'entrechoquer avec satisfaction.

— Je me tire, déclara-t-il sans préambule.

Rory haussa les sourcils et répéta :

— Tu te tires ?

— Attends une minute, on part avec toi, lança Lila en cherchant son sac à main du bout du pied sous la table.

— Oh ! non, je ne rentre pas. Je vais rejoindre des potes.

Alex agita son portable comme pour donner l'impression qu'il était plein de SMS de personnes géniales l'invitant dans des endroits tout aussi géniaux.

— On se voit demain, dit-il avant que Rory et Lila puissent s'incruster dans cette soirée fictive. A plus !

— Alex ! l'interpella Rory.

Alex ne se retourna pas, mais il imaginait parfaitement l'expression incrédule de ses amis.

L'air frais qui l'accueillit sur le trottoir atténua instantanément l'impulsivité provoquée par les Jägerbomb. Alex jura tout bas. Et maintenant ? Il ne pourrait pas rentrer chez lui avant un bon moment après ce qu'il venait de dire. Il avait bien quelques copains dans son répertoire qui seraient ravis (et peut-être étonnés) de le voir s'il prenait la peine de les appeler, mais cette option lui donnait encore une fois l'impression de s'incruster.

Se frayant un chemin parmi les groupes de fêtards enivrés qui attendaient le bus ou traînaient devant les fast-foods, Alex s'engagea résolument dans la direction opposée à celle de son appartement. Il ralentit le pas en apercevant l'enseigne lumineuse du Bison & Bird briller au loin comme la réponse à toutes ses questions. Les filles étaient parties depuis plus d'une heure. Elles avaient certainement changé de bar depuis. Cela valait peut-être la peine de vérifier. Est-ce qu'il risquait d'être considéré pour un gros lourd ?

Il n'arrivait pas à se débarrasser de cette impression de passer à côté de quelque chose. Nadia était vraiment sympa.

Et gentille. Et très jolie. Et ne disait-on pas que la vie était faite d'opportunités à saisir, ou un truc du genre ?

Comme il n'était pas accompagné, Alex dut faire la queue quelques minutes à la porte tandis que le vigile faisait entrer un groupe de filles à moitié nues devant lui. Puis, pris d'un accès de zèle, ce dernier lui demanda sa carte d'identité avant de le pousser enfin vers l'obscurité du bar avec le plus grand mépris.

Le Bison était un établissement long et étroit au mobilier en bois sombre et brillant. Derrière le comptoir, des barmaids à l'air stressé s'agitaient devant les rangées de bouteilles à doseurs qui semblaient scintiller grâce à l'éclairage ingénieux des étagères. Alex scruta la pénombre pour tenter de repérer les cheveux blonds de Nadia, mais une piste de danse improvisée s'était formée sous ses yeux, et il ne voyait rien à travers la masse tourbillonnante des danseurs. Déterminé, il entra dans la cohue pour atteindre les tables à l'arrière de la salle. Une petite brune lui attrapa alors la main avant de tourner sur elle-même, lui arrachant un éclat de rire qui le surprit. Libéré par sa partenaire, Alex parvint à s'extirper de la foule, le sourire aux lèvres. Avec la boisson énergisante qu'il avait avalée et les enceintes poussées à plein volume, il avait l'impression que les basses résonnaient dans son corps, lui donnant la sensation de pouvoir faire n'importe quoi, être n'importe qui. Pour une fois, il avait le sentiment d'être exactement où il devait être.

Il repéra Nadia presque aussitôt grâce à ses cheveux clairs et sa robe bleu ciel qui contrastaient avec l'obscurité ambiante. Elle ouvrit la bouche, et il put presque entendre son rire par-dessus la musique. Elle était avec un grand blond, encore plus imposant que Rory. Le type portait le genre de barbe de trois jours qui aurait donné à Alex l'allure d'un clochard, mais qui, sur lui, était sexy. Il se pencha avec nonchalance pour chuchoter quelque chose à l'oreille de Nadia en posant une main possessive sur sa hanche. D'un seul coup, l'excitation d'Alex s'évanouit. Il était de nouveau la cinquième roue du carrosse.

Nadia

Le russe de ce type était si consternant que Nadia ne pouvait s'empêcher de se moquer.

— *Zdravstvyite*, articula-t-elle à son attention.

— *Zurdraztevee*, répéta-t-il à son oreille, lui arrachant un nouvel éclat de rire.

— C'était il y a combien de temps ce séjour à Saint-Pétersbourg déjà ? le taquina-t-elle.

— Il y a un moment, admit-il, beau joueur. Qu'est-ce que je dois dire si je veux te proposer un verre en russe, alors ?

Nadia lui lança un regard amusé.

— *Mozhno tebia ugostit ?* Mais *niet spasibo* ! déclina-t-elle en désignant son cocktail à moitié plein. J'ai ce qu'il me faut.

— Eh bien, lorsque tu auras fini celui-ci, dans ce cas, insista-t-il sans se laisser décourager. Tu n'auras qu'à considérer ça comme un dédommagement pour la leçon de russe.

— Vu sous cet angle… Je m'appelle Nadia, au fait !

— Matt.

Nadia cilla.

— Matt ? répéta-t-elle. Sérieusement ? Matt ? Matt ?

— Euh… ouais.

— Tu t'appelles Matt ? Vraiment ? Matt ?

Elle regarda autour d'elle avec suspicion.

— C'est Caro qui t'a mis au courant ? insista-t-elle.

Franchement, quelles étaient les chances que cela arrive ?

— Euh… non.

Matt l'observa avec un peu moins de considération, s'inquiétant certainement d'être tombé sur une folle.

— Je m'appelle Matt, vraiment, réellement. Matt. Quel est le problème ?

Consciente de ne pas pouvoir évoquer le faux petit ami de sa demande de visa sans confirmer qu'elle était dingue, Nadia se contenta de rire.

— C'est une longue histoire. Ravie de te rencontrer, Matt.

Elle l'étudia d'un peu plus près, cochant mentalement des petites cases tandis qu'elle notait sa taille, ses cheveux dorés, son charme… *Et il s'appelle Matt.* Enfin, la chance lui souriait. Le Karma lui envoyait cet éphèbe en polo Lacoste qui buvait de la bière blonde en bouteille. *Une livraison pour Nadia, un fiancé, veuillez signer ici s'il vous plaît.*

— Eh !

Holly bouscula Nadia en riant, projetant des gouttes d'eau sur son bras nu.

Son cocktail était vide, et il ne restait plus que les glaçons à moitié fondus au fond du verre. Nadia posa sa main libre sur l'épaule de son amie pour l'empêcher de perdre l'équilibre, remarquant avec intérêt que Matt avait eu la galanterie d'en faire de même.

— Hols, chuchota-t-elle sur le ton de l'avertissement à sa colocataire en haussant les sourcils avec insistance, je te présente Matt.

Holly la coupa sans faire attention à ses paroles.

— Regarde sur qui je suis tombée ! s'écria-t-elle avant de

pousser devant elle Alex, le gars du Bellevue, comme une magicienne sortant un lapin de son chapeau.

Alex

Le temps filait à toute vitesse lorsque l'on passait une soirée avec des inconnues après les avoir pratiquement traquées jusqu'à un bar, songea Alex. Il se faisait tard, et la foule commençait à se disperser, la plupart des clients ayant pour objectif d'attraper le dernier métro ou de rejoindre la file d'attente devant la discothèque voisine avant qu'elle ne prenne des proportions monstrueuses. Caro et l'un des mecs qui la suivaient partout avaient judicieusement réquisitionné l'une des plus grandes tables du pub. Alex appuya sa tête contre le cuir poisseux de la banquette. Il avait l'impression que les basses provenant des haut-parleurs allaient faire exploser son crâne d'un moment à l'autre.

Plus il apprenait à connaître Nadia, plus il l'appréciait. Elle riait sans complexe et dansait si énergiquement que son maquillage coulait au coin de ses yeux et que ses cheveux collaient à son front. Il s'était trémoussé avec elle pendant vingt minutes d'affilée, dans le vacarme de la piste, se contentant d'imiter ses mouvements dans un premier temps avant de tout simplement s'abandonner à la musique. Il avait sautillé en cercle avec Holly, Caro et les autres, de parfaits étrangers, acceptant de prendre une gorgée de plusieurs cocktails aux pailles qu'on lui offrait. L'alcool et le sucre lui avaient permis de tenir le coup jusqu'à ce qu'il soit à bout de souffle à force de crier par-dessus la musique, de danser et de rire.

Nadia faisait la queue au bar situé au fond de la salle avec

Caro et Holly, espérant certainement qu'à trois elles parviendraient à capter l'attention du serveur plus rapidement. Elle lança un regard par-dessus son épaule et dut remarquer qu'Alex l'observait, puisqu'elle lui adressa un sourire.

— Alors, comment les as-tu connues ? demanda Matt en désignant les filles du menton.

Alex se sentit inexplicablement agacé par cette question.

— Je les ai rencontrées pendant un quizz dans un pub, répondit-il brièvement, considérant qu'il était inutile de spécifier que ledit quizz avait eu lieu le même soir.

— Ah, cool.

Matt tambourina des doigts sur ses cuisses, nerveusement. Pourquoi ce type était-il encore là, d'abord ? Ses potes étaient partis depuis des lustres.

— Alors, ajouta Matt en se penchant vers lui avec un air complice, qu'est-ce qu'il y a entre toi et Nadia ?

— Nadia et moi ? répéta Alex, confus.

— Tu vois ce que je veux dire, le pressa Matt en jetant un coup d'œil en direction du bar où les trois jeunes femmes attendaient toujours d'être servies. Est-ce que j'empiète sur ton territoire ? Si je demande à Nadia son numéro et que je l'invite à sortir, je veux dire.

— Oh ! ça, répondit Alex en cillant. Ne t'inquiète pas. Il n'y a rien entre nous.

— Vous avez l'air très proches pourtant, expliqua Matt, visiblement soulagé. C'est une fille vraiment super, j'étais presque sûr que quelqu'un se mettrait en travers de mon chemin.

Alex cligna des yeux de nouveau.

— Non, je ne me mettrai pas en travers de ton chemin.

Il rit pour lui-même.

— J'ai ce qu'il faut à la maison, confia-t-il, la langue déliée par une consommation excessive de cocktails.

— Quoi ?

— Mon colocataire, expliqua Alex. Le genre à squatter en travers de ton chemin. Il y a cette fille, tu vois, la femme de mes rêves. Nous avons perdu contact, puis nous nous sommes recroisés.

Il leva les mains d'un geste vague et maladroit.

— Et voilà, un an plus tard, je peux les entendre baiser presque toutes les nuits.

Matt grimaça.

— Merde, mon pote, ça craint.

Alex soupira, sa bonne humeur s'évaporant comme la sueur sur sa peau maintenant qu'il avait arrêté de danser.

— Comme tu dis, ça craint, confirma-t-il.

Nadia

Une invitation Facebook apparut sur l'écran du téléphone de Nadia. Elle n'était pas vraiment sûre qu'elle en recevrait une. Lorsque Alex avait soudainement annoncé qu'il partait, la nuit dernière, elle lui avait demandé son nom de famille pour le retrouver sur Facebook. Il avait souri et lui avait dit qu'il l'ajouterait lui-même, en affirmant qu'elle serait plus facile à trouver que lui, son nom étant bien moins commun que le sien. L'invitation de Matt était arrivée avant qu'elle et Holly n'aient eu le temps de rentrer, mais elle avait attendu celle d'Alex toute la journée.

Après avoir accepté sa demande, Nadia parcourut son profil avec intérêt. Il ne contenait pas grand-chose, contrairement au sien qui était rempli de *selfies* compromettants et de publications parfois *borderline*. Alex demeurait une énigme à ses yeux depuis qu'elle s'était installée à sa table au Bellevue. Ce type l'intriguait. Sans pouvoir se l'expliquer, elle trouvait sa façon de rire et sa timidité attirantes. Elle l'aimait bien.

Après le départ d'Alex, la veille, Matt avait entraîné Nadia sur la piste de danse pour la dernière demi-heure de musique. Ce n'était pas pareil avec lui. Matt la tenait par les hanches pour essayer de la faire bouger en rythme avec lui, alors qu'avec Alex, elle s'était sentie libre, et ils avaient été synchrones sans avoir à faire d'efforts, bien que leurs corps soient rarement entrés en contact. Matt l'avait même embrassée pendant toute la deuxième partie de *Rockstar* de Nickelback, ce qui était bien, mais aussi un peu agaçant parce qu'elle adorait cette chanson.

Holly avait jubilé tout le long du court trajet du retour.

— Je n'arrive pas à y croire, ne cessait-elle de répéter, la tête rejetée en arrière en hurlant vers le ciel comme s'il y était pour quelque chose. Je n'arrive vraiment pas à y croire ! C'est le destin, c'est sûr !

Nadia s'était contentée de rire.

— Ce n'est qu'une coïncidence. Arrête les films à l'eau de rose.

— Mais quelle coïncidence ! avait insisté Holly. Parmi tous les noms que Ledge aurait pu sortir, il fallait que ce soit Matt ! Et le voici, ton futur mari ! Anglais, comme par hasard, baptisé Matthew et complètement dingue de toi !

— Hols ! avait protesté Nadia en riant et en tirant son amie par le bras.

Mais la bonne humeur d'Holly était communicative.

— Dis-moi, quand tu l'as embrassé, il avait le goût du thé ou du cricket ? Ou juste le goût du visa ? avait demandé cette dernière en feignant d'être sérieuse.

— Holly !

Nadia avait regardé autour d'elles pour vérifier que Matt n'était pas planqué quelque part à les écouter.

— J'ignore s'il y aura quelque chose entre Matt et moi, mais, s'il t'entend dire des conneries pareilles, je peux déjà t'assurer qu'il m'enverra me faire voir !

— C'était écrit. Nadia, tu le mérites. Tout ira bien maintenant, avait insisté son amie, sincèrement soulagée.

Nadia avait senti les larmes monter et avait passé un bras moite autour des épaules d'Holly avant de déposer un baiser sur sa joue.

— Quelle soirée géniale ! avait résumé son amie après un moment. Alex t'a donné son numéro ?

— Non, mais il a dit qu'il m'ajouterait sur Facebook.

— OK.

Holly avait pris une voix de conspiratrice.

— Je pense que je lui plais, avait-elle admis.

— Ah, oui ? Et qu'est-ce qui te fait croire ça ? avait demandé Nadia en riant.

— Eh bien, il a largué ses potes pour nous suivre au Bison.

— Nous l'avions invité ! objecta Nadia. Mais maintenant que tu le dis…

— Est-ce qu'Alex t'a envoyé une demande ?

Nadia fut brusquement ramenée à la réalité et leva les yeux vers Holly, qui avait passé la tête dans sa chambre.

— Qu'est-ce que ça peut te faire ? Je croyais que tu n'étais pas intéressée, la taquina Nadia.

Holly fit une grimace.

— Bien sûr que non ! Tu me connais. Moi, mon truc, c'est les *bad boys* !

C'était l'euphémisme du siècle.

— Et Alex n'est pas ce qu'on appelle un *bad boy*…

Encore un euphémisme.

— Eh ! Je le trouve plutôt sexy dans le style costard-cravate, observa Nadia, et il a de beaux yeux.

— Je n'ai même pas remarqué, avoua Holly, et je ne sais pas pourquoi toi, tu l'as remarqué alors que tu pouvais plonger dans le beau regard de Matt, ton futur mari.

— C'est vrai que Matt a de beaux yeux lui aussi.

— Je me demande si vos enfants auront les tiens ou les siens.

— Hols, je t'en prie.

Nadia désigna son ordinateur.

— Il ne m'a même pas encore pokée sur Facebook, alors les enfants, ce n'est pas pour tout de suite.

Holly jeta un coup d'œil à l'écran.

— Qui poke encore sur Facebook de nos jours ? demanda-t-elle, incrédule.

— Je crois que ça fait si longtemps que c'est de nouveau à la mode. C'est rétro ou un truc du genre, répondit Nadia fermement. Je devrais peut-être poker Alex, annonça-t-elle.

Holly s'esclaffa.

— Très bien, on se voit quand tu seras de retour de 2006.

Elle lui fit un petit signe et disparut dans le couloir.

Alex

C'était le premier été qu'Alex passait avec Lila. Bien sûr, il y avait eu des soirées, des vacances à la plage et des *road trips* au cours des trois années durant lesquelles ils avaient fréquenté le même groupe d'amis à l'université, mais ce n'était pas vraiment pareil. A l'époque, il sortait avec Alice et il n'avait donc jamais pensé à Lila de cette façon. L'été précédent, sa relation avec Rory était trop récente, mais, à présent, ils se connaissaient bien, et elle se sentait à l'aise avec lui. Comme le prouvait sa tenue.

— Mon Dieu ! s'exclama Lila en soupirant bruyamment tandis qu'elle remontait un peu plus son haut sur son ventre. Il fait trop chaud !

Elle s'écroula sur le canapé.

— Il n'y a pas d'autres fenêtres qu'on pourrait ouvrir ?

— Non, elles sont toutes grandes ouvertes, répondit Alex sur un ton désolé en s'efforçant de poser les yeux partout sauf sur elle.

Lorsqu'il le faisait par inadvertance, totalement hypnotisé par sa peau crémeuse, il ne voyait qu'un méli-mélo de bras et de jambes nus. Pour se distraire, il prit une gorgée de son Coca, qui avait atteint la température de la pièce en à peine cinq minutes. C'étaient les dernières gouttes de la bouteille de Rory, mais comme on dit si bien : les absents ont toujours tort.

Lila souffla sur les mèches de cheveux qui collaient à son visage, l'air apathique.

— J'aimerais bien que Rory se lève. Il ne doit pas faire aussi chaud dehors.

— Eh bien, s'il a vraiment bu un autre mètre de shooters après mon départ, je doute qu'il émerge avant 15 heures, pour être honnête.

Lila poussa un petit cri de colère.

— Je devrais rentrer chez moi. Quel est l'intérêt de traîner ici s'il dort ?

Elle dut lire sur son visage que ses paroles l'avaient blessé, car elle adoucit aussitôt son expression.

— A part passer du temps avec toi, bien sûr, mais tu vois ce que je veux dire, se justifia-t-elle en souriant tristement. Des fois, j'ai l'impression que c'est avec toi que je suis en couple.

Elle faisait ça, parfois. Il aurait pu jurer que c'était volontaire. Elle créait de petites ouvertures en prononçant ce genre de phrases et le regardait à travers ses longs cils comme si elle attendait qu'il réagisse. Il aurait aimé savoir ce qu'elle voulait exactement. C'était trop espérer de penser qu'elle désirait la même chose que lui. Une fois ou deux, à la fac, il avait eu l'impression qu'il lui plaisait. Mais c'était sans doute propre au type arrogant qu'il était à l'époque.

— Allez, viens, dit-il en se levant. Si nous sommes condamnés à passer notre dimanche à glander, autant le faire dans un parc au soleil. Prends tes tongs.

Nadia

Matt portait le même polo Lacoste que la veille, lorsqu'ils s'étaient rencontrés au Bison. Bien sûr, il était tout à fait possible qu'il en possède plus d'un. Peut-être même étaient-ils vendus par deux...

Prenant conscience un peu tard que Matt lui avait posé une question et qu'il attendait sa réponse, Nadia essaya de gagner du temps en avalant une grande gorgée de vin.

— Oh ! carrément, dit-elle finalement, soulagée lorsque Matt hocha la tête avec enthousiasme.

— Nous sommes d'accord.

Pour un premier rencard, cette soirée était un peu décevante. Honnêtement, c'était principalement sa faute. Refusant de partir du principe que Matt paierait leurs consommations — mais ne pouvant se permettre de faire des folies —, Nadia avait suggéré le Bankside All Bar One, où elle savait qu'elle pourrait commander un plateau de tapas et une bouteille de vin pour moins de 11 livres. Le prétendu sauvignon était aigre et chaud dans sa bouche. C'était sa faute. Elle n'aurait jamais dû demander cette piquette sans insister pour obtenir un seau à glace. Elle avala une autre gorgée généreuse en louchant sur la boisson de Matt. Il avait opté pour un cidre dans une jolie bouteille à la forme vintage qui dégageait une agréable odeur fruitée. Paradoxalement, il trouvait efféminé pour un homme de boire du vin.

Que faisait-elle ici ? Ce n'était vraiment pas le bon moment pour entamer une relation avec quelqu'un, même si ce quelqu'un était grand, canon et portait un prénom qui tombait à pic…

Ses pensées avaient divagué encore une fois, et elle se concentra un peu trop tard sur ce que disait Matt.

— Et toi, alors ? demanda-t-il avec un large sourire.

Merde ! Impossible de ruser sur ce coup. En soupirant, elle posa son verre de vin sur la table.

— Pardon, j'ai la tête ailleurs. Qu'est-ce que tu as dit en dernier ?

Le sourire de Matt s'élargit.

— En dernier seulement ?

— Je suis désolée, répéta Nadia. On ne s'entend pas ici.

Mensonge. A moins d'être à moitié sourde. Matt, lui, semblait ravi.

— Eh bien, on va arranger ça.

Il se leva et traîna sa chaise, qui se trouvait face à Nadia, pour l'installer à côté d'elle avant de récupérer sa jolie bouteille de cidre. Le raclement des pieds en métal sur le carrelage attira l'attention des nombreuses autres tables. Nadia aperçut une fille digne d'une couverture de magazine qui jaugeait Matt de la tête aux pieds. Elle portait un chemisier ample ultra *girly* orné de nœuds papillons. L'inconnue se pencha aussitôt vers ses deux copines pour leur faire part de ses commentaires. Les trois se tournèrent ensuite dans leur direction et se mirent à les observer par-dessus leurs verres.

Alors qu'elle était habituellement plutôt à l'aise avec son corps, Nadia eut l'impression d'être une pouilleuse à côté du beau Matt et de son polo Lacoste. Comment faisaient les gens qui vivaient dans les pays chauds ? Dès que la température passait les 24 degrés, ses cheveux devenaient poisseux, et son visage virait à l'écarlate. Le choix de sa tenue avait été un véritable casse-tête. Le seul vêtement supportable par cette chaleur était sa robe en lin, beaucoup trop courte et carrément transparente sous une certaine lumière (dont elle espérait que le bar n'était pas équipé). Pourtant, Matt l'avait accueillie avec une lueur appréciatrice au fond des yeux et lui avait affirmé qu'il la trouvait superbe. Toute la soirée, il avait poliment maintenu son regard braqué sur son visage, ignorant avec aplomb la tentation que représentaient ses bretelles de soutien-gorge trop lâches et ses cuisses dénudées.

La fille aux nœuds et ses copines continuaient à les scruter sans gêne. Nadia espérait qu'elles étaient simplement fascinées par le couple canon qu'ils formaient et qu'elles ne se demandaient pas ce qu'un étalon comme lui faisait avec un laideron comme elle. *Mes cheveux ne sont pas vraiment gras, je les ai lavés,* voulait-elle leur dire. *J'ai eu très chaud dans le métro pour venir et…*

— Nadia ?

Matt lui avait parlé encore une fois. Merde !

— Je suis désolée, bredouilla-t-elle en cherchant autour d'elle un prétexte pour expliquer son impolitesse. Je… Je crois que je connais cette fille, mais je n'arrive pas à me souvenir d'où.

— Quelle fille ?

Matt pivota sur sa chaise pour regarder derrière lui.

— Elle ? demanda-t-il en pointant du doigt la fille aux nœuds, qui paniqua à l'idée d'être surprise en train de les fixer et chercha à s'occuper en remplissant son verre de vin déjà plein.

Nadia se ratatina sur sa chaise.

— Euh… Oui, mais en fait, je me suis trompée, je ne la connais pas.

— Oh…

Matt reporta son attention sur elle et prit une gorgée de cidre.

— Nadia, tu es sûre que ça va ? Tu as l'air un peu… nerveuse.

— Nerveuse ? répéta Nadia.

— Ouais, confirma Matt en souriant. Je trouve ça mignon.

Parfait ! Il pensait qu'elle était troublée et bouleversée par ce rencard avec lui, et pas simplement très distraite ce soir. A sa décharge, il devait être habitué à ce genre de comportement, à en juger par la réaction de la fille aux nœuds et compagnie. *Allez, Nadia,* se sermonna-t-elle. *Tu as en face de toi un type beau à se damner qui semble vraiment dingue de toi et qui porte, comme par magie, le nom de ton faux petit ami. L'univers te tend la main. Saisis-la !*

— Alors, ça te dit ? demandait Matt lorsqu'elle reprit contact avec la réalité.

Et merde !

Chapitre 4

Alex

Il essayait de lire *Les hommes qui n'aimaient pas les femmes* depuis qu'on le lui avait offert à Noël, mais il n'avait jamais réussi à aller au-delà des trois premiers paragraphes sans se déconcentrer. Le livre à la couverture froissée posé sur les genoux, Alex fixait le sol du wagon de métro en se demandant combien de fois encore il devrait travailler tard le soir avant que Donnelly ne le remarque et n'appuie sa promotion.

— J'adore cette trilogie, dit quelqu'un à côté de lui.

C'était la fille qui était entrée à la station précédente, quelques secondes plus tôt.

— Le film était merdique, en revanche, poursuivit-elle.

Alex se raidit. Seuls les tarés parlaient aux gens dans le métro. Allait-il devoir changer de wagon au prochain arrêt ? L'inconnue se mit à rire.

— Tu ne te souviens pas de moi ?

Oui, il se rappelait cette voix, songea-t-il en pivotant vers elle.

— Nadia, eh ! la salua-t-il chaleureusement, soulagé et plus qu'agréablement surpris.

Nadia était tournée dans sa direction, souriante, ses jambes nues étendues, si longues que ses talons compensés en liège atteignaient presque les siège en face d'elle. Ses cheveux tressés reposaient sur l'une de ses épaules.

— Waouh, c'est marrant de te croiser ici ! Le monde est petit !

— Je dirais plutôt que la Northern Line est courte, répondit Nadia. Tu ne rentres que maintenant ? Il est tard.

Alex se gratta la nuque, gêné. Parler de son boulot avec Nadia n'était probablement pas une très bonne idée.

— Oh ! tu sais ce que c'est. J'espère obtenir une promotion.

Il lui adressa un sourire piteux.

— Quelque chose d'un peu moins barbant pour un peu plus d'argent.

— Je ne crois pas que je pourrais faire un métier comme le tien, lui indiqua Nadia d'un ton neutre.

Alex se retint de lui faire remarquer que les étrangers ne pouvaient prétendre à un poste au ministère de l'Intérieur.

— Ah, et pourquoi ?

— Eh bien, c'est un job d'adulte, avec des responsabilités. Tu as quand même un impact sur la vie des gens.

Alex était de nouveau mal à l'aise.

— Je ne fais pas grand-chose en fait. Comme je te l'ai dit, je ne suis qu'un agent administratif. Bon, alors, poursuivit-il, pressé de changer de sujet, ce serait quoi le job de tes rêves ? Si tu pouvais faire tout ce que tu voulais.

— Si j'avais un visa qui m'autorisait à travailler, tu veux dire ? le taquina Nadia.

Elle pencha la tête sur le côté, considérant sérieusement la question.

— Je sais que tu t'attends à ce que je te réponde comédienne, présidente ou astronaute, mais...

Elle baissa les yeux sur ses mains plaquées sur ses cuisses.

— Récemment, je me suis dit que j'aimerais travailler sur les problématiques migratoires...

— Je croyais que tu ne te sentais pas capable d'occuper un poste important ? se moqua Alex.

— Non, ce que je veux dire, c'est que j'aimerais faire un métier qui me permettrait d'aider les personnes dans ma situation à traverser l'épreuve de l'immigration, tu vois ?

Ses yeux brillaient.

— Leur donner des conseils, les guider pour remplir les formulaires et faire appel, ce genre de choses. Je ne sais pas si je pourrais devenir un jour une véritable avocate, mais je peux certainement être traductrice pour commencer. Peut-être que je pourrais enseigner le russe, ou l'anglais aux Russes, tiens !

Elle haussa les épaules.

— Ce genre de choses, quoi.

Alex, qui aurait probablement répondu à cette question par astronaute, se sentit soudain stupide et décontenancé.

— C'est une très bonne idée, déclara-t-il sincèrement, et c'est très honorable.

Il fut récompensé par un merveilleux sourire.

— Je suis contente de l'entendre. Tu es la première personne à qui j'en parle, alors...

Le métro ralentit en entrant dans la station Stockwell. La rame se vida presque, la plupart des passagers descendant à cet arrêt pour prendre la Victoria Line.

— J'espère au moins qu'un bon repas t'attend à la maison. Je suis sûre que Rory est une excellente femme au foyer et qu'il a fait la cuisine pour son pauvre colocataire surexploité.

Alex imagina Rory vêtu d'un tablier à froufrous en train de s'agiter aux fourneaux et éclata de rire.

— J'en doute sérieusement. Pour tout te dire, j'ai prévu de m'arrêter dans l'un de ces établissements orientaux raffinés qui parsèment la rue entre le métro et chez moi.

Nadia fronça le nez.

— Par restaurant oriental, tu veux dire kebab ?

Alex hocha la tête solennellement.

— Exactement. Je ne suis même pas sûr que Rory sera là, en fait. Il est certainement chez Lila.

Nadia le dévisagea pensivement tandis qu'elle fouillait son sac à la recherche de son *Oyster card*[1]. Le métro accéléra de nouveau.

— J'ai déjà mangé, annonça-t-elle, mais j'avais l'intention de faire un saut au Starbucks sur le chemin et, si tu veux mon avis, un sandwich club de chez eux sera toujours meilleur qu'un kebab de Tooting High Street.

— Petite snob de Clapham ! s'exclama Alex en feignant de se sentir offensé.

Nadia fit la grimace et se leva en jetant son sac sur son épaule tandis que le métro commençait à freiner.

— Tu viens ? demanda-t-elle, une main sur une hanche et un petit sourire aux lèvres.

Alex referma son livre avec détermination. Pourquoi pas ? Ce n'était pas comme si quelqu'un l'attendait à la maison.

---

1. *Oyster card* est le nom de la carte de transport londonienne.

Nadia

— J'espère que tu n'es pas le genre de fille à commander un *latte super massimo* au lait de soja, double mousse, double soja, double expresso et double porte-gobelet, se moqua Alex tandis qu'ils poussaient la porte vitrée et entraient dans le café merveilleusement climatisé.

Nadia le dévisagea.

— Non, mais il n'y a pas de mal à savoir ce qu'on veut. Et puis, dit-elle en prenant un air snob, le *massimo*, c'est chez Costa, et nous sommes dans un Starbucks.

Alex l'observa un instant, puis éclata de rire.

De l'autre côté de la salle, une serveuse vêtue d'un long tablier vert empilait des chaises avec empressement. Elle les regarda approcher, un peu agacée.

— Nous fermons dans cinq minutes, leur indiqua-t-elle sur un ton accusateur, comme si elle les soupçonnait de vouloir passer la nuit dans l'établissement.

— Je crois que je peux faire une croix sur mon sandwich super nutritif, remarqua Alex en désignant les étagères vides dans la vitrine.

Il était presque 20 heures. Ils auraient dû se douter que le Starbucks serait sur le point de fermer.

Nadia grimaça.

— Désolée. C'est ma faute, mais, crois-moi, je t'ai rendu service en t'empêchant de manger ce kebab. On peut encore commander des boissons ? demanda-t-elle à la serveuse.

Cette dernière leva les yeux au plafond comme si Nadia était la pire des tortionnaires avant de passer derrière le comptoir sans répondre.

— Tout compte fait, il fait trop chaud pour prendre un café, dit Nadia à Alex. Puis-je avoir un *Lime*, s'il vous plaît ? reprit-elle en prenant soin de se montrer super polie.

— C'est sucré ça, non ? s'enquit Alex.

— Oh ! c'est une boisson qu'ils font en été. C'est un peu comme du thé glacé.

— C'est fait à partir de vrais fruits et d'extrait de café vert pour un coup de fouet énergétique faible en calories que vous pouvez apprécier n'importe où, déclama la serveuse du ton le plus ennuyeux au monde, récitant clairement sa leçon.

Alex l'observa en clignant les yeux.

— Euh… ça m'a l'air bien. On va en prendre deux alors.

Après quelques secondes embarrassantes, durant lesquelles chacun essaya de payer pour l'autre, ils finirent par partager l'addition et abandonnèrent la pauvre serveuse à son sort. Dehors, l'air était encore chaud et humide. Nadia prit une gorgée de sa boisson à la paille.

— Goûte, insista-t-elle. Dis-moi ce que tu en penses.

Alex osa une lampée hésitante avant de se lancer carrément. Les gros glaçons s'entrechoquèrent au bond de son gobelet en plastique transparent.

— Hum… En tout cas, c'est rafraîchissant, finit-il par déclarer au bout d'un moment.

Nadia rit.

— Tu n'apprécies pas ce coup de fouet énergétique faible en calories ?

— Repose-moi la question quand j'en serai à la moitié.

— Je suis désolée de t'avoir détourné de tes plans pour une boisson dégueu, s'excusa Nadia.

— Et sans alcool en plus, approuva Alex.

— Et on n'a même pas un endroit où s'asseoir, ajouta Nadia en désignant le café où la serveuse continuait à rassembler les chaises derrière la baie vitrée.

— Alors, tu habites où ? demanda Alex.

Nadia blêmit. Elle appréciait sa compagnie, bien sûr, et c'était elle, après tout, qui l'avait fait descendre du métro trois stations avant la sienne, mais elle imaginait déjà la tête d'Holly si elle se pointait chez elles avec Alex. Un désordre honteux régnait la plupart du temps dans leur appartement et, avec cette chaleur, il était plus que probable qu'Holly était affalée sur le canapé en débardeur et en culotte.

— Euh…

Elle fit un geste en direction du sud-est.

— Je transpire déjà à l'idée de reprendre le métro, même avec ma boisson incroyablement rafraîchissante, expliqua Alex. Je comptais rentrer à pied vers Tooting en passant par le parc. Si c'est sur ton trajet, je peux faire un bout de chemin avec toi.

Nadia se sentit stupide. Comment avait-elle pu croire que ce parfait gentleman essayait de s'incruster chez elle ?

— C'est une très bonne idée, répondit-elle en pivotant dans la direction opposée à son appartement. Une promenade dans Clapham Common un soir d'été. C'est le top !

— Cool, dit Alex en souriant avant de l'entraîner en direction des grandes étendues vertes devant eux. Mais je ne vais pas te mentir, Nadia, lorsque j'arriverai sur Tooting, je prendrai le plus gros et le plus dégoûtant kebab que je trouverai.

Alex

— Oh ! attends une minute, dit Nadia en interrompant brutalement leur conversation. Je ne peux pas m'en empêcher.

Elle lui tendit sa boisson à moitié vide et son petit sac à main avant de s'avancer en direction d'une aire de jeux pour enfants.

— Je crois que c'est fermé, indiqua Alex en remarquant immédiatement le gros cadenas brillant qui bloquait le portail.

Nadia lui adressa un regard par-dessus son épaule tandis qu'elle enjambait la barrière. Alex détourna poliment les yeux quand sa jupe remonta sur ses cuisses. Lorsqu'il reporta son attention sur elle, elle se tenait au milieu du petit parc, un large sourire sur les lèvres.

— Alors, tu viens ?

Alex approcha du portail, dubitatif.

— On ne risque pas d'avoir des problèmes ? demanda-t-il.

Nadia haussa les épaules et tendit les mains pour récupérer leurs verres et son sac.

— Je n'en ai jamais eu jusque-là.

— Jusque-là ?

Alex étudia avec attention la grille — certes, très basse — et s'assura de sa résistance en pesant dessus de tout son poids un bref instant.

— Tu as donc l'habitude de t'introduire dans les aires de jeux la nuit ?

— Juste celle-ci, répondit Nadia sérieusement. Allez, arrête de faire le bébé, viens.

— Si c'est fermé, j'imagine qu'il y a une raison, insista Alex fébrilement tout en escaladant le portail à son tour.

— C'est pour empêcher les chiens et les ados d'entrer, affirma

Nadia en l'observant tandis qu'il se réceptionnait maladroitement. Et nous ne sommes ni l'un l'autre.

Alex tapota son pantalon de costume pour le dépoussiérer et en profita pour s'assurer qu'il ne l'avait pas accroché ou déchiré au passage. Lorsqu'il se redressa, Nadia le regardait avec un air amusé. Sans commentaire, elle lui rendit sa boisson.

— Tu veux t'asseoir ? offrit-elle en laissant tomber son sac à main dans l'herbe.

— Je ne suis pas sûr que ce soit le mot, précisa Alex.

Nadia l'ignora et s'installa sur la balançoire la plus à gauche. Ses talons compensés frottaient la dalle en bois éraflée enfoncée dans la terre tandis qu'elle commençait à osciller d'avant en arrière. Alex posa son verre par terre avant de s'asseoir sur la seconde balançoire en s'agrippant aux deux chaînes. Nadia ne se tenait même pas. Elle lui souriait en sirotant tranquillement sa boisson.

— Qu'est-ce qu'il y a ? demanda-t-elle. Tu n'as jamais fait de balançoire ?

— Bien sûr que si, rétorqua Alex.

Nadia haussa les sourcils et frappa le sol de la pointe de son pied un peu plus fort. Alex se sentait légèrement nerveux à l'idée qu'elle puisse tomber.

— J'ai toujours rêvé de passer par-dessus la barre quand j'étais petite, lui expliqua Nadia en levant les yeux avec nostalgie vers la poutre au-dessus d'eux.

— C'est impossible, se moqua Alex.

— Si, c'est possible ! insista Nadia. J'ai vu une vidéo sur YouTube.

— Ça défie les lois de la physique, objecta Alex.

— Mon Dieu ! s'exclama Nadia en riant.

Elle avait fini par se rendre compte de la hauteur vertigineuse qu'elle avait atteinte et avait enroulé un bras autour de l'une des chaînes sans toutefois lâcher son verre.

— Disons-le autrement. J'espère que mes enfants seront du genre à vouloir passer par-dessus la barre au lieu de penser que c'est forcément impossible.

— Es-tu en train de dire que l'humanité est divisée entre ceux qui veulent passer par-dessus la barre et ceux qui ne le veulent pas ? se moqua Alex. C'est super profond, dis-moi !

— Non, dit Nadia en secouant la tête exagérément, je pense simplement qu'il y a ceux qui rêvent de passer par-dessus la barre et ceux qui ont trop peur pour essayer.

— Bien, répondit Alex avec un petit rire, c'est une description accablante de ma personnalité. Et on vient à peine de se rencontrer !

Nadia s'esclaffa à son tour en le regardant en coin tandis qu'elle se balançait de plus en plus haut.

— Bon, c'est un peu manichéen comme vision, mais c'est la vérité. Je crois que ça te ferait du bien de prendre un peu plus de risques, si tu me permets d'être honnête.

— Prendre des risques ? Regarde-moi. Je viens de commettre un délit, je bois un truc étrange dont je n'avais jamais entendu parler avant aujourd'hui et je fais de la balançoire alors que, je l'admets, je n'en ai pas fait depuis au moins dix ans.

— Vraiment ?

Nadia avait l'air sincèrement surprise.

— Sérieux, Alex ! Qu'est-ce que tu fais de ton temps libre ?

Alex ne répondit pas, parce qu'il n'avait pas grand-chose à dire. Ils se balancèrent encore un moment avant que Nadia ne rompe le silence en laissant tomber son gobelet vide au sol, faisant éclater les derniers glaçons à l'intérieur.

— Tu sais, Holly et moi pensions que Lila était ta petite amie au début, dit-elle.

— Je sais, se contenta-t-il de répondre.

— Mais en y réfléchissant, vous n'aviez pas l'air d'un vrai couple, ajouta Nadia.

Alex tressaillit.

— Et pourquoi ça ? ne put-il s'empêcher de demander. Tu trouves que Lila est une fille au-dessus de la barre ou un truc du genre ?

Nadia rit.

— Non, rien à voir. Mais on n'aurait pas dit que…

Elle marqua une pause pour choisir ses mots avec soin.

— Vous n'aviez pas l'air très à l'aise, tu vois ?

Ouais, Alex comprenait tout à fait ce qu'elle voulait dire. Il frappa la dalle un peu plus fort et se balança franchement pour la première fois, perdant contact avec le sol pendant quelques secondes. Au-dessus de lui, le ciel avait pris une teinte orangée et rose sous la lueur du soleil couchant qui étirait leurs ombres derrière eux. Il faisait encore trop clair pour discerner les étoiles, mais il était tard malgré tout. Il devrait bientôt rentrer, songea-t-il sombrement.

— Si on m'avait dit que je ferais autant d'heures sup lorsque j'ai obtenu mon diplôme et que j'ai emménagé à Londres, j'aurais éclaté de rire, admit-il.

— Pourquoi ? demanda Nadia, curieuse.

— Eh bien, pour commencer, ce job au ministère de l'Intérieur devait simplement étoffer mon CV. Une première expérience attrayante pour un potentiel futur employeur, tu vois ? J'étais censé faire autre chose à ce stade de ma vie.

— Comme quoi ?

— Je ne sais pas. Autre chose.

Soudain, il semblait incapable d'arrêter de parler.

— A l'époque, je vivais avec une bande de potes à Brighton, poursuivit-il. Nous partagions une maison à cinq.

Alex rit devant la grimace exagérée de Nadia.

— Ce n'était pas si mal. On se marrait bien. Puis, l'un après l'autre, ils sont partis s'installer à Londres ou ont emménagé avec leur copine, ce genre de choses. Le dernier s'est fait licencier et a dû retourner vivre chez ses parents dans le Devon. Le pauvre, il est toujours là-bas. Ça fait presque trois ans.

Nadia grimaça de nouveau.

— Le pauvre, lança-t-elle.

— Ouais… Quand c'est arrivé, nous avions déjà emménagé dans Tooting, et je me suis donc retrouvé seul dans un trois pièces. C'est là que j'ai rencontré Rory sur spareroom.com.

Alex sourit.

— Il a pris la chambre, même s'il m'a fait une scène parce que j'avais indiqué que l'appartement était dans Balham alors qu'il est clairement dans Tooting. Nous nous entendons super bien, c'est pas le problème, mais… depuis qu'il sort avec Lila, je crois que je m'attends à ce qu'il poursuive sa route lui aussi. Lui et Lila sont les seules personnes que je fréquente ces derniers temps, alors… ça ne m'enchante pas vraiment.

Nadia avait arrêté de se balancer pour l'écouter. La tête appuyée contre l'une des chaînes, elle l'observait avec compassion. Il détestait qu'on le regarde comme ça. Pourquoi parlait-il de ça d'abord ? Et à une fille qu'il connaissait à peine ! Alex laissa ses pieds traîner sur la dalle en bois pour ralentir son propre balancement.

— Quel duo nous formons ! s'exclama Nadia brusquement. Toi, tu as peur que les autres partent et, moi, j'ai peur de devoir partir.

— Oh ! laisse tomber, dit Alex, de plus en plus gêné.

Pourquoi était-il si facile de se confier lorsque l'on jouait à des jeux d'enfants ?

— Je ne fais que me plaindre. Désolé de t'avoir embêtée avec ça. Ne fais pas attention à moi. J'ai juste le *blues* de Londres.

— Oh non, tu ne peux pas mettre ça sur le dos de Londres, objecta Nadia fermement. Rien de tout ça n'est la faute de Londres.

— La solitude est moins oppressante dans une petite ville ou un village, rétorqua Alex, regrettant aussitôt le choix de ses mots.

L'expression de Nadia s'était adoucie lorsqu'il avait prononcé le terme solitude.

— Pour être honnête, ma PlayStation est sans doute celle avec qui j'entretiens la relation la plus épanouie, peu importe l'endroit où je vis ! plaisanta-t-il en essayant de donner un ton plus léger à leur conversation.

Nadia répondit en attrapant enfin les deux chaînes à pleines mains pour se propulser encore plus haut. L'espace d'une minute, il crut effectivement qu'elle allait passer par-dessus la barre.

— J'ai une proposition pour toi, déclara-t-elle sans arrêter.

— Quel genre de proposition ? demanda-t-il, méfiant et curieux malgré lui.

— Désolée, je ne t'entends pas, cria Nadia avec entrain. Il va falloir que tu me rejoignes.

Alex, presque immobile à présent, leva les yeux vers Nadia. Elle atteignait le point culminant de son ascension, qui lui semblait à plusieurs mètres de hauteur.

— Ah, très drôle, répondit-il sans humour. C'est quoi, cette proposition ?

— Je ne t'entends pas, répéta Nadia.

Alex continua à la fixer, incrédule. Finalement, il soupira.

— Très bien.

Il prit appui sur le sol et reprit son balancement.

— Alors ?

Nadia baissa la tête dans sa direction et éclata de rire.

— C'est pathétique. Plus haut ! ordonna-t-elle.

Alex souffla de nouveau et tira les chaînes en arrière pour accélérer. Il était encore loin d'atteindre la hauteur vertigineuse de Nadia, mais elle sembla apprécier ses efforts et prit pitié de lui.

Nadia

— Je vais t'aider, un peu comme un gourou, dit-elle sur un ton très neutre.

Après un moment, Alex éclata de rire. Quelle que soit l'offre à laquelle il s'était attendu, celle-ci ne faisait clairement pas partie des hypothèses.

— Non, je suis sérieuse ! insista Nadia.

— Je vois ça ! C'est sympa, mais non merci.

— Non, vraiment. Une fois, Caro m'a laissé prendre toutes les décisions pour elle pendant un mois, juste pour essayer. On avait vu ça dans un épisode de *Friends*.

— Tu veux prendre toutes les décisions à ma place ? demanda Alex, visiblement amusé. Comment tu comptes faire ?

— Non, pour toi, je me contenterai de te forcer à te lâcher un peu. A essayer de nouvelles choses, à vivre de nouvelles expériences, à découvrir de nouvelles personnes.

— Tu es bien partie. J'ai fait les trois depuis que je t'ai rencontrée, marmonna Alex.

Il ne semblait même pas remarquer qu'il se balançait bien plus haut qu'il ne l'avait fait jusqu'alors, ce que Nadia décida de prendre pour un bon signe.

— Je pense simplement que tu as besoin d'obtenir la preuve que le monde réel est bien plus vaste que celui de ta PlayStation, ajouta-t-elle.

Alex ricana.

— Venant de quelqu'un qui n'a jamais joué à *Skyrim*.

— Tu ne fais qu'étayer ma thèse, tu sais.

— Qu'est-ce que tu suggères concrètement ? demanda Alex d'un ton cinglant. Tu comptes me faire visiter toutes les aires de jeux de Londres ? Me faire essayer les meilleures balançoires de la capitale ? Elargir mon horizon en explorant de nouveaux parcs ?

— OK, laisse tomber ! répondit Nadia en soufflant.

Elle ne savait plus trop où elle voulait en venir elle-même. Elle se sentait juste désolée pour ce type. Le mot solitude la rendait toujours désespérément triste. Elle avait apprécié cette soirée en compagnie d'Alex, mais l'idée que ce moment soit le temps fort de sa semaine lui serrait le cœur.

— Pardon, dit Alex, prenant visiblement conscience de s'être montré désagréable.

Nadia rit.

— Tu es *so british*, à t'excuser en permanence.

Elle le dévisagea. Son corps entrait et sortait de son champ de vision au rythme de son balancement.

— J'adore cette ville, lâcha-t-elle en reportant son attention sur le ciel assombri. Tu devrais en profiter.

Alex ne répondait pas, alors elle poursuivit.

— Récemment, je me suis dit que je devrais en tirer le maximum.

— Comment ça ?

— Tu sais, au cas où... je ne pourrais pas rester.

Elle employait toujours ce genre de phrase détournée pour éviter de penser qu'elle devrait partir. Cette façon de présenter la situation lui semblait plus inoffensive.

— Nadia, dit Alex, gêné.

Elle continua avant qu'il ne poursuive sur cette note compatissante.

— Je me dis juste que je devrais réunir de nouveaux souvenirs. Raviver les anciens. Tant que je peux le faire. J'ai listé tous les trucs que j'aime sur mon téléphone pour être sûre de les vivre une dernière fois. J'ai aussi noté tout ce que je n'ai pas encore pu découvrir.

Elle pivota pour lui faire face, ralentissant son balancement, perdant de la hauteur.

— On croit toujours qu'on a le temps, mais ce n'est pas le cas, dit-elle en espérant qu'il comprenne où elle voulait en venir sans avoir à recourir au vieil adage : on ne vit qu'une fois.

Alex l'observa avec un air grave, et elle sut qu'il saisissait. Malgré le crépuscule, elle percevait que son regard restait expressif, direct et franc tandis qu'il plongeait dans le sien. Nadia se souvint d'avoir dit à Holly qu'Alex avait de beaux yeux.

Une brise fraîche, qui n'avait pas soufflé sur la ville depuis trois semaines, caressa sa peau. Nadia ferma les yeux et savoura la sensation sur son visage. La vague de chaleur arrivait peut-être à son terme. Elle pria l'univers pour que cet été ne soit pas le dernier qu'elle passerait à Londres.

— Je crois que tu fais ici référence à l'expression : faire d'une pierre deux coups, déclara Alex subitement, l'arrachant à ses pensées.

— Hein ?

Nadia reporta son attention sur lui. Le vent était retombé, et la chaleur de la soirée les accablait de nouveau comme si elle avait rêvé.

— Eh bien, si tu partages ta liste avec moi, observa-t-il, tu pourras m'apprendre à me lâcher un peu, comme tu l'as suggéré, et me faire découvrir de nouvelles expériences tout en...

Il s'interrompit.

— Revivant de vieux souvenirs, ajouta Nadia en souriant.

— Un truc du genre. Tu n'es pas obligée de me traîner partout avec toi, assura-t-il avec empressement, mais si tu as besoin de compagnie pour une activité en particulier... Tu n'auras qu'à m'envoyer un message. Je suis dispo la plupart du temps ! précisa-t-il en se moquant de lui-même.

Elle appréciait l'autodérision.

— OK.

Quelques éléments de sa liste lui venaient déjà à l'esprit. Alex aimait-il la nourriture mexicaine ? Si ce n'était pas le cas, il y avait toujours Bodeans.

— Tu es libre jeudi soir ?

Alex eut un léger sursaut.

— Jeudi ? répéta-t-il comme s'il ne s'était pas vraiment attendu à ce qu'elle le prenne au mot.

Nadia sourit largement.

— Jeudi. Que dirais-tu de t'aventurer dans un restaurant mexicain ? La nourriture y est tellement épicée que je crois le propriétaire sur parole lorsqu'il affirme que certains clients ont été hospitalisés après avoir mangé là-bas.

Alex poussa un petit cri théâtral.

— Ça ne m'enchante pas vraiment, pour être honnête.

— Alors, que dirais-tu de goûter des *ribs* tellement énormes que mon ami Ledge a fondé la théorie selon laquelle ils viendraient de dinosaures ?

— J'opte pour les *ribs* de dinosaures sans la moindre hésitation. Ça doit être délicieux.

Nadia s'esclaffa, reprenant enfin pied sur le sol. Les muscles de ses bras étaient raides à force de tirer sur les chaînes et, lorsqu'elle se leva, ses jambes vacillaient. Elle se dirigea vers son sac à main d'une démarche étrange et en sortit son téléphone portable, rangé dans la poche avant.

— Tiens, dit-elle en le tendant à Alex qui s'était arrêté lui aussi et la regardait avec curiosité. Donne-moi ton numéro.

— D'accord.

Alex s'empara de l'appareil et composa minutieusement les onze chiffres avant de le lui rendre. Nadia l'enregistra dans ses contacts.

— Je suis désolée, dit-il, son assurance le désertant déjà. Je t'ai mis au pied du mur et je t'ai forcée à…

— Sérieux, arrête de t'excuser tout le temps ! le coupa Nadia en rangeant son téléphone. On se retrouve à 19 heures jeudi soir devant la bouche de métro de Clapham Common. Il est tard, je ferais mieux de rentrer.

— D'accord, répondit Alex d'un ton dubitatif en se levant lui aussi. 19 heures, jeudi soir.

Il lui décocha un sourire.

— Merci pour le verre et pour avoir redonné de la hauteur à ma vie. Sans oublier la session de coaching personnel, si on peut appeler ça comme ça.

Nadia rit à son tour.

— Je t'en prie. La suite jeudi !

Chapitre 5

Alex

Il avait passé la semaine à se dire qu'il devait être victime d'une plaisanterie dont il était le seul à ne pas comprendre le sens. Il était convaincu qu'elle annulerait ou — pire — qu'elle lui poserait un lapin et le laisserait attendre plein d'espoir sous l'horloge de la station Clapham Common comme tant d'autres losers avant lui. Il avait voulu lui envoyer un message le lundi soir (après s'être rabattu sur un McDo au lieu du kebab tant décrié), mais il s'était aperçu qu'elle ne lui avait pas donné son numéro. Il passerait certainement pour un fou s'il la contactait sur Facebook uniquement pour lui dire qu'il mangeait un hamburger.

Alex arriva au rendez-vous avec une avance embarrassante de dix-sept minutes. Pour tuer le temps, il fit la queue devant un distributeur de billets, afin de tirer du liquide dont il n'avait pas besoin. Puis il retourna au Starbucks de la dernière fois pour commander une boisson dont il n'avait pas envie. Le serveur était différent, mais tout aussi bourru. Il décida d'en profiter pour prendre un *Lime* à Nadia (tout en ayant conscience que cela lui donnerait l'air encore plus stupide si elle ne se pointait pas). Aussi, lorsqu'il la vit émerger de la bouche de métro, clignant des yeux sous la lueur du soleil, une vague de soulagement déferla en lui. Nadia le repéra presque aussitôt, et un grand sourire éclaira son visage tandis qu'elle avançait dans sa direction.

— Aurais-tu besoin d'un rafraîchissement par hasard ? suggéra Alex en tendant le gobelet transparent à Nadia quand elle l'eut rejoint.

Elle rit, étonnée.

— Oh ! merci ! Tu n'en as pas pris ? demanda-t-elle pour le taquiner en remarquant le café dans son autre main.

— J'ai préféré opter pour un booster d'énergie naturel, le double expresso, répondit-il avec ironie en trinquant avec elle.

— Alors, tu as faim ?

— Je suis affamé !

— Vraiment ? C'est parfait.

— En fait, je n'ai pas mangé ce midi. Je voulais me réserver pour ce soir, admit-il. Ces *ribs* ont intérêt à être aussi énormes que tu me les as décrits.

— Tu ne seras pas déçu, crois-moi, lui assura Nadia en tournant la tête vers le passage piéton le plus proche pour lui indiquer qu'ils devaient traverser. Tu absorbes des calories rien qu'en respirant l'air là-bas, je te le promets.

— Génial !

Alex pressa le pas pour rejoindre Nadia qui s'était mise en route, déterminée.

— J'en déduis que tu n'as pas mangé ce midi non plus ?

— Moi ? Si ! Je prendrai certainement une salade ou une pomme de terre au four, répondit-elle en balayant sa remarque d'un geste de la main.

Alex ricana tout en s'efforçant de rester à sa hauteur.

— Pas question !

Nadia

Nadia savait que ses cheveux sentaient toujours la sauce barbecue après avoir dîné dans ce restaurant, mais elle s'en souciait à peine. L'expression d'Alex tandis qu'il observait le serveur déposer un plat — ou plutôt un plateau — des fameux *ribs* à la table voisine n'avait pas de prix.

— Tu n'exagérais pas, remarqua-t-il, incapable de détourner les yeux. Sérieusement, c'est de quel animal ?

Nadia haussa les épaules.

— Nous avons toujours considéré que s'ils ne le précisaient pas sur le menu, c'était que nous n'aimerions probablement pas le savoir.

— Je trouve ça un peu impoli de manger un animal sans même savoir ce que c'est. Je vais poser la question.

Nadia plaqua les mains sur ses oreilles pour plaisanter.

— Si tu le fais, ne me dis rien !

— Ça doit être du bison ou un truc du genre…, ajouta Alex pour la taquiner.

Nadia poussa un cri de protestation.

— Un bison shooté aux anabolisants toute sa vie…

— Puis-je vous proposer une boisson pour commencer ? les interrompit la serveuse au moment le plus opportun.

— Il prendra un Cow-boy Martini, répondit Nadia alors qu'Alex allait ouvrir la bouche probablement pour commander un cocktail moins chargé en vodka.

Il fronça les sourcils.

— Qu'est-ce que c'est que ça ?

— Un incontournable, affirma Nadia joyeusement.

— Très bien. Dans ce cas, la demoiselle prendra la **même** chose, indiqua-t-il à la serveuse, et j'offre les boissons, ajouta-t-il aussitôt pour couper Nadia comme elle s'apprêtait à protester.

Elle aurait dû refuser. Elle ne voulait pas lui laisser penser qu'il s'agissait d'un rencard, mais, en même temps, cette soirée lui coûtait déjà presque tout son budget alimentaire de la semaine.

— Deux Cow-boy Martini, répéta la serveuse en gribouillant sur son calepin écorné. Avez-vous choisi vos plats ?

— Oui, je vais prendre les *ribs*, déclara Alex.

— J'avais cru comprendre, répondit la jeune femme en haussant les sourcils. Au fait, c'est du bœuf tout à fait ordinaire. Rien d'exotique. Et aucun anabolisant.

Alex lança un regard en direction de la montagne de *ribs* que ses voisins de table parvenaient à peine à manger.

— Pas possible…

— Très bien, les *ribs*, alors, avec les accompagnements habituels, commanda Nadia avec un sourire.

— Vous prenez la même chose ? demanda la serveuse, le stylo pointé sur son bloc-notes.

Alex ricana.

— Je crois que nous allons partager, indiqua Nadia en riant.

— Elle me sous-estime, déclara Alex d'un ton solennel.

— Vous pouvez préparer le *doggy bag*, chuchota Nadia.

— Deux Cow-boy Martini et un plateau de *ribs* pour deux, conclut la serveuse en les ignorant avec indulgence avant de glisser son stylo dans la poche de son tablier. Je vous apporte vos boissons tout de suite.

— Je crois que c'est la première fois que l'on commande

pour moi au restaurant, raconta Alex en se penchant vers elle après que la serveuse était partie. C'est comme ça que tu comptes me faire prendre ma vie en main ? En me refusant même le choix de ma propre nourriture ?

Nadia fronça le nez en réponse à sa provocation.

— Ce soir, il ne s'agit pas de te faire prendre ta vie en main. Ce soir, tu fais une nouvelle expérience.

Alex haussa les sourcils tandis qu'il glissait la carte plastifiée des cocktails dans le porte-menu qu'il écarta.

— Du bœuf pour le dîner, lança-t-il sérieusement, un nouveau monde…

Nadia éclata de rire. C'était drôle. Elle avait failli lui envoyer un message pour annuler la veille. A la lueur froide du jour, sans la balançoire, le coucher du soleil et leur boisson Starbucks pour rendre l'instant spécial, l'idée de ce rendez-vous lui était apparue un peu folle. Elle était pour la spontanéité d'habitude, mais cette soirée dépassait un peu les limites, même pour elle. Elle avait assez de soucis comme ça en ce moment et elle n'était pas certaine de savoir pourquoi elle faisait tous ces efforts pour adopter un inconnu dans la vingtaine et socialement inapte. Et puis, Matt lui avait envoyé un texto, en respectant prudemment le délai de trois jours après leur premier rendez-vous, afin de lui en proposer un deuxième. Le jeudi était l'un des soirs où il était disponible. Elle aurait pu l'emmener à Bodeans à la place d'Alex après tout.

Toutefois, cet endroit n'était pas vraiment romantique. C'était un restaurant où se retrouver entre amis. La salle sentait la viande et le vinaigre, l'éclairage orange était affreux, et le cuir éraflé des banquettes avait déteint sous les milliers de paires de fesses qui s'étaient assises là avant elle. Alex semblait avoir remarqué l'état lamentable des sièges lui aussi et il frottait ses paumes dessus.

— Bon, la viande n'est peut-être pas exotique, mais… c'est du cuir de quoi, à ton avis ? De la peau de caribou ?

Alex plaqua une main sur ses lèvres avec un air coupable tandis que la serveuse approchait avec leurs verres de Martini. Nadia n'attendit même pas qu'elle ait posé les boissons. Elle prit son cocktail avant que la jeune femme n'ait eu le temps de le déposer sur la table. Elle adorait leur Cow-boy Martini.

Alex semblait plus hésitant.

— Alors, qu'est-ce qu'il y a à l'intérieur exactement ?

— Du Martini et des feuilles de menthe, donc je dirais que c'est un mix entre le Martini et le mojito.

— En quoi un mix entre le Martini et le mojito est-il une boisson de cow-boy ?

Nadia haussa les épaules en prenant une généreuse gorgée du liquide acide.

— Tu t'attendais à quoi ? A ce qu'ils accrochent un éperon au bord du verre ? Allez, bois !

Alex rit et se lança.

— Hum…

Il dégusta le cocktail en exagérant, comme s'il s'agissait d'un grand cru.

— Pas mauvais, mais j'aurais pu me passer de ce verre de fille.

Il récupéra le sucre qui recouvrait les bords du verre du bout de l'index.

— Si c'est suffisamment viril pour James Bond… Et puis, tu pourrais difficilement boire ça dans une pinte.

— Tu veux parier ?

Alex sourit et avala une plus grosse gorgée. Il appréciait

vraiment ce cocktail, malgré ce qu'il en disait. Nadia étudia son visage tandis qu'il buvait. Il commençait déjà à lui être familier, séduisant à sa façon BCBG, les traits enfantins et la peau nette comme les hommes dans les publicités pour rasoirs. Ses cheveux étaient disciplinés, d'un brun profond, même si elle savait que le soleil faisait ressortir leurs reflets auburn. Ce soir, elle le voyait pour la première fois sans son costume et ses lunettes — il avait dû passer chez lui pour se changer après le travail. Il semblait plus grand et plus accessible avec son tee-shirt large qui laissait apparaître ses biceps.

— Alors, se lança-t-elle en joignant les mains sur la table entre eux. Dis-m'en plus sur toi.

Alex était sur le point de reposer son verre, mais il le porta de nouveau à ses lèvres lorsqu'elle prononça ces mots.

— T'a-t-on déjà dit qu'être avec toi était épuisant ?

Nadia émit un petit son offensé.

— Ah oui ? En quoi ?

— Je ne m'attendais pas à ce que cette nouvelle expérience se révèle être un entretien d'embauche dans un boui-boui à grillades.

Nadia éclata de rire.

— Je viens simplement de réaliser que je ne te connais pas tant que ça.

— Et alors ?

— Comment ça, et alors ? C'est juste un peu bizarre.

Alex prit un air encore plus étonné.

— On ne t'a jamais arrangé un rendez-vous ? Tu n'as jamais rencontré quelqu'un sur Internet ?

— Si, avoua Nadia, ça m'est arrivé quelquefois.

— Alors, en quoi est-ce plus bizarre ? Tu sais où je travaille, tu connais le quartier où je vis et tu as déjà vu mon colocataire…

Il leva les mains avec exagération comme pour dire : qu'est-ce que tu veux de plus ? Les manches de son tee-shirt remontèrent sur ses bras, révélant rapidement une énigmatique tache sombre qui ressemblait à un bout de tatouage. Ça, c'était une surprise ! Nadia tendit le cou discrètement pour mieux voir, mais le tissu était déjà retombé.

— Tu n'es pas obligée de me faire la conversation, tu sais, poursuivit Alex, ce n'est pas un *speed dating*.

— Non, puisque c'est un entretien d'embauche ! lui rappela Nadia, en feignant d'être blessée. Il n'y a pas de mal à poser quelques questions…

— Je ne m'attendais pas à me retrouver face à l'Inquisition espagnole, enchaîna Alex avec un sourire.

Nadia leva les yeux au ciel.

— Tu viens vraiment de citer les *Monty Python* devant moi ? Sérieusement ?

— C'est la fille qui pénètre dans des parcs par effraction qui trouve ça puéril ? se moqua Alex.

Nadia joua le jeu.

— Sérieux, si j'avais su que tu étais aussi nul, je ne t'aurais jamais invité à dîner…

Alex leva la tête.

— Vraiment ? Je pensais que tu l'avais fait exactement pour cette raison. Tu as eu pitié en me voyant me vautrer dans ma nullité et tu as voulu me faire découvrir le monde.

— C'est vrai, admit Nadia. Tu n'as pas tort, mais je te préviens, si tu commences à citer *Star Wars,* je me tire.

Alex

Nadia l'observait avec un air étrange, comme s'il avait subitement changé de couleur ou un truc du genre. OK, il bafouillait un peu — bon, d'accord, beaucoup —, mais sa vie sociale était limitée ces derniers temps, et sa capacité à papoter naturellement s'était émoussée. Il n'arrivait même pas à déterminer si elle le regardait ainsi parce qu'il parlait trop, ou parce qu'il ne parlait pas assez. Peut-être pensait-elle tout simplement qu'il était bizarre. Mais, se rassura-t-il en son for intérieur, ce rendez-vous était son idée. C'était donc elle qui était bizarre.

Encouragé par cette pensée, il prit une autre gorgée de son Martini.

— Alors, déclara-t-il sur un ton détaché, tu étais censée m'apprendre à aimer ma ville, n'est-ce pas ? Eh bien, ce cocktail est plutôt bon, mais je ne crois pas qu'on puisse dire qu'il soit très londonien. Et c'est une chaîne américaine, non ?

— Oui, admit Nadia en riant. Le côté Cow-boy du Martini m'a trahie.

— Et le football américain, ajouta Alex en désignant l'un des écrans suspendus qui diffusaient des images de ce sport incompréhensible.

— Caro est sortie avec un Américain une fois, dit Nadia en secouant la tête. Il appelait le vrai football *soccer*, ça rendait dingue tout le monde.

— Qu'est-ce qui ne va pas chez cette fille ? Je ne l'ai vue que trente secondes, mais elle m'a semblé un peu crispée.

Nadia parut troublée par sa question, et Alex tenta de se rattraper.

— Je ne disais pas ça méchamment, reprit-il. Simplement, toi et Holly avez l'air plus cool…

— Caro a toujours beaucoup de choses à penser, lui indiqua Nadia avec une nonchalance étudiée en faisant glisser son doigt sur le bord de son verre de Martini.

Alex comprit qu'il valait mieux lâcher l'affaire. Nadia avait visiblement envie de changer de sujet elle aussi.

— J'ai revu Matt la semaine dernière.

Ah, oui… Matt, le grand blond buveur de bière belge. Avec les cheveux platine de Nadia, ils auraient pu tourner un porno aryen sans problème.

— Ah oui ? Tu as mangé un gros bout de viande avec lui aussi ?

Alex put à peine s'empêcher de grimacer en prenant conscience, trop tard, de son insinuation vulgaire.

Nadia cilla avant de vaillamment poursuivre la conversation.

— Non, nous sommes simplement sortis boire un verre. Tu sais, une fille n'est pas censée accepter un dîner pour un premier rendez-vous.

— Pourquoi pas ?

— Au cas où le type ne lui plairait pas. Au cas où il serait ennuyeux. Au cas où… Je ne sais pas moi… Au cas où il ferait des bruits dégoûtants en mangeant, parlerait sans cesse de son ex, commanderait un plat super cher et six accompagnements en pensant qu'elle va payer. Il peut aussi pleurer. Un repas, c'est très long lorsqu'on est face à un type de ce genre. Le temps qu'il faut pour boire un verre de vin est plus gérable, surtout à la vitesse à laquelle je suis capable de le vider.

Alex était amusé, mais légèrement horrifié malgré tout.

— Waouh ! Matt a fait tout ça ? la taquina-t-il.

Nadia rit.

— Non, pas Matt, mais j'ai déjà vécu chacune de ces situations désastreuses.

— Sérieux ? Ça suffirait à faire baisser les bras à n'importe qui !

— Peut-être, mais pas à moi. Pas encore, ajouta-t-elle en souriant.

— Incorrigible romantique, hein ?

— Il suffit d'une fois pour rencontrer le bon, fit remarquer Nadia.

Alex sentit son cœur se serrer et son sourire se figer sur son visage. Il ne pouvait tout simplement pas croire en cette idée. D'abord, Alice. Maintenant, Lila. Les deux avaient été la bonne pour lui, dans la mesure où cette notion existait vraiment, et ce sentiment n'avait pas été réciproque. Il chassa vite ces pensées.

— Et alors, Matt est-il le bon ? s'enquit-il en prenant une autre gorgée de son verre qui était déjà dangereusement vide.

Nadia émit un petit rire gêné.

— Qui sait ? Peut-être !

Elle haussa les épaules.

— Il porte le bon prénom en tout cas.

— Le bon prénom ? répéta Alex, curieux.

Les joues de Nadia se colorèrent d'une adorable teinte rose.

— Ah, laisse tomber, c'est une blague avec mes amis, dit-elle en vidant son cocktail elle aussi.

Alex désigna son verre.

— Tu veux la même chose ? Ou y a-t-il d'autres spiritueux au menu que tu as l'intention de me faire essayer ?

— Oh ! non, ne t'inquiète pas, répondit-elle aussitôt. C'est bon pour moi.

— Non, toi, ne t'inquiète pas, insista Alex avec douceur.

C'est très gentil de ta part de m'avoir proposé ce dîner. Tu es une fille très cool.

Une fille très cool ? Sérieusement, Alex ! C'est de mieux en mieux. La pauvre allait finir par se croire piégée dans une sitcom américaine des années 1990. Bientôt, elle commencerait à regarder la porte du coin de l'œil et lui sortirait tout un tas d'excuses comme s'il était l'un de ces types qui commandaient des plats hors de prix et pleuraient en parlant de leur ex, ou autres scènes cauchemardesques qu'elle avait vécues.

A la place, Nadia se pencha sur la table et pressa brièvement la main qu'il avait posée entre eux.

— Et tu es un garçon très cool, toi aussi, dit-elle sincèrement avant de le libérer pour s'emparer de la carte des cocktails. Si tu insistes, il y a cette boisson qui a le goût de tarte aux pommes…

Chapitre 6

Alex

L'air songeur, Alex noua les mains dans son dos en déplaçant son centre de gravité sur ses talons pour mieux incarner le cliché de l'homme admirant une œuvre d'art. A quelques centimètres d'eux, un touriste blasé tripotait son iPod, le son métallique de sa musique parfaitement audible malgré son casque surdimensionné.

— Alors, de quel Henry s'agit-il ?

Nadia le frappa sur le torse à l'aide du petit guide qu'elle avait roulé dans le creux de sa paume.

— Eh ! C'est ton patrimoine ! Fais preuve de respect, ou au moins d'un peu d'intérêt !

— Je suis intéressé ! protesta Alex en lui arrachant le livret de papier glacé des mains avant qu'elle ne cause davantage de dommages avec. Je demande simplement de quel Henry il s'agit.

— Je crois que c'est un Edward, observa Nadia en penchant la tête sur le côté tandis qu'elle étudiait l'immense portrait qui occupait la majeure partie du mur face à eux.

— Tu crois ? Je pensais que tu t'y connaissais en histoire.

— Moi ?

Nadia le dévisagea, incrédule.

— Je suis complètement nulle.

— On était censé suivre la liste de tes passe-temps favoris…

— Et de toutes les choses que je n'ai encore jamais faites, lui rappela Nadia en récupérant le livret. Je n'avais encore jamais réussi à traîner quelqu'un à la National Gallery…

Alex prit un air étonné.

— Sans déc'…

— D'après Caro, c'est inutile de visiter la galerie, puisque les portraits les plus célèbres sont tous reproduits sur les murs de la station de métro de Charing Cross.

— Caro est une femme pleine de ressources.

— Hum… Et elle saurait certainement de quel roi il s'agit. Je suis presque sûre qu'elle a un diplôme en histoire parmi tous les autres. Enfin, je crois.

— C'est forcément un Henry. Simple question de probabilité. Les Henry ont été les plus nombreux, non ?

— Je suis pratiquement certaine qu'il y a eu autant d'Edward.

— Honnêtement, mademoiselle Osipova, je ne vois pas comment vous pouvez espérer obtenir la citoyenneté si vous n'êtes même pas capable de reconnaître les monarques britanniques des mille dernières années…

Nadia le frappa de nouveau avec le guide.

La surveillante en robe crayon se leva du tabouret où elle était assise tout près d'eux, encouragée par leurs inepties et par la tournure violente que leur conversation venait de prendre. Elle leur lança un regard sévère, une expression suspicieuse sur le visage.

— C'est un portrait de Henry II, leur apprit-elle d'un ton

sec — Alex se tourna vers Nadia avec un air triomphant —, qui a régné au xɪɪᵉ siècle. Les tableaux comportent tous une légende, ajouta-t-elle avec dédain en désignant une petite plaque en bronze poli qu'ils avaient incroyablement manquée.

Nadia émit un cri étouffé. Alex se tourna de nouveau vers elle pour découvrir qu'elle se mordait les lèvres pour ne pas faire empirer les choses en gloussant.

— Ah…, parvint-il à dire la bouche pincée en sentant le rire monter dans sa poitrine également.

La femme plissa ses petits yeux.

— Si vous souhaitez bénéficier d'une visite guidée, elle commence toutes les demi-heures dans l'atrium, déclara-t-elle en articulant lentement.

Elle posa le regard sur le visage écarlate de Nadia avant de revenir à Alex.

— Vous semblez avoir besoin… d'être éclairés.

Nadia laissa échapper un autre petit cri de souris.

— Merci, mais ça ira, répondit Alex poliment en balayant l'air à l'aveugle derrière lui pour attraper le poignet de Nadia. En fait, nous étions venus seulement pour voir Henry III, euh… Henry II et euh… Je crois que nous avons eu ce que nous voulions, n'est-ce pas, Nadia ?

Il n'obtint qu'un couinement pour toute réponse. Il la tira donc par le bras, et elle se laissa entraîner tandis qu'il slalomait parmi les groupes de touristes et les amateurs d'art en direction de la sortie.

Une vague de chaleur les accueillit lorsqu'ils quittèrent la galerie climatisée et émergèrent sur les marches sales du musée. Nadia éclata aussitôt de rire, incapable de se retenir plus longtemps, et Alex ne put s'empêcher de se joindre à elle.

— Bon, finit-elle par dire, ça n'a pas été un succès.

— Pour être honnête, rien n'arrivera à la hauteur de ces fantastiques *ribs* de la dernière fois, reconnut Alex, l'air grave.

— Au moins, je pourrai dire que je me suis comportée comme une Londonienne bruyante et ignorante dans un site touristique ! déclara Nadia en continuant à rire et en cochant une case imaginaire dans les airs.

— En fait, je suis presque sûr que nous sommes les deux premiers Londoniens à mettre les pieds dans la National Gallery.

Nadia le bouscula gentiment de l'épaule tandis qu'elle glissait le guide désormais inutile dans son sac.

— Je suis désolée de t'avoir fait traverser la ville un samedi après-midi pour rien.

Nadia leva les yeux vers lui, plissant légèrement les paupières pour se protéger des rayons du soleil qui se réverbéraient sur le bâtiment éclatant et brouillait l'air autour d'eux. Le temps était toujours aussi suffocant. Une odeur de poussière sèche régnait dans les rues, et la ville semblait sur le point d'exploser.

— Ne t'inquiète pas pour ça. J'ai passé… euh… dix minutes formidables, plaisanta Alex. Ce Henry II, quel homme !

— Grandiose ! approuva Nadia.

— Bon, poursuivit Alex en enfonçant les mains dans les poches de son short cargo, c'est quoi la suite ?

— La suite ? répéta Nadia, confuse.

La bonne humeur d'Alex retomba aussitôt.

— Oh… A moins que tu veuilles rentrer…

— Non, non ! le rassura Nadia en secouant la tête. Je pensais que toi, tu voudrais rentrer.

Alex haussa les épaules avec exagération.

— Moi ? Le misérable solitaire qui a plus d'amis sur sa PlayStation que sur Facebook ?

— J'espère que tu exagères quand tu dis des choses pareilles !

C'était le cas, mais seulement un peu, songea-t-il avec inquiétude. Il préféra ne pas faire part de cette pensée à Nadia.

— Eh bien, nous sommes à Trafalgar Square, fit-il remarquer en désignant les files de taxis noirs, les bus rouge vif et la colonne de Nelson dressée contre le ciel sans nuages dont l'ombre s'étirait sur les imposantes fontaines toutes proches. Tu veux continuer à jouer les touristes ?

Nadia

D'humeur joyeuse, ils firent plusieurs fois le tour de Trafalgar Square, les pigeons se dispersant paresseusement sur leur passage, jusqu'à ce que l'un des bancs finisse par se libérer. Le dossier était brûlant contre leur dos lorsqu'ils s'installèrent. Nadia remonta un genou contre sa poitrine, tournée vers Alex tandis qu'ils bavardaient gaiement. Il désigna la place à l'est de laquelle se dressait, majestueuse, la vieille église de Saint-Martin-des-Champs, tel un greffon prélevé sur une acropole de la Grèce antique. Nadia avait toujours adoré ce côté de Londres. Cette ville était pleine d'histoire, mais elle regorgeait également de surprises, de détails inattendus qui ébranlaient les a priori des étrangers. En souriant, elle observa un groupe de Japonais surexcités qui prenaient en photo les célèbres lions sous tous les angles. Même les touristes — si agaçants fussent-ils lorsqu'ils vous bloquaient le passage alors que vous étiez en retard au travail — faisaient partie de la magie londonienne. L'ancien, le nouveau, le contemporain.

— Quel est le plus bel endroit où tu es allé ? demanda-t-elle à Alex.

— Bodeans, répondit-il sans hésiter.

Nadia le dévisagea.

— Je parlais d'un pays ou d'une ville, idiot !

Alex s'adossa contre le banc et leva les yeux vers l'amiral Nelson, perché sur sa colonne.

— Je suis allé à Majorque une fois, avec mes parents et mon petit frère, répondit-il d'un ton neutre. Jason et moi avons passé la majeure partie de la semaine à chercher la plage nudiste qui était toute proche.

— Oh, mon Dieu ! Vous aviez quel âge ? Dix ans ? s'enquit Nadia, amusée.

— Seize et quatorze, admit Alex.

— Je ne dénigre pas l'intérêt des îles espagnoles, mais Majorque n'est pas une réponse acceptable. Quoi d'autre ?

— Qu'est-ce qu'une réponse acceptable, alors ? Et ne me dis pas : explorer son âme sur une plage des Caraïbes au lever du soleil ou creuser un puits en Afrique, c'est du pipeau.

Nadia blêmit. Il était sérieux.

— Tu n'es jamais parti à l'étranger ?

Alex fronça les sourcils.

— Je viens de te dire que j'étais allé à Majorque.

— Je parle d'un vrai pays étranger, un endroit où la population locale ne parle pas anglais et où on ne sert pas des frites à chaque repas.

Alex semblait mal à l'aise.

— J'imagine que je ne suis pas un grand voyageur.

— Tu n'as jamais voulu voyager ? Même un peu ?

Nadia ne parvenait pas à y croire.

— Où est ton sens de…

Elle s'interrompit — le terme aventure n'était pas assez fort. Elle acheva sa phrase en russe.

— … *Avantyura*. Tu n'as jamais voulu élargir ton horizon ?

— Si tu tiens tant à le savoir, je devais faire une année de césure pour voyager à la fin de mes études, avoua Alex, de plus en plus agacé, mais la personne avec laquelle j'étais censé partir a annulé au dernier moment, alors je suis resté ici…

— Pourquoi n'es-tu pas parti seul ? insista Nadia.

— C'était compliqué à l'époque, OK ? aboya Alex, l'air légèrement gêné par le ton désagréable qu'il venait de prendre. J'ai juste… laissé tomber. Puis il a fallu que je trouve du travail et — crois-moi — je ne suis pas assez important pour que l'on m'accorde un congé sabbatique pour faire le tour du monde !

— Et pourquoi pas seulement deux semaines pendant l'été, comme tout le monde ? Ou même une semaine ?

Alex gardait les yeux rivés sur Nelson.

— Je ne sais pas. Ça ne m'a jamais attiré.

Il finit par plonger son regard dans celui de Nadia.

— C'est bon ? L'Inquisition espagnole est terminée ? dit-il pour la taquiner.

Il mentait, elle en était sûre, mais elle ignorait pourquoi.

— Je ne pourrais pas ne pas voyager, lâcha-t-elle brusquement.

Et c'était la vérité. Depuis que le ministère lui avait retiré son passeport, elle n'avait pas pu quitter le territoire, et cette situation la rendait folle. Elle avait littéralement la bougeotte.

— Depuis aussi longtemps que je m'en souvienne, je suis toujours partie à l'étranger au moins deux fois par an.

— Et tu ne comprends pas pourquoi ta demande de visa a été refusée ? marmonna Alex sombrement.

Nadia s'interrompit.

— Qu'est-ce que tu viens de dire ?

Si Alex avait eu l'air mal à l'aise avant, ce n'était rien comparé à cet instant précis.

— Rien, rien, se rattrapa-t-il aussitôt.

Il se gratta l'arrière de la tête, ébouriffant ses cheveux au passage. Il avait tendance à faire ça lorsqu'il était nerveux.

— Tu as dit que mon titre de séjour permanent m'a été refusé parce que je voyage trop, le pressa Nadia. Qu'est-ce qui te fait penser ça ?

Alex ne détourna pas les yeux, une expression désolée, mais aussi défiante sur le visage.

— Eh bien, ce n'était qu'une supposition. Si tu as voyagé si souvent… Je crois que tu dois résider un certain temps en Angleterre sans interruption… C'est simplement un truc que j'ai entendu…

Nadia hocha la tête lentement.

— Tu as raison.

Elle se sentait aussi abattue que le son de sa voix. De temps en temps, lors de journées comme celle-ci — sous le soleil, en bonne compagnie et avec sa ville adorée à ses pieds —, elle se laissait aller à oublier. Si même Alex se mettait à relever les lacunes de sa requête en appel, quelle chance avait-elle d'obtenir gain de cause ?

— Eh, la réconforta Alex en tendant la main pour lui frotter le dos maladroitement. Ne te laisse pas abattre. Tout ira bien.

— C'est ce que je me dis parfois. Je n'arrive pas à imaginer que je pourrais être expulsée. Mais quand je déprime, je fais ça… Mon chant du cygne, précisa-t-elle. Je traîne un inconnu à la National Gallery ou je le force à manger des *ribs*…

Alex lui adressa un faible sourire.

— Eh bien, je ne voulais pas l'admettre, mais je profite de la situation par pur égoïsme. Je ne crois absolument pas que tu seras expulsée. En fait, je mourais secrètement d'envie de voir ce portrait de Henry II.

Nadia leva les yeux au ciel et lui décocha un sourire inattendu.

— Je suis ravie que mes problèmes t'aient aidé.

— Je le pense sincèrement. Ne te fais pas de souci, insista Alex. Tu iras à l'audience, et aucun juge sain d'esprit de ce pays ne pourra te regarder, t'entendre et te connaître sans convenir que tu dois rester ici, auprès de tes amis.

Nadia sentit son cœur se serrer dans sa poitrine. Elle baissa la tête comme ses joues s'enflammaient.

— Je ferai de mon mieux, je crois que je n'ai pas d'autre choix, hein ?

— « Fais-le ou ne le fais pas ! Il n'y a pas d'essai », déclara Alex solennellement.

— Alex ! s'écria Nadia en lui assenant une tape sur la main qu'il avait laissée posée sur son épaule. Je t'avais dit de ne pas citer *Star Wars* !

Alex

Ils parlèrent tout l'après-midi, assis sur ce banc de Trafalgar Square, sans se soucier du soleil qui commençait à disparaître à l'horizon. Après la catastrophe qu'il avait évitée de justesse, Alex fit attention de ne plus mentionner le visa de Nadia. Finalement, la faim les détourna de l'amiral Nelson, et ils mangèrent un plat vietnamien acheté dans une roulotte, debout sur les pavés du Strand. Ils se souvinrent alors de leur tentative avortée à la National Portrait Gallery et décidèrent de descendre dans le métro pour jeter un coup d'œil à ce qu'ils avaient raté.

Ils partagèrent la fin de leur bouteille d'eau tiède tandis qu'ils passaient d'une reproduction à l'autre. Nadia prenait des *selfies* avec son téléphone, les immortalisant en train d'envoyer des baisers à Mary Tudor, l'air choqué devant Henry V, faisant semblant de trancher la gorge d'Anne Boleyn, portant la bouteille d'eau aux lèvres grises de Shakespeare. Ils montèrent dans le dernier métro quand les portes se refermaient, manquant de le rater alors qu'ils étaient sur le quai depuis près d'une heure.

Ils se séparèrent avec réticence, tous deux envoûtés par la magie de cette journée que personne d'autre ne pouvait comprendre. Nadia s'était attardée près de lui alors que le train commençait à ralentir à l'approche de Clapham Common.

Elle lui enverrait un lien par e-mail, afin qu'il puisse acheter le billet pour se rendre à la prochaine activité qu'elle lui avait promise. Et oui, c'était quelque chose qu'elle avait déjà fait. Lorsque Alex avait demandé si les probabilités qu'ils se fassent jeter dehors étaient hautes, Nadia avait rejeté la tête en arrière en riant. Ils devraient vraiment mal se comporter pour se faire expulser de cet endroit-là, lui avait-elle assuré avec une lueur malicieuse au fond des yeux.

Il était minuit et demi lorsque Alex rentra finalement. L'appartement était si calme et silencieux qu'il aurait été convaincu que Rory était chez Lila s'il n'avait pas remarqué la lumière à la fenêtre qui donnait sur la rue. Une lampe était effectivement allumée dans le salon. Lila était installée sur le canapé, les jambes repliées sous ses fesses. Elle ajusta sa position quand Alex entra dans la pièce et corna la page du livre qu'elle était en train de lire.

— Eh ! dit-elle doucement. Il est tard.

Alex sentit une pointe d'agacement. Il était tard, et alors ? Elle n'était pas concierge. Elle n'était même pas sa petite amie.

— Rory est parti se coucher, poursuivit Lila sur le même ton calme, mais accusateur.

— Vous avez passé une bonne soirée ? demanda Alex d'une voix normale en retirant ses chaussures.

— J'ai apporté le film que tu voulais regarder, indiqua Lila en désignant un DVD posé négligemment sur le meuble télé.

— Oh…

— Je ne savais pas que tu serais sorti… toute la soirée, lui reprocha-t-elle clairement.

— Oh ! répéta Alex, se sentant idiot. Désolé, Lils ?

Il avait employé un ton interrogatif pour lui faire comprendre qu'il n'était absolument pas désolé.

Lila l'observait, comme si elle n'était plus tout à fait certaine de savoir qui il était.

— Qu'est-ce que tu as fait ? s'enquit-elle.

Alex sentit la colère s'emparer de lui de nouveau. C'était quoi, son problème ? Le considérait-elle comme un toutou au point qu'il n'avait pas le droit de passer une soirée sans elle ?

— J'étais avec une copine, répondit-il sur un ton léger avant de se lever pour se servir un verre d'eau dans la cuisine.

Il ne fut pas surpris que Lila le suive. Elle resta debout sur le seuil de la pièce, mal à l'aise.

— Une copine ? répéta-t-elle.

Alex passa devant elle poliment et s'engagea dans le couloir.

— Ouais. On a déjeuné avec l'amiral Nelson et bu un coup avec Shakespeare, ajouta-t-il en souriant. Bonne nuit.

Savourant le spectacle de Lila bouche bée, Alex pénétra dans sa chambre et referma la porte derrière lui.

Chapitre 7

Nadia

— C'est de la folie ! gémit Holly en faisant les cent pas dans leur salon. Six cents livres ! Ce n'est pas un week-end, c'est carrément mon budget vacances pour l'année !

Nadia observait son amie par-dessus sa tasse de thé. Holly continuait à râler, indifférente.

— Ce sera des pois chiches pour le dîner jusqu'à nouvel ordre. Et des pois chiches bon marché…

Nadia, qui avait mangé des pois chiches à bas prix au dîner la veille, et deux fois la semaine précédente, perdit patience.

— Tu as qu'à ne pas y aller ! lâcha-t-elle.

Holly la dévisagea.

— Tu sais bien que je ne peux pas ne pas y aller ! rétorqua-t-elle.

— Pourquoi ? Je n'y vais pas, moi, répliqua Nadia.

— Parce que tu ne peux pas.

Holly laissa sa phrase en suspens lorsqu'elle prit conscience de ce qu'elle disait et lança un regard coupable à Nadia.

— Désolée !

Nadia soupira.

— Ne t'inquiète pas, ce n'est pas ta faute.

Une de leurs amies du lycée organisait un week-end entre filles hors de prix — mais certainement mémorable — dans les Alpes, à la frontière entre la Suisse et la France. Même si Nadia n'avait pas été aussi fauchée, sans son passeport, la seule piste de ski qu'elle pouvait espérer descendre était la piste artificielle de Milton Keynes.

— Je suis de mauvaise humeur parce que je suis jalouse, admit-elle. Tu sais combien j'adore skier. Je n'ai pas skié depuis… Quand sommes-nous allées en Bulgarie ?

Nadia plissa les yeux en comptant mentalement.

— Bon sang, trois ans déjà !

— Le temps passe trop vite, déclara Holly tristement en se laissant tomber sur le canapé près de Nadia et en posant la tête sur son épaule. Tu devrais te programmer un super week-end pendant mon absence, dit-elle après un moment avec une lueur suggestive au fond des yeux.

Nadia rit.

— On a prévu une nuit blanche au Prince Charles, en fait. J'espère que la chaleur se sera calmée et que je pourrai mettre ma grenouillère en coton.

Holly lui jeta un regard choqué.

— Ta grenouillère ? Pourquoi tu porterais ta grenouillère ?

— Eh ! On parle de huit heures de film, expliqua Nadia, le confort est essentiel.

— Je n'approuve déjà pas ta grenouillère quand on est entre nous, alors en public ? Et puis, tu ne peux pas porter ça pour un rencard !

— Un rencard ? Ce n'est pas Matt que j'emmène au Prince Charles, mais Alex !

— Oh !

Holly prit un air étonné.

— Je pensais que tu parlais de Matt...

Alex

Alex avait hâte de découvrir la troisième activité de la liste de Nadia. Il ne l'avait pas vue depuis la journée étrange qu'ils avaient passée à Trafalgar Square, mais ils s'étaient envoyé des e-mails régulièrement pour programmer leurs prochaines sorties. Quelques jours plus tôt, il avait reçu un lien conduisant à un portail de vente de billets en ligne. Le message le pressait de réserver une place pour la soirée Candy au Placard, jeudi soir. L'entrée ne coûtait que trois livres — autant que les frais de réservation — et, d'après le site, il lui suffirait de donner son billet imprimé au bar pour obtenir un *Candy Cock Tail* [1] gratuit. Il ne savait pas trop s'il s'agissait d'une allusion scabreuse ou d'une coquille.

Nadia le retrouva après le travail à Piccadilly Circus. Debout en haut des marches du Shaftesbury Memorial, elle était facilement repérable au milieu de la foule de touristes. Avec son short en jean et son chemisier vert pistache, elle était lumineuse. Elle avait tressé ses cheveux en une longue natte — sa coiffure favorite, d'après les observations d'Alex — qui reposait sur l'une de ses épaules, presque blanche sous les rayons du soleil. Elle mit sa main en visière lorsqu'elle l'aperçut, comme pour s'assurer que c'était bien lui. Quand elle le reconnut, elle se fraya un chemin poliment, mais fermement, à travers la

1. *Cock* signifie « bite » en anglais.

masse de badauds installés sur les escaliers et le retrouva sur le pavé. La marée de banlieusards et de touristes les contournait comme s'ils se tenaient sur une île.

— Eh ! le salua Nadia avec un sourire. Comment a été ta semaine ?

Alex survola les derniers jours dans son esprit. Boulot, plats réchauffés au micro-ondes, nombre excessif d'heures passées à jouer à *Call of Duty* en ligne, Rory qui travaillait de plus en plus tard et Lila qui errait dans l'appartement, réprobatrice et silencieuse, lui lançant des regards comparables à ceux d'une mère déçue.

— Bien, répondit-il en haussant les épaules. Et toi ?

Nadia fronça le nez.

— Nous avons été… envahis à la boutique. Quelqu'un a donné des vêtements infestés par des punaises de lit ou un truc du genre, et nous avons dû appeler une entreprise de décontamination. La majeure partie du stock a été touchée. Ça m'a pris des siècles pour tout déplacer et pour essayer de sauver ce qui pouvait l'être. Bizarre de travailler gratuitement et de faire des heures sup ! Mais bon, quelqu'un devait le faire…

Aussitôt, Alex se sentit minable. Lui, s'il n'était pas en pyjama dès 19 heures, c'était uniquement parce que Lila était trop souvent dans les parages. Il glandait en permanence, sauf lorsqu'il butait des méchants sur sa PlayStation, bien sûr. Peut-être devrait-il envisager de faire du bénévolat…

— On dirait que tu mérites un verre. Alors, où peut-on trouver un bon Cow-boy Martini dans le coin ? plaisanta-t-il.

Nadia éclata de rire et passa son bras sous le sien pour l'entraîner vers le nord, en direction de Golden Square.

— On boit des *Candy Cock Tail* ce soir, lui rappela-t-elle. J'espère que tu aimes le rhum.

Ils délaissèrent les larges boulevards derrière eux et pénétrèrent dans les ruelles sombres de la ville. Malgré la température caniculaire, ils sentirent la fraîcheur sur leur peau nue tandis qu'ils longeaient les vieux bâtiments humides. Le Placard se révéla être l'un de ces bars secrets dont Alex avait entendu parler sans jamais y mettre les pieds. Un frisson d'excitation le parcourut. L'endroit était impossible à remarquer si l'on ne savait pas où il se trouvait. Une simple porte imposante derrière une grille noire tout aussi majestueuse à l'angle d'une venelle obscure. Un heurtoir en laiton en forme de C était le seul indice attestant qu'il s'agissait du lieu qu'ils cherchaient. Nadia frappa avec assurance avant de se tourner vers lui et de le secouer lorsqu'elle s'aperçut qu'il n'avait pas sorti son billet imprimé.

La porte s'ouvrit, libérant un souffle d'air chargé d'une odeur de renfermé et de musique R & B. Le videur accorda à peine un regard à leur feuille de papier et leur fit signe d'entrer, les poussant dans un escalier sombre à la rampe bancale. Un long tapis élimé recouvrait les marches en bois. Nadia s'y engouffra la première, pivotant à mi-chemin pour lui sourire. Quel genre d'endroit était-ce ? Ce bar avait l'air plutôt miteux, et cet adjectif n'allait pas avec Nadia. Au pied de l'escalier, un petit couloir tout aussi minable menait à un épais rideau de perles qui filtrait à peine la musique sourde et le brouhaha des conversations. Après lui avoir adressé un clin d'œil par-dessus son épaule, Nadia traversa le rideau, faisant s'entrechoquer les perles sur son passage.

Dans la salle principale, l'ambiance était tamisée, l'éclairage se limitant à de faux chandeliers dotés d'ampoules peintes en rouge. Il y avait quelques chaises ici et là, mais le mobilier se composait essentiellement de poufs et de grands coussins éparpillés à même le sol. De fins poteaux en métal tendaient un lourd dais à pompons au-dessus d'une scène éclairée par des spots. En face, les gens faisaient la queue devant le bar bondé.

Alex fut distrait de son observation par Nadia qui lui prit son billet des mains.

— Je vais chercher les cocktails gratuits, déclara-t-elle. Je connais le barman, il me servira vite et il doublera les doses ! Trouve des sièges en attendant.

— Des coussins, tu veux dire, précisa Alex en balayant la pièce d'un geste.

Nadia fronça le nez devant son manque d'enthousiasme et pivota pour se faufiler jusqu'au bar. Se sentant immensément stupide, Alex erra au milieu de la salle jusqu'à ce qu'il repère le pouf qui lui semblait le plus moelleux. Il se laissa tomber dessus maladroitement. L'éclairage rougeâtre donnait à son bras un aspect rose, comme s'il avait pris un coup de soleil.

Fidèle à ses paroles, Nadia revint presque aussitôt, tenant prudemment deux grands cocktails dans les mains tandis qu'elle évitait les obstacles sur son chemin. Elle lui tendit les deux verres pour s'asseoir avant de récupérer le sien et de trinquer avec lui.

— Tchin, dit-il. Alors, à quelle heure commence le spectacle ?

— Dans environ une demi-heure, répondit-elle, enfin, normalement. C'est plutôt au *feeling* ici.

Elle prit une gorgée de sa boisson à la paille, et Alex l'imita, grimaçant un peu sous la douceur crémeuse du cocktail.

— Je crois que je préfère le Cow-boy Martini, avoua-t-il, et puis… les chaises.

Nadia étendit ses jambes devant elle, retirant ses tongs avant de les abandonner sur le sol.

— Oh ! je t'en prie, Alex !

Elle s'affala sur le gros coussin jusqu'à ce qu'elle soit complètement sur le dos, les genoux pointés vers le plafond et les pieds nus à plat sur la moquette élimée.

— Tu m'as demandé de t'aider à vivre un peu !

— Je ne t'ai jamais demandé ça, grommela Alex, gêné par tout ce laisser-aller.

L'endroit commençait à se remplir, et les autres clients semblaient avoir eu la même idée que Nadia. Ils se prélassaient pêle-mêle sur leurs poufs, tenant leur boisson en l'air pour éviter de la renverser.

— C'est quoi exactement la leçon de ce soir ? Comment se faire un lumbago ?

Nadia s'enfonça un peu plus dans le coussin.

— Oh ! je ne sais pas trop… Mais plutôt quelque chose comme comment apprendre à s'amuser ?…

Nadia

Nadia assistait au spectacle de Candy au Placard depuis qu'elle était étudiante. L'un de ses camarades de classe avait entamé une aventure torride avec le propriétaire de l'établissement, un homme de trente ans son aîné dont le nom de scène était Aslan. Comme souvent, leur relation professionnelle avait duré plus longtemps que leur liaison, et Sean était désormais le gérant du bar, ce qui permettait à Nadia d'obtenir des cocktails généreusement dosés chaque fois qu'elle venait.

Alex se tenait raide comme un piquet, comme s'il était

assis sur du béton plutôt que sur un coussin rembourré. Bon, elle n'était pas vraiment surprise qu'il ne se sente pas à l'aise dans un bar gay clandestin, mais Candy se produisait chaque premier jeudi du mois, et Nadia n'avait jamais raté l'une de ses représentations. Et puis, elle aimait pousser Alex dans ses retranchements. Il était si *british*, si coincé et fermé.

— Alors, demanda-t-elle sur le ton de la conversation, tu as déjà vécu une expérience homosexuelle ?

Le visage d'Alex prit la même teinte que sa piña colada.

— Quoi ? bafouilla-t-il. Pourquoi tu me demandes ça ?

— C'est adapté au contexte.

— En quoi ?

— Bah, je ne sais pas, peut-être parce que nous sommes dans un bar gay ?

Alex regarda autour de lui, les yeux écarquillés tandis qu'il prenait conscience de l'endroit où il se trouvait. Nadia éclata de rire.

— Voyons, Alex ! Tu savais que c'était un bar gay !

— Pas du tout !

— Alex, ça s'appelle Le Placard…

Alex ouvrit et referma la bouche comme un poisson rouge. On pouvait presque entendre les rouages de son cerveau s'activer.

Nadia plissa les yeux.

— Tu n'es pas gêné par… le fait d'être dans un bar gay, si ?

— Non ! s'exclama-t-il avec véhémence en continuant à étudier la salle comme s'il la voyait pour la première fois. Pas du tout, ce n'est pas ça. C'est juste que… Je suis surpris. Et je suis hétéro.

— Et alors ? insista Nadia en se redressant légèrement sur un coude. Moi aussi.

Alex baissa la voix.

— Est-ce qu'on a le droit d'être ici ?

Nadia s'esclaffa de nouveau.

— Bien sûr qu'on a le droit, espèce d'idiot ! Calme-toi. Allez, allonge-toi un peu, les gens nous regardent !

Alex s'enfonça dans le coussin et étendit les jambes sur le sol pour adopter la même position qu'elle.

— Tu croyais vraiment que j'étais gay ? demanda-t-il avant de prendre une gorgée de son cocktail à même le verre, considérant certainement la paille comme un symbole trop phallique pour lui.

— Non, pas vraiment, mais on ne sait jamais, répondit Nadia d'un ton léger. Un tas de personnes ont déjà eu au moins une expérience.

Alex planta son regard dans le sien, la tête appuyée sur le renflement du coussin.

— Ah oui ? Et toi, alors ?

— OK, je n'en ai pas eu personnellement, admit Nadia, mais Caro est bisexuelle par exemple. Elle a eu une vraie petite amie. Elles sont restées ensemble environ six mois. Et Holly a déjà roulé une pelle à une fille à l'école. Je ne suis pas certaine que ça compte, mais elle adore le ressortir devant les hommes pour les titiller.

Elle n'était pas sûre que l'effet fonctionne sur Alex, mais il prit une grosse goulée de son cocktail.

— Je n'ai jamais rencontré quelqu'un comme toi avant, déclara-t-il finalement. Tu es si…

— Géniale ? le coupa-t-elle avec un sourire sarcastique. Merveilleuse ? Fabuleuse ?

Alex la sonda en silence comme s'il cherchait le bon mot. Lorsqu'il était concentré ainsi, il était vraiment très beau, songea

Nadia malgré elle. Son cœur se mit à battre plus vite sous les froufrous de son chemisier.

— Naturelle, conclut-il enfin, ramenant Nadia à la réalité.

Elle grogna, incapable de s'en empêcher.

— Naturelle ? répéta-t-elle, incrédule. C'est vachement flatteur !

— Eh ! C'est un compliment, insista Alex avec un petit sourire.

— Je ne sais même pas ce que tu entends par là !

— Un compliment, répéta Alex, de plus en plus amusé. Tu dis et tu fais ce qui te plaît. Tu te moques de ce que les autres pourraient penser de toi. Tu laisses des inconnus entrer dans ta vie et tu t'efforces de passer par-dessus la barre. Tu es toi, sans effort… naturellement. Tu n'essaies pas d'être quelqu'un d'autre, et c'est super. C'est tout ce que je voulais dire.

Il replongea dans le silence et sirota son cocktail, mal à l'aise. Nadia sentit sa gorge se serrer. Naturelle se révélait être un compliment bien plus beau que géniale ou jolie.

— Eh bien, observa-t-elle après un moment lorsqu'elle eut retrouvé ses esprits, merci. Mais là, tout de suite, je préférerais être quelqu'un d'autre. Quelqu'un qui aurait un passeport britannique !

Alex se força à rire à sa mauvaise plaisanterie, et la gêne s'installa entre eux pour la première fois.

Sauvés par le gong… Les notes de la première chanson de Candy crépitèrent dans les vieux haut-parleurs, et Alex concentra son attention sur la scène, où Candy en personne — la plus belle drag-queen de Londres — tournoyait dans une cascade de sequins et de lumière sous les applaudissements euphoriques de la salle. Alex rit, l'air ravi, et s'installa un peu plus confortablement, le coussin se creusant sous leur poids.

Chapitre 8

Nadia

Ils avaient mangé leurs entrées puis leurs plats, et vidé une bouteille de vin, mais Matt n'avait toujours pas changé de sujet. Nadia était sincèrement ravie que son père ait finalement obtenu des billets pour aller voir un match de Tottenham après être resté sur liste d'attente pendant ce qui semblait être toute sa vie, mais cette histoire ne méritait vraiment pas deux heures de discussion.

Elle profita du fait que Matt étudiait le menu pour l'observer. C'était leur cinquième rendez-vous, un vrai repas avec entrée, plat et dessert. Des bougies brûlaient sur la table, au lieu des chauffe-plats électriques auxquels elle était habituée, et c'était Matt qui l'invitait. Il s'était montré doux et attentionné et il avait même fait l'effort de mettre une chemise — une vraie, pas un polo — avec des boutons jusqu'en bas. Elle savait qu'il espérait — pour ne pas dire qu'il en était certain — finir la nuit avec elle. Elle s'était laissé le temps du dîner pour décider si elle était d'accord.

— Eh, question bête..., se surprit-elle à dire brusquement.

Matt leva les yeux de la carte.

— Quel est le plus beau compliment que tu aies fait à une fille ?

A voir l'expression de Matt, sa question était encore plus bizarre que ce qu'il avait anticipé. Il cligna des yeux et une lueur de panique apparut au fond de son regard tandis qu'il se creusait le cerveau pour trouver la meilleure réponse.

— Laisse tomber.

— Non, je réfléchis. Tu veux dire, une phrase de drague ? s'enquit-il.

Nadia parvint difficilement à contenir un soupir.

— Parce que, si c'est ça, ajouta Matt en riant, j'en avais une bonne à l'université : je vais provoquer un séisme dans ton lit !

Il éclata de rire tandis que Nadia le dévisageait, perplexe.

— Je… J'ai fait des études en géologie, expliqua-t-il un peu tard. Alors, tu vois, le séisme…

— Ah…

Je sais quel siège a obtenu ton père pour le match au White Hart Lane, mais j'ignorais que tu étais diplômé en géologie, se surprit-elle à penser.

— Mon pote Joe, lui, c'était le pire dragueur du monde ! poursuivit Matt, sans se rendre compte de l'humeur de Nadia. Une fois, il a réussi à séduire une nana en se pointant devant elle dans un bar étudiant et en lui disant : « Eh ! J'aimerais te porter comme je porte mes lunettes de soleil, une jambe sur chaque oreille ! » Tu y crois ? Je ne te raconte pas de conneries. Ils sont sortis ensemble presque un an, après ça. C'est dingue, non ?

— Ouais, dingue…, répondit Nadia sans trop savoir comment elle était censée réagir à ce genre d'information. Mais je parlais d'un vrai compliment. Tu vois. Quelque chose de personnel.

Matt lui adressa un sourire espiègle avant de refermer son menu qu'il posa à plat sur la table entre eux.

— Oh… Nadia, tu veux que je te fasse un compliment ?

Il prit ses mains dans les siennes, et Nadia eut un léger mouvement de recul.

— Non, rien à voir. J'ai simplement eu une conversation avec un ami au sujet des compliments…

— Je t'ai déjà dit que tu étais magnifique ce soir, poursuivit Matt.

Et c'était vrai, se souvint Nadia un peu tard. Elle n'y avait pas prêté attention. Avant qu'elle ne puisse répondre, il se redressa et pencha tout son corps vers elle. Il posa un doigt sous son menton pour relever sa tête et l'embrassa bruyamment. Nadia sentit autant qu'elle entendit les voix s'éteindre autour d'eux tandis que les tables voisines observaient le spectacle.

Elle se détendit dans son étreinte. Son cœur battait la chamade, et son corps répondait à la proximité de Matt. Sa conversation laissait peut-être à désirer, mais il était définitivement doué pour ce qui se passait de paroles. Lorsqu'il s'écarta finalement, elle remarqua la lueur au fond de ses yeux et fut satisfaite qu'il ait ressenti la même chose qu'elle.

Elle supposait que c'était sa façon à elle de faire semblant. Faire semblant que rien n'était sur le point de se passer. Faire semblant qu'elle ne risquait pas d'être expulsée du pays. Elle aurait dû s'activer à mettre un point final à sa vie en Angleterre, comme ses parents le lui avaient conseillé. Prendre du recul. Dire au revoir. En tout cas, le moment était malvenu pour nouer de nouvelles amitiés, entamer une relation et coucher pour la première fois avec un type. Elle ressentait déjà la douleur de son propre départ, comme si elle était une bombe sur le point d'exploser ou une brique de lait dont la date d'expiration était imminente. Cela la réconfortait de se sentir ancrée au présent. Et elle trouvait agréable de faire semblant.

Alex

Nadia était un peu trop au taquet à son goût pour un dimanche matin. Certes, elle était toujours à fond, mais, cette fois, elle battait des records.

Alex réfléchissait à la question qu'elle venait de lui poser : à quoi préférait-il renoncer : ses bras ou ses jambes ?

— J'ai besoin d'un peu plus de détails. Est-ce que cela implique qu'on me coupe les mains ou les pieds ? demanda-t-il.

— Bien sûr, répondit-elle en prenant un air blasé.

Elle accomplissait cette prouesse dont elle seule était capable : marcher à reculons à travers la foule sans heurter le moindre passant ou objet, comme si elle avait des yeux derrière la tête.

— Tu ne pourrais pas avoir les bras coupés et des mains qui flotteraient dans les airs à une soixantaine de centimètres de tes épaules. Sois sérieux.

Elle poursuivait son chemin d'un pas assuré, les touristes de South Bank l'évitant sans faire de commentaires. Alex la suivait.

— Tu es obligée de faire ça ? Tu me stresses.

Nadia rit.

— Ne t'inquiète pas, je ne risque pas de tomber dans la Tamise.

— Qu'est-ce que tu en sais, puisque tu ne vois pas où tu vas ?

— J'aime observer ton visage quand on parle, rétorqua-t-elle en souriant. Voir quand tu lèves les yeux au ciel ou que tu pinces la bouche en signe de désapprobation, se moqua-t-elle.

— Ce n'est pas toi que je désapprouve, mais je suis contre la marche à reculons dans la rue de manière générale. Attention, ça m'étonnerait qu'il bouge pour toi !

Alex désigna un artiste à quelques mètres d'eux, une statue vivante éprouvée qui regardait la ville s'étendre au-delà de la Tamise d'un œil vitreux. Il semblait totalement indifférent aux enfants qui essayaient de grimper sur sa jambe tandis que leurs parents prenaient des photos avec leurs iPhone.

— Très bien, concéda Nadia en pivotant sur ses talons tout en continuant à marcher près de lui.

Il ne discernait que son profil à présent et il comprenait mieux ce qu'elle voulait dire au sujet du plaisir de parler face à face avec quelqu'un.

— Alors, les bras ou les jambes ? Fais un choix ! Arrête de tourner autour du pot !

— Je ne tourne pas autour du pot, je réfléchis, protesta Alex. C'est une décision importante. Regarde ces types.

Il ralentit et sortit Nadia de la foule pour prendre appui sur une rambarde à l'ombre d'un bâtiment, savourant le contact frais de l'acier contre sa peau. Devant eux, un groupe d'adolescents exploitaient tout le potentiel du minuscule Skate Park caché sous la terrasse du théâtre. Pliés en deux tandis qu'ils se lançaient d'une rampe à l'autre, ils formaient une sorte de nuage flou sombre qui contrastait avec les murs couverts de graffiti colorés.

— Ils ont clairement besoin des deux.

— C'est vrai, approuva Nadia, mais lui, il ferait une statue vraiment unique s'il perdait la moitié de ses membres, ajouta-t-elle en désignant l'artiste.

— Et eux, poursuivit Alex en pointant du doigt les badauds

flânant au milieu des tables chargées de livres qui s'étendaient sur le quai jusqu'au pont suivant. Se promener, déclara-t-il en se tapotant les cuisses, ou feuilleter un bon bouquin.

Il agita les mains.

— Comment peut-on choisir ?

— Je pourrais toujours t'offrir un Kindle, fit remarquer Nadia.

— Ah oui ? Et comment je changerais de page ? demanda Alex, l'air grave.

Nadia éclata de rire et passa son bras sous le sien pour l'entraîner en avant.

— Il suffirait d'agrandir la taille de la police pour que tu le manipules avec les pieds.

Nadia

A la question « à quoi préférerais-tu renoncer », Nadia répondait tantôt les bras, tantôt les jambes, selon son humeur, mais ce jour-là, elle aurait probablement choisi de garder ses jambes. Ils marchèrent jusqu'à ce que ses épaules brûlent au soleil et que ses pieds la lancent dans ses petites spartiates. Ils décidèrent de s'arrêter pour le déjeuner. Ils achetèrent d'énormes burritos qui n'avaient rien d'authentique à un vendeur ambulant et coururent pour s'installer sur l'un des rares bancs libres face à la rivière. Ils mangèrent dans un silence agréable avant de reprendre leur promenade.

Nadia ne s'était pas baladée sur South Bank depuis des années. La longue queue qui serpentait devant le *London Eye* et la succession de restaurants de chaîne avaient généralement tendance à la déprimer. Néanmoins, l'endroit ne lui semblait pas aussi terrible que dans son souvenir.

Alex était devenu beaucoup plus à l'aise avec elle, comme un vieux tee-shirt fétiche qui commençait à se détendre au cou. Sa façon bizarre d'interrompre ou de lancer une conversation s'était transformée en un bavardage fluide. Il se révélait vif et drôle (bien que son humour reste très *british*, teinté de cynisme et d'autodérision). Il se joignait à elle chaque fois qu'il la faisait rire, ce qui avait pour effet de la faire rire davantage.

Nadia avait toujours offert facilement son affection. Elle devinait que ce n'était pas le cas d'Alex, ce qui donnait encore plus d'importance à son amitié. Quel gâchis ! L'amitié d'un type comme Alex Bradley était un cadeau précieux… et dire qu'elle serait probablement partie avant l'hiver. Une autre part d'elle-même qu'elle devrait abandonner derrière elle. Un autre ami à décevoir.

Comme s'il avait senti sa soudaine mélancolie, Alex marqua une pause.

— Qu'est-ce que tu fais ce soir ? demanda-t-il. Si tu es libre, on pourrait s'attaquer à cette liste de films incontournables.

Ils avaient eu une longue conversation durant laquelle chacun s'était outré que l'autre n'ait pas vu tel ou tel film. Alex était particulièrement fan des films cultes des années 1980, avec leurs horribles images de synthèse, alors que Nadia adorait les scénarios qui la faisaient pleurer à la fin.

— Ça me plaît, répondit-elle en riant, mais on va chez moi et on commence par *N'oublie jamais*.

Alex

D'habitude, il pensait à retirer son téléphone de sa poche avant de s'asseoir par terre, et il y avait une bonne raison à cela. Pour la première fois, Rory était en train de le battre à la console, mais Alex mettait cette mauvaise passe sur le dos de son portable qui vibrait contre sa cuisse toutes les vingt secondes, le distrayant de sa partie.

Le quatrième round prit fin, et le menu de sélection des armes apparut à l'écran. Rory en profita pour prendre une grande gorgée de Coca avant de se tourner vers Alex avec un sourire triomphant.

— Dernier round. Comment tu veux que je te mange, mon mignon ?

Alex l'ignora, se tortillant pour sortir son fichu téléphone de sa poche.

— Que se passe-t-il avec ton portable ?

— Des notifications Facebook, marmonna Alex en observant les innombrables icônes marquées du F caractéristique.

Rory prit un air étonné.

— Waouh ! Tu es si désiré que ça ?

— Il faut croire.

Alex fit glisser son doigt sur l'écran pour consulter l'objet de ces notifications. *Nadia Osipova vous a identifié dans dix-neuf photos*, l'informa son application. Il sentit un sourire étirer ses lèvres.

Il y avait une trentaine de clichés dans le nouvel album, un mélange d'images qui auraient probablement semblé ahurissant à n'importe qui de l'extérieur. Mais pour une fois, Alex ne regardait pas de l'extérieur. Il était sur plus de la moitié des photos. Les mains dans le dos pour imiter Nelson devant la colonne de Trafalgar Square. La bouche en cœur en train d'envoyer des baisers au portrait d'Elizabeth Iʳᵉ à Charing Cross. Sur la scène du Placard, l'air d'un lapin terrorisé tandis qu'une sculpturale drag-queen enroulait un boa en plumes autour de son cou. Les bras formant un grand O au-dessus de sa tête pour représenter le London Eye que l'on apercevait en arrière-plan. Photo après photo, on le voyait heureux, gêné, légèrement agacé, puis heureux de nouveau. Il était seul sur certaines, mais, sur d'autres, Nadia se pressait contre lui, le bras sortant du cadre pour tenir le téléphone.

Cela faisait-il seulement un mois qu'il avait parcouru, désintéressé, le dossier de Nadia ? Alex sentit une pointe de culpabilité en se rappelant la nonchalance avec laquelle il l'avait traité. Qui aurait pu prédire que, en l'espace de deux semaines, une parfaite inconnue deviendrait l'une de ses meilleures amies ?

— Eh ! l'interpella Rory, l'arrachant à ses pensées. Tu es prêt ?

Alex le dévisagea, le regard vide, et Rory agita la manette de la PlayStation.

— Oh ! attends une seconde, je vais me faire un thé, déclara Alex en se levant.

— Un thé ?

Le ton incrédule de Rory le suivit jusque dans la cuisine.

— Mec, il fait genre 100 degrés dehors, et on n'est plus en 1864 au passage.

Alex l'ignora. Il vérifia le niveau d'eau de la bouilloire et la mit à chauffer. En attendant, il prit appui sur le plan de travail et parcourut de nouveau les photos de Nadia. Il y en avait une qu'il aimait tout particulièrement — une récente qu'ils avaient prise un peu plus tôt dans la semaine lorsqu'ils s'étaient rendus dans un vieux pub miteux de Camberwell. A l'intérieur, les clients avaient tous au moins soixante ans, y compris le barman. La plupart d'entre eux ignoraient effrontément l'interdiction de fumer, et il y en avait même un qui tirait sur une pipe à l'odeur âcre. Leur seule concession vis-à-vis de la météo consistait à remonter les manches de leurs chemises jusqu'aux coudes.

Il s'avéra que Nadia avait ce pub sur sa liste, parce qu'il recelait une collection de vieux jeux de société auxquels les clients étaient encouragés à jouer pendant qu'ils savouraient leur verre. Alex et Nadia avaient donc fouillé les étagères chargées de boîtes défoncées qui sentaient le moisi avant de jouer pendant des heures aux petits chevaux, à Scattergories et aux Triominos. Ils avaient fait durer leur bouteille de vin, jusqu'à ce que le vieux barman agite la cloche indiquant la dernière commande et l'heure de rentrer.

La dernière photo les représentait tous les deux, assis sur une banquette en cuir. Ce n'était pas un *selfie*, le serveur avait pris le cliché, faisant preuve d'une agilité remarquable avec un smartphone pour un homme de son âge, se souvint Alex. C'était donc la seule photo intégrale d'eux. Nadia avait encore la main posée sur le plateau de jeu installé sur la table et tenait un domino dans l'autre. Elle portait un haut rose pâle — elle était toujours vêtue aux couleurs du printemps — et son corps était blotti contre celui d'Alex, qui fixait l'objectif avec assurance, un sourire décontracté sur le visage. Alex aimait cette photo. Il ne se reconnaissait pas vraiment, mais il l'aimait. Elle lui rappelait les vieux clichés de lui à l'époque de l'université. Ceux avec Alice.

Avant de tomber dans le piège de la suranalyse, il appuya sur les options pour en faire sa photo de profil. A ce moment, la bouilloire se mit à siffler.

— Monsieur Darcy, cria Rory depuis le salon. Vous ne faites que retarder l'inévitable.

— Vous ne désirez pas un peu de thé, Ror ? rétorqua Alex avec humour, obtenant un gros éclat de rire pour toute réponse.

Nadia

— Je sais que je prends le risque de passer pour une fille désespérée, mais il faut que je te pose la question. Est-ce que tu as un copain sexy et célibataire qui ne soit pas un crétin à me présenter ?

Matt adressa un sourire désolé à Holly.

— J'ai bien peur que mes amis ne répondent pas à la description.

Holly soupira de manière théâtrale et replia ses jambes sous ses fesses.

— C'est donc vrai, il n'y a plus aucun célibataire potable dans Londres.

— Eh non, affirma Matt en souriant avant d'enrouler un bras possessif autour des épaules de Nadia. Il faut croire que j'étais le dernier.

Nadia et Holly protestèrent à l'unisson en entendant sa mauvaise plaisanterie.

— Allez, Hols, tu sais bien que nous sommes juste… entre deux fenêtres pour le moment, lui assura Nadia.

— J'imagine que tu as raison, approuva Holly d'un ton morose.

— Entre deux fenêtres ? l'interrogea Matt, confus.

— Les fenêtres d'opportunités, lui expliqua Nadia en pivotant pour lui faire face. Au début de la vingtaine, il y a toujours plein de mecs célibataires, parce qu'on vient de sortir de l'université et, tu sais ce que c'est, on met fin à nos histoires d'amour étudiantes qui ne menaient nulle part.

— De la même façon, il y a plein de célibataires de trente-cinq ans, parce que c'est l'âge où on rompt ou on se marie, ajouta Holly. Malheureusement, je cherche un homme d'environ trente ans, juste entre les deux créneaux.

— Et pour ton information, ajouta Nadia avec un air malicieux, une autre fenêtre s'ouvre à la cinquantaine.

— Les divorcés aigris, précisa Holly en riant. Et puis, bien sûr, il y a la phase finale : les veufs !

Heureusement, Matt éclata de rire à son tour.

— Waouh ! Je vois que vous avez pensé à tout, mesdames, les taquina-t-il.

— Il faut bien que l'un des sexes s'en préoccupe, rétorqua Nadia.

— La survie de l'espèce humaine en dépend littéralement, déclara Holly.

— Tu n'as pas tort, plaisanta Matt en posant les mains sur ses genoux. Il est temps que je vous abandonne à vos pensées romantiques. Holly, j'ai été ravi de te revoir, conclut-il avant de se lever pour se diriger vers la porte.

— Moi aussi, répondit Holly. Je suis sûre qu'on se reverra bientôt !

— J'espère bien !

Matt sortit sur le palier. Au dernier moment, il prit Nadia gentiment mais fermement par le cou pour l'embrasser, glissant les doigts dans ses cheveux emmêlés.

— J'ai passé un super week-end, murmura-t-il lorsque leur baiser eut pris fin. Merci.

— Je t'en prie, répondit Nadia instinctivement.

— Ça te dirait d'aller au ciné cette semaine ? On peut regarder deux films pour le prix d'un le lundi…

— Désolée, je ne suis pas libre.

— Qu'est-ce que tu as prévu ?

— Je vois un ami.

Et elle avait vraiment hâte d'y être. C'était l'un de ses passe-temps favoris. Alex allait adorer.

— Tu ne peux pas le voir un autre soir ? implora Matt.

Nadia le dévisagea.

— Je suis désolée, tout est déjà organisé. Peut-être la semaine prochaine ?

Matt semblait abattu — il n'y avait pas d'autre mot — et Nadia eut soudain l'impression d'être une véritable garce. Elle glissa les doigts dans ses cheveux, au-dessus de son oreille, imitant les gestes qu'il aimait faire avec elle, essayant de recréer l'intimité de la nuit dernière.

— Tu es disponible mardi ? demanda-t-elle. Je pourrais nous préparer un repas.

Matt sourit, fidèle à lui-même de nouveau, et la prit par la taille.

— Mardi, d'accord. Mais, juste pour que tu le saches, je n'aime pas le bortsch, dit-il avec un clin d'œil.

Nadia soupira tandis qu'elle refermait la porte derrière lui.

— J'allais faire des spaghettis bolognaise, marmonna-t-elle pour elle-même.

Chapitre 9

Alex

Nadia lui tournait le dos, assise au bord de la Tamise.

— Ne compte pas sur moi pour t'aider à faire disparaître un cadavre, l'interpella Alex en approchant.

Elle rit en pivotant vers lui.

— Qu'est-ce que tu racontes ?

— Je parle de cet endroit louche et de ton SMS énigmatique, précisa Alex en descendant l'escalier usé. « *Retrouve-moi sous Blackfriars Bridge à 20 heures. Habille-toi simplement, mets des chaussures confortables…* »

Alex reprenait le contenu du message de Nadia avec une voix de film d'horreur en agitant les doigts comme un sorcier maléfique pour compléter son effet.

Il s'arrêta sur la dernière marche au-dessus de Nadia au moment où elle se redressa. Il la dominait d'une bonne trentaine de centimètres dans cette position. Son visage était si proche qu'il distinguait les taches de rousseur sur ses pommettes et son nez, à peine visibles sous son maquillage.

Nadia fit un pas en arrière presque aussitôt, lui permettant de la rejoindre sur la plage de galets de la Tamise qui allait et venait obstinément à quelques mètres de leurs pieds.

— Ce n'est qu'une balade, rien de plus ! lui assura Nadia. Et puis, plaisanta-t-elle, les yeux brillants, je suis le genre de fille à pouvoir gérer un cadavre toute seule, crois-moi !

— Je n'en doute pas !

C'était la soirée la plus fraîche que Londres connaissait depuis des semaines — Nadia portait même un gilet — et le ciel qui virait lentement au violet était parsemé de nuages gris, chargés de promesses.

— Alors, on se balade ? dit-elle en s'éloignant.

— On va vraiment faire les touristes ? demanda Alex en se précipitant pour la rejoindre. Est-ce que tu vas m'emmener voir la cathédrale Saint-Paul ou me faire prendre des photos du London Bridge ?

— Les deux se trouvent dans la direction opposée, petit génie ! remarqua Nadia en pointant son pouce derrière eux.

Alex repéra à peine les contours pâles du toit de Saint-Paul à plusieurs centaines de mètres, au-delà de la Tamise.

— Depuis combien de temps tu vis à Londres déjà ? le taquina Nadia.

— Ce n'est pas comme si j'étais abonné au bus touristique.

— J'ai été guide dans l'un de ces bus, déclara Nadia brusquement. J'ai obtenu le job grâce à mes compétences en langues, ajouta-t-elle avec ironie.

— Pas étonnant que tu connaisses tous ces trucs.

— En fait, j'ai découvert cet endroit parce que l'un de mes ex adorait venir ici pour récupérer des objets rejetés par la rivière. On appelle ces mecs-là les moineaux de la Tamise. Si tu creuses la plage, tu risques d'avoir de gros problèmes avec le

Musée de Londres, mais si le trésor est juste là, à marée basse, ils ne peuvent rien te dire.

— Ton mec se prenait pour Indiana Jones ou quoi ? se moqua Alex.

Nadia éclata de rire.

— Pas vraiment. Une fois, il a ramassé un bâton qui s'est avéré être un os. Il a tellement flippé qu'il l'a aussitôt balancé dans l'eau et n'est plus jamais revenu.

Alex se figea.

— Un os ? répéta-t-il, horrifié.

— C'était probablement un os de chien, précisa Nadia. Ne commence pas !

Elle poursuivait son chemin d'un pas régulier le long de la Tamise.

— Depuis, je viens assez souvent. J'adore cet endroit, ce calme. Il donne presque l'impression que la ville t'appartient. Tu en oublierais que huit millions de personnes vivent ici, tu ne trouves pas ?

Alex comprenait exactement ce qu'elle voulait dire. Il n'y avait pas une rue de Londres où l'on ne devait pas partager son espace avec une foule pressée. Mais ici, alors que le soleil disparaissait au détour de la rivière et que le paysage revêtait un manteau aussi gris que les roches sur lesquelles ils marchaient, il avait le sentiment qu'ils étaient seuls au monde.

— Tu as raison, c'est vraiment sympa comme endroit. N'empêche, ton ex devait être un peu bizarre, observa Alex en prenant le bras de Nadia pour la soutenir tandis qu'elle grimpait sur un vieux bloc de ciment à moitié enfoncé dans la boue.

Elle arrivait presque à sa hauteur à présent, mais, dans l'obscurité qui régnait sur la berge, il ne discernait plus ses taches de rousseur. Elles étaient comme Nadia elle-même. Elle se révélait parfois de manière excessive, mais, d'autres fois, il avait du mal à déchiffrer ce qu'elle ressentait.

— En parlant de petit ami, j'espère que tout va bien entre toi et Matt.

Nadia émit un son inintelligible et reporta son regard sur l'eau, avant de se tourner en direction de la structure métallique rouge de Blackfriars Bridge.

— Oui, tout se passe bien.

Alex pencha la tête sur le côté.

— Alors, quand est-ce que tu annonces la chose officielle-ment en changeant ton statut sur Facebook ?

Il baissa la voix pour prendre un ton de conspirateur.

— C'est un peu l'équivalent du mariage de nos jours.

Nadia lui lança un regard d'avertissement.

— Calme-toi, on n'en est pas encore là. Mais peu importe, je n'ai pas envie de parler de Matt.

— Tu n'en parles jamais. C'est quoi le problème ?

— Il n'y a aucun problème.

— Ne le prends pas mal, j'adore explorer Londres avec toi, mais j'ai du mal à comprendre pourquoi tu ne partages pas ta promenade si spéciale au bord de la Tamise avec…

— Alex ! l'interrompit Nadia. Je suis sérieuse. Tout se passe bien avec Matt. On peut changer de sujet, maintenant ?

Comme pour souligner ses mots, Nadia sauta de son perchoir et continua à marcher d'un pas pressé. Un clipper élégant — largement enfoncé dans l'eau sous le poids de ses passagers — fendit la rivière à cet instant. Ce fut comme si le charme était rompu.

— Bon, OK, marmonna Alex en se demandant ce qu'il avait bien pu dire de mal.

— En parlant d'ex, lança Nadia gaiement tandis qu'il pressait de nouveau le pas pour la rejoindre. Simple curiosité, il s'est passé quoi entre toi et cette Alice Rhodes ?

Nadia

Nadia s'était interrogée au sujet d'Alice toute la semaine. Elle était même surprise d'avoir réussi à garder ses questions pour elle aussi longtemps. Le lundi était son jour de congé à la boutique et, comme elle n'avait personne avec qui passer le temps, elle était restée affalée toute la journée sur le canapé, à surfer sur le Net avec l'iPad d'Holly. Elle ne comprenait pas pourquoi son amie continuait à protéger sa tablette à l'aide d'un mot de passe. Elle utilisait le même pour tout depuis qu'elles avaient quatorze ans, et Nadia avait découvert son code à quatorze ans et demi.

Peu à peu, son exploration de la Toile s'était transformée en une session d'espionnage sur Facebook. Pour être totalement honnête, elle n'avait pas trouvé grand-chose à se mettre sous la dent sur le profil d'Alex. En parcourant les photos de lui qu'elle avait publiées récemment, elle s'était rendu compte que l'identité Facebook d'Alex se résumait à quelques apparitions timides au milieu de rares clichés de groupe. Il était vraiment sérieux. Il ne faisait pratiquement rien de son temps libre ou, du moins, il ne s'en vantait pas sur les réseaux sociaux. Nadia avait remonté les années, avec cette sensation familière et étrange qui la prenait lorsqu'elle regardait des photos de ses amis avant qu'elle ne les rencontre.

Et tout à coup, elle était tombée sur une bombe. Un autre Alex — plus jeune, bien sûr, les cheveux très courts, les joues ombrées d'une barbe de trois jours. La vraie différence, cependant, résidait dans tout le reste. Il y avait une photo de lui courant pieds et torse nus sur une plage de galets. Une autre sur laquelle il souriait largement, assis sur un canapé miteux, les bras posés sur les épaules de deux amis. Sur la troisième, il tapait l'incruste entre deux nanas complètement pétées qui faisaient des signes de paix. Et sur presque tous les clichés, cette fille, identifiée sous le nom d'Alice Rhodes...

— Alice ? répéta Alex sur un ton suspicieux comme s'il redoutait d'être tombé dans un piège. Qu'est-ce que tu veux savoir sur Alice ?

— Eh bien, j'ai supposé que c'était ton ex, le taquina Nadia gentiment, puisque tu poses avec elle sur dix mille photos. Il y en a même où vous vous embrassez ! Je ne suis pas Sherlock Holmes, mais...

Alex grimaça. Nadia se demanda de nouveau où était passé ce jeune homme qu'elle avait découvert sur Facebook.

— OK, nous sommes sortis ensemble, admit-il finalement.

Ils marchèrent dans un silence tendu quelques minutes.

— Alex et Alice, déclara Nadia. Ça devait être chiant.

— Ouais...

— Une petite amie de la fac, c'est ça ?

— Ouais.

— Sérieusement, Alex, fais un effort ! s'exclama Nadia en prenant un ton dramatique.

Alex leva les yeux au ciel.

— En tout cas, tu caches bien ton jeu, petit malin, poursuivit-elle. Elle est absolument sublime !

Et c'était vrai. Alice était canon. C'était la première chose que Nadia avait remarquée. Elle aurait tué pour lui ressembler rien qu'un peu. Avec sa peau mate et ses longues boucles brunes, elle était dotée d'une beauté exotique et sensuelle. L'opposé du physique éthéré de Nadia…

— Je suppose.

Eh bien, c'était toujours mieux que « ouais ». Alex lui décocha un regard noir.

— Tu as fouillé tout mon profil, alors ?

Nadia haussa les épaules.

— Je m'ennuyais.

— Tu aurais pu me poser directement la question, fit-il remarquer sans la regarder tandis qu'ils continuaient à marcher, pressant le pas pour fuir l'agitation de Gabriel's Wharf. Nous sommes amis, non ?

Nadia le dévisagea curieusement.

— Bien sûr.

L'imposante silhouette grise de Waterloo Bridge se dressa devant eux comme une ligne d'arrivée. Alex ralentit.

— Tu te souviens de l'année de césure que j'étais censé prendre si la personne avec qui je devais partir ne m'avait pas planté ?

Nadia hocha la tête lentement.

— Eh bien, cette personne, c'est Alice. Tout était réservé et payé, jusqu'aux navettes des aéroports. C'était quatre jours avant le départ…

— Elle… a décidé qu'elle ne voulait plus voyager ? demanda Nadia, confuse.

— Elle a décidé qu'elle ne voulait plus aller nulle part avec moi, expliqua Alex tristement. Plus jamais. Nous étions ensemble depuis deux ans et demi. Ça a été dur.

Dur lui semblait un euphémisme, mais elle répéta les mots d'Alex malgré tout.

— Super dur, tu veux dire…

— Elle avait déjà annulé ses billets sans m'en parler, s'écria Alex. Elle ne m'a même pas laissé une chance de la convaincre, de plaider ma cause, tu vois ? Il était trop tard quand elle me l'a annoncé.

Nadia mit un certain temps à choisir ses mots avant de répondre.

— Eh bien, je suis sûre que tu n'aurais pas voulu recoller les morceaux avec quelqu'un capable de se montrer si… dur, comme tu l'as dit. Je me trompe ? Sans parler de voyager avec elle. Vraiment, c'est un mal pour un bien.

— Oui, j'en suis conscient aujourd'hui, lui assura Alex, peut-être un peu trop vite. Mais, à l'époque, j'ai eu l'impression que le monde s'écroulait. C'est pour ça que je n'ai pas voulu me faire violence et partir seul.

— Je comprends. Les premiers chagrins d'amour… Quand mon petit copain du lycée a arrêté de répondre à mes messages et a commencé à s'asseoir au fond du bus avec Eloise Adams, j'ai pleuré pendant une semaine non-stop.

— C'était encore pire que ça, expliqua Alex avec un rire cynique. Je m'apprêtais à la demander en mariage pendant notre voyage.

— Alex ! Tu plaisantes ?

— Malheureusement, non.

Il rit de nouveau.

— J'avais fait mettre l'alliance de ma grand-mère à sa taille et tout. C'était vraiment la *lose*.

Nadia secoua la tête, incrédule.

— C'est horrible.

— Je suis resté K-O pendant deux mois, indiqua Alex, étrangement détaché et serein pour quelqu'un qui venait de confier sa première déception amoureuse.

— Et tu n'as pas eu de relation sérieuse depuis ?

— Non. Rory m'a forcé à m'inscrire sur un site de rencontre une fois. Je ne sais pas si c'est à cause de ma photo ou de ma description, mais aucune fille n'a mordu.

— Quoi ?

Nadia était stupéfaite.

— Tu n'as eu aucun rendez-vous ?

— Pas un seul.

— Pourtant, tu es très beau ! s'exclama Nadia.

Alex lui sourit.

— Ça devait être la description alors.

— Ça dépend, elle disait quoi ? Que tu détestes les chiots, les bébés et le chocolat et que tu te transformes en Jack l'Eventreur les soirs de pleine lune ?

Alex rejeta la tête en arrière et éclata de rire, naturel et décontracté de nouveau.

— En fait, je crois que ça pourrait avoir du succès, même si j'admets que ça me limiterait à un certain type de femmes.

— Ah, Alex, je ne comprends pas. J'aimerais pouvoir te présenter quelqu'un. Holly ne te plairait pas par hasard ?

— Non, désolé, sans vouloir dénigrer ton amie. Et maintenant, tu vas me proposer Caro ?

— Pourquoi ? Elle t'intéresse ? s'enquit Nadia en lui lançant un regard sévère.

— Non, je me demandais simplement pourquoi tu jetais Holly dans la mêlée et pas Caro.

— Caro voit quelqu'un, expliqua Nadia.

— Un garçon ou une fille ? la taquina Alex en faisant référence à leur conversation au sujet de la vie sexuelle colorée de Caro.

Nadia rit.

— Un garçon, répondit-elle avant de revenir au sujet qui l'intéressait.

Alex avait-il déjà essayé le *speed dating* ? Ça pourrait être drôle…

Alex

Il n'avait pas parlé d'Alice depuis des siècles et il était heureux de découvrir qu'il ne ressentait plus rien en le faisant. Avant, dès qu'il prononçait son nom, il avait la sensation qu'on lui arrachait les entrailles. C'était donc un progrès notable. Bien sûr, Nadia aidait. Elle était probablement la personne avec laquelle il était le plus facile de discuter. Elle le mettait à l'aise, même dans les situations les plus gênantes, ce qui expliquait certainement pourquoi il était là, à marcher sur les quais humides de la Tamise au crépuscule.

Le soleil déclinant projetait un halo orangé autour d'elle tandis qu'elle lui racontait quelques anecdotes terribles de rencontres sur Internet qu'on lui avait rapportées. Elle le faisait rire, l'aidait à retrouver son assurance. L'espace d'un instant, il envisagea de lui parler de Lila, de sa conviction qu'elle était la bonne et qu'il avait sans doute raté sa deuxième chance de rencontrer l'amour à cause de son colocataire. Il eut envie de lui faire part de la façon dont Lila le regardait ces derniers temps, silencieuse et triste, et des insomnies que cette situation lui provoquait.

Mais pour une raison qu'il ignorait, il ne se sentait pas encore prêt à l'admettre à voix haute. Et puis, il ne tenait pas à ce que le fantôme de Lila se joigne à eux sur cette plage obscure. Alors, il continua à marcher en bavardant avec Nadia, un passe-temps qui commençait à devenir l'un de ses préférés.

Chapitre 10

Alex

— Tu sais, quand on en a parlé, je ne m'attendais pas à ce que ce soit aussi… immédiat, murmura Alex.

Ils contournèrent l'hôtesse blasée qui venait de prendre leur argent en échange d'un formulaire et d'un badge numéroté.

— Eh, n'oublie pas que mon expulsion est imminente, plaisanta Nadia. Mon temps est compté.

Alex leva les yeux au ciel. Nadia adorait jouer la carte de l'immigrée sur le point d'être expulsée. Cela lui manquerait lorsqu'elle obtiendrait son titre de séjour permanent.

— Et ça, c'est quoi ? demanda-t-il en agitant le tas de feuilles agrafées.

Nadia parcourut la première page.

— Oh ! c'est le questionnaire habituel. Ils veulent en savoir plus sur toi pour t'inviter aux bons événements.

— Age, adresse, sexe, je comprends le principe, insista Alex, mais pourquoi me demander si je reste au Royaume-Uni en été ou si je pars à l'étranger ?

Nadia rit.

— Ça en dit beaucoup sur ta personnalité, sur tes priorités, je ne sais pas moi.

— En quoi est-ce que mon sandwich préféré donne une indication sur mes priorités ?

— Tu n'as qu'à marquer n'importe quoi, c'est pour s'amuser, répondit Nadia. En fait, je crois que je vais en profiter pour m'inventer une vie. Ce soir, je me sens l'âme créatrice. Je serai inventeur. Qu'est-ce que je pourrais avoir conçu ?

— C'est vraiment important ?

— Bien sûr que oui ! insista Nadia. Allez. Il faut que ce soit quelque chose de connu, mais pas trop pour que je reste crédible. Et un truc que je comprenne un minimum, au cas où ils poseraient des questions. Que dirais-tu d'une application ?

— Que dirais-tu d'être toi, tout simplement ?

Nadia balaya sa remarque de la main.

— C'est beaucoup trop ennuyeux !

Alex éclata de rire.

— Nadia Osipova, vous êtes la personne la moins ennuyeuse que j'aie jamais rencontrée.

Ravi, il observa les joues de Nadia rosir.

— Petit charmeur, plaisanta-t-elle en le prenant par le bras pour détourner son attention de son visage écarlate. Voilà, c'est comme ça qu'il faut impressionner les filles ! Allez, viens, commandons cette coupe de champagne gratuite et remplissons ces trucs.

Nadia

Fidèle à lui-même, Alex avait rempli le questionnaire avec sincérité en prenant le temps de réfléchir à chacune de ses réponses. Il s'avéra que son sandwich préféré était un jambon fromage avec confiture d'oignons.

Ce n'était pas le premier *speed dating* auquel elle participait. Elle et Caro s'y étaient déjà prêtées deux fois. Caro excellait dans cet art de la séduction brute et immédiate, alors que Nadia assistait surtout à ces soirées pour la boisson gratuite qui allait avec.

Elle était certaine qu'Alex se dégonflerait ou se recroquevillerait sur son siège comme un petit chat effrayé tandis que des inconnues essaieraient de remplir les cinq minutes imparties par un monologue désespéré. Il avait semblé peu convaincu lorsqu'ils s'étaient séparés pour rejoindre leurs tables respectives.

Les hommes restaient assis à la même place tandis que les femmes tournaient dans le sens inverse des aiguilles d'une montre. Cinq minutes avec chaque participant. Cette blonde cherchait une étincelle indéfinissable, cette rousse un amant pour ses besoins immédiats, et cette brune quelque chose entre les deux.

Nadia gardait un œil sur son ami, l'observant sourire poliment à chaque fille qui s'installait devant lui. Elle se souvenait d'avoir reçu le même accueil réservé lorsqu'elle s'était assise à sa table au Bellevue. Il n'était pas difficile d'imaginer ce que ces femmes pensaient. Alex apparaissait sous son meilleur jour. Il portait un pull à col V d'un vert qui faisait ressortir les reflets roux de ses cheveux et un jean noir bien coupé. Il s'était même laissé pousser une barbe de trois jours sur les conseils bienveillants de Nadia. Une fois sa flûte de champagne terminée, il commanda un verre de vin rouge. Un choix sophistiqué pour un parfait gentleman.

— Salut, numéro 12, dit-il lorsque Nadia s'assit face à lui.

Le douze était son chiffre préféré, et elle avait insisté pour qu'il lui soit attribué.

— Salut, numéro 19, rétorqua-t-elle en se penchant sur la table. Comment ça se passe ? As-tu rencontré Mme Parfaite ?

— Non, répliqua Alex, stoïque, avant de prendre son verre de vin et de trinquer dans le vide. Mais la fille derrière le bar a l'air chaude.

— Qu'est-ce qu'il te faut de plus ? L'amour ?

— C'est ce que je suis censé trouver ici ? J'ai plutôt l'impression d'être sur le point de battre un record : ennuyer le plus de femmes possible en cinq minutes chrono.

— Sérieusement, mais qu'est-ce que tu leur racontes ? s'inquiéta Nadia. Tu ne leur parles pas de ton boulot ou de sport, j'espère !

— Non, rien de tout ça. Elles se chargent de faire la conversation. Moi, je me contente d'approuver en hochant la tête. J'ai l'impression d'être l'un de ces petits chiens qu'on pose sur la plage arrière des voitures.

— Ce n'est pas une mauvaise chose, observa Nadia, plus détendue. Les femmes aiment parler d'elles.

— Tu ne t'inclus pas dans le lot, si ?

Nadia agita les mains.

— Façon de parler.

— J'ai entendu que tu avais prétendu être l'inventeur du *courgetti* devant mon voisin.

Nadia haussa les épaules.

— Il y a bien quelqu'un qui l'a inventé.

Elle prit une gorgée dans le verre d'Alex.

— Bref, arrête de te plaindre. Je suis venue pour toi.

— Non, tu es venue pour le mousseux gratuit, rétorqua Alex aussitôt.

— Aussi.

— Je crois que tu devrais suivre tes propres conseils, ajouta-t-il finalement. On ne sait jamais quand on va rencontrer la femme ou l'homme de sa vie. Tu devrais rester ouverte en permanence. Tu te souviens de ce discours ? C'est le sermon que tu m'as fait dans le bus.

Nadia se tortilla sur son siège, mal à l'aise. Le compte à rebours résonnait dans sa tête, comme des coups sur son cœur. Quel serait l'intérêt de rencontrer l'homme de sa vie maintenant ?

Alex revint sur ses mots, se méprenant sur les causes de son hésitation.

— Oh ! excuse-moi, j'ai oublié Matt…

— Hum… Matt.

C'était une raison aussi bonne qu'une autre, supposa-t-elle. Le chronomètre sur le mur se mit à sonner, la faisant sursauter. Leurs cinq minutes étaient terminées. A sa droite, la numéro 11 adressait un salut relativement indifférent au numéro 20, déjà tourné vers Nadia pour voir ce que la prochaine avait à offrir.

— On se retrouve à la pause, à moins que tu ne rencontres la femme de ta vie entre-temps… ou que tu décides de brancher la barmaid.

— Nadia, attends.

Alex s'était levé et versa un peu de son vin dans la flûte vide de Nadia.

Elle pressa son bras avec reconnaissance.

— Bonne chance, soldat, dit-elle avec un clin d'œil avant d'abandonner son chevalier aux mains chanceuses de la numéro 13.

Chapitre 11

Nadia

Sa relation avec Alex lui faisait penser au film *Quand Harry rencontre Sally*. Dernièrement, elle était nerveuse en sa présence, un sentiment qu'elle ne parvenait pas à expliquer clairement. Jusque-là, elle l'avait considéré comme un petit frère (bien qu'il soit plus âgé qu'elle, certes). Son air triste et perdu avait éveillé sa nature philanthropique (ainsi que sa tendance à pousser les gens dans leurs retranchements jusqu'à ce qu'ils craquent). A présent, elle avait du mal à réconcilier cet Alex avec celui qu'elle entrevoyait par moments. Celui qui allumait des feux de camp sur la plage de Brighton au mépris de la loi pour regarder danser les flammes dans la nuit, sa petite amie ultracanon lovée contre lui. Celui qui commençait à prendre de l'assurance à ses côtés. Celui qui mordait sa lèvre inférieure de manière remarquablement suggestive lorsqu'il essayait de ne pas se moquer d'elle. Celui pour lequel — OK, elle l'admettait, mais seulement pour elle-même — elle avait un petit faible.

Jusque-là, elle avait réussi à se convaincre que la joie et l'excitation qu'elle éprouvait en le voyant n'étaient liées qu'au plaisir de passer du temps avec un bon ami. Mais la veille, alors qu'elle était au lit avec Matt, elle s'était surprise à penser à Alex, encore et encore, et il était impossible de mal interpréter cette situation…

Nadia sursauta quand une boule de papier froissé heurta son front.

— Allô ? Nadia ! l'interpella Ledge depuis le seuil de la cuisine. Tu me reçois ?

— Quoi ?

— Tu as un message. Ça fait trois fois que je te le dis.

Pour illustrer son propos, Ledge brandit le portable que Nadia avait oublié sur le plan de travail.

— Oh ! désolée.

Elle mit ses mains en coupe devant elle, et Ledge lui lança le téléphone. Un frisson la parcourut lorsqu'elle vit le nom sur l'écran. Le message venait d'Alex. Lui et ses amis auraient déjà dû être en chemin.

— Tout va bien ? demanda Holly en déposant un saladier plein de Doritos sur la table basse.

— Il n'y aura qu'Alex et Lila, expliqua Nadia en lisant le message. Son colocataire Rory doit travailler.

Holly haussa les sourcils.

— Un samedi soir ?

— Un dossier urgent pour un gros client, apparemment.

— Oh ! non ! On ne sera pas un nombre pair pour les jeux ! protesta Holly.

Nadia procéda à un calcul mental.

— Si, on est six.

Holly lui lança un regard sévère.

— Nads, ne me dis pas que tu n'as pas invité Matt…

— Pourquoi je l'aurais invité ?

— Je croyais que ça se passait bien entre vous ?

— Oui, ça se passe bien. Ça ne veut pas dire qu'il doit être greffé à moi en permanence.

— Il y a un fossé entre inviter son petit ami à une soirée jeux de société et devenir sa siamoise.

— Je ne me considère pas vraiment comme sa petite amie pour le moment.

— Eh bien, grâce à l'épaisseur des murs de cet appartement, je peux t'assurer que tu avais bien l'air de l'être la dernière fois, la taquina Holly.

Nadia grogna.

— On n'est plus dans les années 1950. On peut coucher ensemble sans s'aimer.

— Qu'est-ce que j'entends ? s'écria Caro en faisant mine d'être choquée tandis qu'elle sortait de la cuisine avec un pichet de Pimm's.

Vu la couleur du cocktail, elle n'y était pas allée de main morte sur l'alcool.

— Vous parlez de qui ? demanda Caro en posant la boisson près du saladier.

— De Nadia et Matt, précisa Holly, les poings sur les hanches.

— Et comment s'appelle celui qui vient ce soir ? s'enquit Caro.

— Alex, répondit Nadia.

— OK. Et elle sort avec lequel déjà ?

— Les deux ! s'exclama Holly avec sarcasme.

— Non ! Je suis avec Matt… enfin, je crois.

Nadia lança un regard d'avertissement à Holly.

— Et Alex et moi sommes amis, rien de plus.

Alex

— J'ai vraiment l'impression de m'incruster, gémit Lila pour la troisième fois alors qu'ils sortaient de la bouche de métro de Clapham Common et se dirigeaient vers l'appartement de Nadia et Holly. L'invitation ne concernait que toi et Rory. Je me sentais déjà de trop, alors, sans Rory, c'est comme si je squattais carrément…

— Lils, ne t'inquiète pas pour ça, la rassura Alex, pour la troisième fois également, tandis qu'ils parcouraient les rues étouffantes sous les rayons persistants du soleil.

Il avait fini par pleuvoir un peu plus tôt dans la journée, une averse aussi brève que violente, mais les flaques d'eau s'étaient évaporées en quelques minutes sous la chaleur du bitume.

— Nadia est cool. Elle n'est pas du genre à mettre ses invités mal à l'aise, alors détends-toi.

Lila lui jeta un regard en coin. Depuis que Nadia avait commencé à publier des photos de leurs excursions sur Facebook, Lila l'avait régulièrement questionné sur ce qui se passait entre eux. Elle et Rory ne parvenaient pas à concevoir le fait que même s'ils se voyaient trois ou quatre fois par semaine à présent — pour vivre de nouvelles aventures ou tout simplement pour se promener et discuter —, leur relation restait platonique.

— Cette meuf est une bombe frigide, avait été le verdict de Rory après qu'il avait parcouru les photos de Nadia sur Facebook avec intérêt.

Alex avait haussé les épaules.

— Oh ! allez ! s'était exclamé Rory. Tu ne vas pas me faire croire que tu n'as pas secrètement envie de te la faire !

— Comme c'est poétique, avait observé Alex en grimaçant devant le sourire suggestif de Rory. Oui, elle est très jolie, avait-il concédé, mais nous sommes amis, rien de plus. Elle a un mec.

— Un mec ? avait répété Rory en reportant son attention sur l'écran de son ordinateur portable pour étudier de nouveau le profil de Nadia. Eh bien, je ne sais pas comment elle arrive à le voir, étant donné qu'elle passe son temps avec toi... à ne pas baiser.

— J'ai l'impression de rencontrer une star, dit Lila d'un ton léger, le tirant de ses pensées.

Ils venaient de pénétrer dans les rues résidentielles du quartier de Nadia.

— Tu parles tout le temps d'elle...

Alex rit.

— Tu l'as déjà vue, Lils, le jour où je l'ai rencontrée.

— Je sais, mais c'est toi qu'elle a décidé d'adopter comme animal de compagnie.

Alex ralentit. Le ton de Lila était décontracté et insouciant, mais il n'aimait pas ce qu'il cachait. Elle n'avait pas arrêté de faire ça au cours des dernières semaines. Elle était tendue et ne cessait de faire des allusions lorsqu'elle lui parlait. Certes, il devait se montrer indulgent envers elle. Rory était de moins en moins présent ces dernières semaines et parfois, la nuit, Alex pouvait entendre leurs chuchotements furieux quand ils se disputaient. Une fois encore aujourd'hui Rory avait décommandé à la dernière minute, et Lila se sentait gênée, perdue et seule.

Non, elle n'était pas seule. Alex passa un bras autour de ses épaules pour la consoler, ce à quoi elle répondit par un faible sourire.

— C'est par ici, dit-il après un moment en désignant une vieille maison de ville rénovée au bout de la rue. Au numéro quatorze.

Alex appuya sur la sonnette de l'imposant Interphone et la porte s'ouvrit aussitôt. Lui et Lila se frayèrent un chemin à travers les piles de courriers publicitaires, les vélos et les poussettes qui encombrent tous les halls d'immeuble, et montèrent au premier étage. Nadia les attendait, appuyée contre l'encadrement de la porte de l'appartement D. Son visage s'éclaira lorsqu'elle l'aperçut, et Alex sentit un sourire étirer ses lèvres.

— Eh ! la salua-t-il tandis qu'il gravissait les dernières marches. J'ai apporté des réserves ! lança-t-il en brandissant les sacs en plastique chargés de bouteilles qu'il avait achetées à l'épicerie.

Nadia fit un pas vers lui, et il lui tendit l'un des sacs par réflexe, lui mettant un coup dans l'estomac. Elle n'avait pas l'intention de le débarrasser, mais de lui faire la bise.

— Oh, merde !

Alex posa aussitôt son chargement au sol et prit les mains de Nadia dans les siennes.

— Merde, répéta-t-il. Nadia, je suis désolé !

Elle se contenta de rire et lui assura qu'elle allait bien avant de leur faire signe d'entrer dans l'appartement aux tons clairs.

Alex était légèrement mortifié. Nadia ne lui avait jamais fait la bise jusque-là, ne pouvait-il s'empêcher de penser. Comment aurait-il pu s'y attendre ?

Nadia

C'était drôle. Deux mois plus tôt, elle n'aurait pas été sûre qu'Alex s'entende bien avec ses amis. Il était un peu trop hésitant, trop conventionnel, un personnage de second plan. Elle aurait pensé que Ledge ou Caro se seraient montrés impatients avec lui.

Mais ce soir, il était un homme différent de celui qu'ils avaient rencontré plusieurs semaines plus tôt au Bellevue. Tout le monde était charmé par cet inconnu drôle et sympathique qui veillait à ce que leurs verres soient toujours remplis et qui remportait la plupart des parties de Blanc-Manger Coco.

— Tu as réussi une sacrée transformation, déclara Holly tandis qu'elles s'empressaient de recharger le pichet de Pimm's dans la cuisine en prenant à pleines mains les morceaux de fruits précoupés sur la planche.

— A t'entendre, on dirait que c'était une plante verte avant, la réprimanda Nadia en faisant les gros yeux.

— Le premier soir, au Bellevue et au Bison ? C'était comme de se retrouver piégé dans un film avec Hugh Grant des années 1990. Je lui ai marché sur les pieds en dansant, et c'est lui qui s'est excusé... deux fois !

— Tu ne peux pas lui reprocher d'être trop poli ! protesta Nadia en ignorant le fait qu'elle avait pensé exactement la même chose que son amie.

— Il était rasoir, déclara Holly simplement. Mais ce soir, il est hilarant ! Tu as fait des merveilles avec ta liste ! Tu devrais la faire breveter comme un genre de philosophie de la vie.

— Alex a toujours été drôle, affirma Nadia calmement, mais il n'aime pas l'être tout le temps, c'est tout.

Elle ne s'était jamais rendu compte à quel point cette phrase était vraie jusqu'à ce qu'elle la prononce. Combien de masques Alex portait-il ? Combien de murs avait-il érigés pour empêcher les autres de le voir tel qu'il était ? Combien de mauvais clichés de ce genre pouvait-elle invoquer pour le définir ?

Holly prit un air étonné.

— OK, et tu ne trouves pas ça flippant ou bizarre ?

Elle se plaça devant l'évier pour rincer ses mains poisseuses.

— Ça n'a rien de flippant ou de bizarre, insista Nadia, encore un peu surprise par son ton défensif. Il a traversé des périodes merdiques et a rencontré les mauvaises personnes.

Holly leva les yeux au ciel en fermant le robinet.

— Comme tout le monde.

Et avant que Nadia n'ait pu plaider la cause d'Alex une nouvelle fois, elle s'empara du pichet plein et quitta la cuisine.

Alex

Nadia était plus décontractée dans son environnement. Elle n'était pas aussi excentrique, se montrait plus calme et posée. Installée en tailleur sur le sol, dans un pantalon de pyjama si long qu'il cachait ses pieds, elle riait à en avoir le hoquet. Elle mangeait les morceaux de fruits de son cocktail avec les doigts. Elle finit même par être un peu éméchée et s'allongea sur le tapis, la tête posée sur la cuisse d'Holly, tenant ses cartes avec insouciance, comme si elle se moquait que les autres puissent voir son jeu.

Alex avait dû réviser son opinion sur Caro. Certes, cette dernière se comportait comme si elle était la propriétaire des lieux et consultait son portable à une fréquence profondément agaçante, mais elle était aussi dotée d'un sens de l'humour tranchant et d'un côté pragmatique qui lui plaisait. Il avait eu plus de mal à cerner Ledge, comme les autres l'appelaient. Néanmoins, après cinq ou six verres, le seul homme du groupe avait abandonné la méfiance que l'arrivée d'un autre mâle au sein de sa meute avait éveillée. En revanche, Holly — qui s'était montrée adorable le soir du quizz au Bellevue — était restée réservée toute la soirée, sur ses gardes. Alex ne s'était pas attendu à un tel comportement de sa part.

Si l'on ajoutait à cela l'attitude bizarre et silencieuse de Lila, l'ambiance était un peu particulière. Pas désagréable, loin de là, mais chargée de sous-entendus. Quoi qu'il en soit, Nadia était là, et c'était tout ce qui comptait. C'était peut-être stupide et étrange, mais sa présence suffisait à le rendre heureux. Il adorait passer du temps avec Nadia. Il n'y avait qu'avec elle qu'il se sentait vraiment lui-même.

Caro était partie en hâte quelques heures plus tôt pour attraper le dernier métro. A présent, Ledge et Lila discutaient dans le hall en mettant leurs chaussures, tous deux prêts à rentrer. Holly s'activait dans la cuisine, occupée à rincer le pichet de Pimm's vide, un signal qui disait poliment, mais clairement : « il est 2 heures du matin, est-ce que vous pouvez vous barrer de chez moi ? »

Au cours des deux dernières heures, Nadia avait changé de position — ou peut-être était-ce Alex — et elle était à présent blottie contre lui. Il lui aurait suffi de se pencher un peu en avant pour embrasser sa joue. S'il l'avait voulu, bien sûr… Au début, il avait été gêné et n'avait pas trop su où mettre ses bras, mais, à présent, il se sentait incroyablement à l'aise et il n'avait pas vraiment envie de bouger.

Nadia jouait avec les cartes, les étalant sur le tapis devant eux en piles illogiques tout en comptant tout bas. Il y avait forcément une méthode derrière tout ça. Soudain, sa main se figea, et elle se raidit. C'était pratiquement imperceptible. Il ne l'avait remarqué que parce que son épaule était appuyée contre son torse.

— Quoi ? demanda-t-il. Qu'est-ce que tu fais ?

Nadia balaya les cartes de la main pour reformer une pile devant elle.

— J'essaie de lire mon avenir, dit-elle dans un soupir.

— Ce n'est pas avec un jeu de tarot qu'on fait ça normalement ? se moqua Alex. Ou une boule de cristal ?

— Eh, ne critique pas ! le réprimanda Nadia. Je suis allée en internat, tu t'en souviens ? Quand on est dans ce genre d'école, on fait avec ce qu'on a. Cette méthode a été créée par des élèves il y a plusieurs générations et elle a toujours fonctionné pour savoir si on allait réussir un examen ou emballer un mec de la ville.

Alex rit doucement.

— OK, OK. Alors, que disent les cartes ?

— Pas grand-chose.

Alex haussa les sourcils.

— Pas grand-chose ? répéta-t-il. J'ai pourtant eu l'impression qu'elles t'annonçaient un truc qui ne te plaisait pas.

Nadia soupira. Alex le sentit plus qu'il ne l'entendit.

— J'ai simplement eu un nombre de chiffres impairs étrangement élevé.

— Ce qui signifie ?…

Il y eut un moment de silence durant lequel Nadia sembla prendre conscience qu'elle était appuyée contre lui. Elle se redressa et se mit à jouer nerveusement avec sa natte. Alex avait froid et se sentait vulnérable maintenant qu'elle n'était plus pressée contre lui.

— Ça veut dire, déclara Nadia après un long moment, troublée, que je ne vais pas obtenir ce que je désire…

Chapitre 12

Nadia

Inutile de le nier plus longtemps. Lorsqu'elle recevait un message de lui sur son téléphone, elle avait le ventre noué comme une adolescente. Lorsqu'il lui souriait, des frissons couraient sur sa peau. Elle s'était mise à rêver éveillée, des fantasmes dans lesquels elle glissait les mains sous le tee-shirt d'Alex pour le lui enlever et admirer enfin ce tatouage entraperçu quelque temps plus tôt.

Il ne se passerait rien entre eux. Il était déjà difficile d'imaginer laisser derrière elle toutes les personnes qu'elle adorait à Londres. Elle ne tenait pas à en ajouter une à la liste. Ce gamin qui se balançait dans le parc lui avait semblé inoffensif. Banal, ennuyeux, prévisible, le genre de mec avec qui elle pouvait s'amuser et devenir amie. Elle avait senti dès le début qu'il ne la laisserait pas aller plus loin et elle était tout à fait d'accord avec ça. C'était déjà assez compliqué qu'ils soient devenus amis. Inutile d'en rajouter… Elle serait perdante dans tous les cas. Qu'elle lui avoue ses sentiments ou qu'elle les garde pour elle…

Elle ne pouvait ignorer cette conviction que leur rencontre n'était pas due au hasard. Elle n'avait jamais ressenti cela pour personne auparavant. Une petite voix insistante ne cessait de lui répéter que c'était écrit. Qui était-elle pour aller à l'encontre du destin ?

Le son du prénom d'Alex attira son attention.

— Pardon ?

Matt sourit avec indulgence. Il était désormais habitué à ses absences.

— Je disais que j'ai déjà vu Alex, non ? Au Bison, le soir où nous nous sommes rencontrés.

Elle avait l'impression que cette soirée remontait à une éternité.

— Oui, c'est vrai.

— Vous semblez proches, et tu as l'air de bien t'amuser avec lui sur les photos que j'ai vues sur Facebook... Je me demandais si nous ne pourrions pas organiser un dîner à quatre.

Nadia se tortilla sur son siège, mal à l'aise.

— Il ne voit personne en ce moment.

— Ah bon ? Je croyais qu'il sortait avec la petite blonde sur les photos de la semaine dernière.

Nadia se raidit.

— Non, c'est juste Lila.

Matt haussa les sourcils, une lueur inquisitrice au fond des yeux.

— Juste Lila ? répéta-t-il.

— Oui, c'est la petite amie de son colocataire.

Matt se mit à rire brusquement.

— Ah oui, bien sûr ! La petite amie du colocataire, je m'en souviens.

— Tu ne l'as jamais rencontrée, enfin, je crois...

— Non, je sais, mais Alex l'a mentionnée au Bison.

Le ton de Matt éveilla sa curiosité.

— Au sujet de quoi ?

— Oh ! je suis sûre qu'il t'en a déjà parlé.

Il leva les yeux au ciel.

— Les jérémiades habituelles du type qui se languit d'amour. « La fille de mes rêves se tape mon coloc », etc., etc. Il faut vraiment qu'il s'endurcisse ! ajouta Matt, amusé.

Le ventre de Nadia se noua de nouveau, mais différemment cette fois.

Alex

Il n'était pas si tard, il ne faisait même pas encore nuit, mais il eut du mal à émerger lorsque Lila sortit en trombe de la chambre de Rory pour se ruer sur la porte d'entrée, marquant une pause juste assez longue pour tourner son visage couvert de larmes en direction d'Alex, lui brisant le cœur.

Après être resté figé sur le canapé quelques secondes, légèrement choqué, il partit chercher une paire de chaussures dans sa chambre. Il s'immobilisa en voyant Rory dans le couloir, en train de se frotter les tempes avec vigueur.

— Désolé, dit-il après un moment.

— Elle va bien ? demanda Alex sans préambule.

Rory soupira dramatiquement.

— Pourquoi faut-il toujours que les filles se comportent comme ça ? Pourquoi doit-on toujours être les méchants ? Des martyres, toutes autant qu'elles sont.

Alex fixa son ami, l'air sévère.

— Et qu'as-tu fait exactement pour que Lila se sente martyrisée ?

Rory lui rendit son regard.

— Rien. Elle pète les plombs parce que je travaille trop. Elle dit que je ne veux pas passer du temps avec elle. Je lui ai répondu que ça n'avait rien à voir, mais que je n'étais peut-être pas disponible pour une relation en ce moment. Visiblement, je ne peux pas lui offrir ce qu'elle attend de moi et…

Rory s'interrompit et fit un geste éloquent en direction de la porte d'entrée.

— On dirait qu'elle est d'accord.

Alex dut prendre un moment pour digérer l'information.

— Tu as rompu avec elle ? dit-il incrédule. Tu as rompu avec Lila ?

Rory grogna.

— Arrête, OK ? J'ai l'impression que je viens de t'annoncer que tes parents vont divorcer…

Alex se tourna de nouveau vers la porte. Lila devait déjà avoir attrapé un bus sur High Street. Il était trop tard pour la rattraper.

— Elle ne m'a même pas dit au revoir…

Rory éclata de rire.

— Ne t'inquiète pas, tu la reverras.

— J'ai du mal à croire qu'elle passera beaucoup de temps assise sur notre canapé à nous regarder jouer à *Call of Duty* maintenant, Ror.

Rory haussa les épaules.

— Non, mais elle t'aime beaucoup. Vous resterez amis, j'en suis sûr. Ne la laisse pas te monter contre moi, en revanche. Je ne voulais pas lui faire de mal, tu sais, je ne voulais pas la rendre triste. C'est pour ça que j'ai rompu. Notre relation ne menait plus à rien depuis un moment, et elle le savait.

La voix de Rory était légèrement montée dans les aigus,

et Alex prit conscience un peu tard que son ami était affecté par cette histoire.

— OK, dit-il après un moment, comment on fait ? Je n'ai jamais consolé quelqu'un après une rupture. Je te sers un thé ou une bière ?

Nadia

Alex était distrait, étrange. Ou peut-être était-ce elle qui se comportait bizarrement, elle était incapable de le dire. Tout ce que Nadia savait, c'était qu'il y avait un problème.

Ils avaient décidé qu'une nuit blanche au cinéma exigeait un repas digne de ce nom. Ils s'étaient donc arrêtés dans un restaurant avant le début de la séance. La grenouillère de Nadia était roulée en boule dans son sac fourre-tout à ses pieds. Elle n'était pas assez courageuse pour la porter en public dans Soho, même si elle s'était bien amusée en prétendant le contraire devant une Holly horrifiée.

Alex consultait son téléphone plus souvent qu'il ne mettait de nourriture dans sa bouche.

— Qu'est-ce qui se passe ? l'interpella Nadia brusquement. On dirait un père inquiet qui attend des nouvelles de sa progéniture.

Alex rit.

— Désolé. J'attends seulement un message.

Bien que Nadia lui fasse signe de développer, il n'en fit rien et baissa les yeux sur son assiette en piquant sa fourchette dans son *jambalaya* tiédi. Il sembla stupéfait de découvrir que Nadia le scrutait toujours lorsqu'il releva la tête.

— Je promets que j'éteindrai mon téléphone dans le

cinéma, mademoiselle ! plaisanta-t-il en levant la main pour faire le salut des boy-scouts. Parole de scout !

Nadia se radoucit et s'autorisa à sourire.

Elle savait que c'était physiquement impossible, mais, ces derniers temps, Alex semblait mieux porter ses vêtements. Elle s'était même demandé s'il avait fait les magasins, mais elle était plus ou moins certaine de l'avoir déjà vu avec ce tee-shirt ample. Peut-être était-ce son attitude. Il était toujours penché en avant d'habitude, les épaules voûtées. A présent, il se tenait droit, ouvert, confiant et bien dans sa peau, comme elle ne l'en aurait jamais cru capable. Ce soir, c'était elle qui était légèrement courbée et fermée.

Elle ne savait pas ce qui l'ennuyait le plus : qu'Alex, dont elle commençait à tomber amoureuse, en pince pour une autre fille, ou qu'Alex, qui était l'un de ses meilleurs amis, ne lui en ait jamais parlé. Les deux la blessaient de manière différente.

Alex lança un regard furtif sur son téléphone. Il semblait ne pas s'en rendre compte.

— Je vais te dire, je suis bien content de passer la nuit à regarder des films d'action, déclara Alex brusquement en secouant la tête. Je ne crois pas que j'aurais pu supporter quelque chose de plus psychologique. Je viens de vivre une semaine super bizarre.

— Ah oui ?

Alex observa Nadia une seconde avant de poursuivre.

— Lils et Rory se sont disputés. En fait, je crois que c'est pire que ça, parce qu'ils ont rompu.

Soudain, une bouchée de poulet resta bloquée dans la gorge de Nadia. Elle déglutit avec peine.

— Ils ont rompu ? répéta-t-elle.

Alex haussa les épaules.

— Apparemment. Ils ont tous les deux changé leur statut sur Facebook, ce qui est le stade le plus grave que l'on puisse atteindre, dit-il en riant. Bref, en parlant de relations amoureuses, comment ça se passe avec Matt ? Il n'avait pas envie de se taper neuf heures d'*Avengers* d'affilée ?

Alex

Nadia avait l'air triste. Elle ne portait pas de maquillage — elle avait affirmé ne pas en voir l'utilité pour rester assise dans l'obscurité d'une salle de cinéma toute la soirée —, mais, au-delà de ce détail, elle semblait contrariée. Etait-elle simplement fatiguée ? Il lui avait demandé trois fois si elle était sûre de vouloir passer la nuit à regarder des films de superhéros, et elle avait répondu qu'elle allait bien. Pourtant, ses lèvres restaient pincées, son expression sombre et ses yeux creusés. Pour la première fois depuis qu'ils s'étaient rencontrés, elle était distante.

Il ne l'avait encore jamais vue porter de couleur aussi foncée. Elle arborait un haut prune qui accentuait la pâleur de sa peau et qui donnait à ses cheveux blonds une teinte terne sous le faible éclairage du restaurant. Elle avait défait sa tresse de ses doigts nerveux lorsqu'ils étaient arrivés, et sa chevelure emmêlée formait à présent une masse qui tombait sur ses épaules de façon négligée.

Encore une fois, Alex était frappé par l'émotivité de Nadia. Lorsqu'elle souriait, le monde entier semblait s'illuminer. Lorsqu'elle était abattue, eh bien... Sa propre inquiétude au sujet de Lila n'arrangeait certainement pas les choses. Il lui avait envoyé deux messages depuis mercredi soir, mais elle n'avait pas répondu. Il espérait que ce silence était dû au fait que sa rupture avec Rory était encore trop récente et qu'elle n'allait pas couper les ponts avec lui maintenant qu'elle n'était plus avec son colocataire.

Lila, célibataire. Etrangement, il ne lui était jamais venu à l'esprit que Rory et elle pourraient se séparer. Il aurait dû être aux anges, sauter au plafond. La fille dont il était dingue depuis un an était désormais libre. Mais, bizarrement, la situation l'attristait et lui donnait la nausée, comme s'il avait trop mangé, ce qui expliquait probablement son manque d'appétit. Ce n'était pas plus mal que Lila ne lui réponde pas. Visiblement, elle n'éprouverait jamais la même chose que lui. Il s'agissait peut-être d'une occasion en or d'arrêter les frais et de prendre ses jambes à son cou. Mais il pourrait aussi saisir cette chance pour lui avouer ses sentiments. Il n'avait plus grand-chose à perdre après tout.

Il soupira.

— Tu crois qu'il faut toujours se battre pour l'amour ? demanda-t-il à Nadia en prenant une bouchée de son *jambalaya* presque froid à contrecœur.

Elle plissa les yeux.

— Ça dépend. Tu n'as pas l'intention de t'en mêler et d'essayer de réconcilier Lila et Rory, n'est-ce pas ?

— Non, non, je crois que ça devait arriver, dit Alex tristement. Je parlais de façon plus générale. Tu sais, je me suis toujours demandé ce qui se serait passé si j'avais tenté de reconquérir Alice quand elle a rompu. Si je m'étais battu pour notre relation au lieu de rester étendu là comme un chien à endurer les coups. Qui sait ce que serait ma vie ? Je crois que j'aurais pu la convaincre et sauver notre couple, si j'avais eu le cran d'essayer...

Il s'interrompit. Il n'était plus sûr de savoir s'il parlait d'Alice ou de Lila.

Après un moment, Nadia tendit la main entre leurs verres d'eau et pressa son bras avec compassion.

— Je suis contente que tu ne l'aies pas fait, dit-elle simplement.

Nadia

Il était difficile de rester distante avec Alex alors qu'il n'avait absolument aucune idée de ce qu'il avait fait de mal. En fait, c'était absurde. Le fait qu'il ait des sentiments pour une autre fille n'était pas mal en soi. Nadia n'avait aucun droit sur son cœur et n'en aurait probablement jamais. Il allait vraiment falloir qu'elle commence à l'accepter.

Il était encore plus compliqué de lui en vouloir alors qu'il s'était mis en pyjama. Son pantalon ample était complètement dingue avec ses motifs écossais bleu marine et vert. On aurait dit qu'il l'avait piqué à son grand-père.

Les superproductions projetées en continu sur l'écran devant eux permettaient à Nadia de relativiser. Il existait des problèmes plus importants sur terre que ses émotions blessées, et le monde avait bien plus besoin d'être sauvé que son cœur.

Il était environ 5 heures du matin — au beau milieu d'*Iron Man 2* — quand Alex s'endormit. Sa tête tomba soudain sur le côté tandis qu'il perdait sa lutte contre le sommeil. Nadia, à peine plus éveillée que lui, eut un sourire paresseux. Ils avaient tenu plus longtemps qu'elle ne l'avait fait lors de son dernier marathon au Prince Charles. Elle appuya sa tête contre le siège, la joue pressée contre le tissu râpeux. Son visage était si proche de celui d'Alex qu'elle pouvait sentir son souffle chaud sur sa peau.

Elle avait l'impression d'être déjà dans son rêve. A moitié assoupie, et enhardie par le vin tiède et âcre qu'elle avait bu toute la soirée dans un gobelet en plastique, elle décida de franchir les quelques centimètres qui les séparaient et de l'embrasser, juste pour voir. Un baiser léger, aussi doux que son souffle l'avait été sur son visage.

Il ne se réveilla pas, et le ciel ne leur tomba pas sur la tête. Nadia découvrit qu'elle ne se sentait pas mieux. Elle s'enfonça dans son siège et — tandis qu'un groupe d'insomniaques acclamait une impressionnante explosion à l'écran — elle se laissa sombrer dans le sommeil.

Chapitre 13

Alex

Ces derniers temps, rien n'arrivait au bon moment.

Après l'avoir ignoré pendant trois jours, Lila avait soudain décidé de lui envoyer un message pour lui proposer de déjeuner avec elle. Malheureusement, la conception qu'elle avait du brunch était loin des vieilles traditions anglaises. Elle lui avait ainsi donné rendez-vous dans son bistrot végétarien préféré, sur Balham High Street.

Ecœuré par l'odeur de moisi qui lui rappelait le garage de ses parents, Alex étudiait le menu écrit en arabe comme s'il espérait le comprendre. Pour couronner le tout, il souffrait d'une terrible gueule de bois et d'un douloureux torticolis après avoir sommeillé à peine deux heures sur un siège de cinéma.

Il s'était réveillé en sursaut sans trop savoir où il se trouvait. Puis il avait été troublé de découvrir qu'il avait raté la fin d'*Iron Man 2* et une large partie de *Thor*. Nadia dormait encore, la bouche légèrement entrouverte, une main sous le menton et le corps blotti contre Alex, telle une petite fille assoupie dans sa grenouillère.

— Ça va ? demanda Lila brusquement.

Alex prit conscience qu'il souriait devant son menu indé-chiffrable.

— Ouais.

Il reposa la carte écornée sur la table.

— Je ne sais même pas pourquoi j'essaie de lire ça.

— Prends les falafels, lui conseilla aussitôt Lila. Ils sont délicieux.

N'ayant pas d'autre option, Alex approuva et attendit patiemment que Lila passe leur commande auprès du serveur débraillé, le seul de l'établissement.

— Alors, Lils, reprit-il dès que l'homme eut disparu dans la cuisine après avoir déposé leurs verres d'eau devant eux. Comment vas-tu ?

Lila prit une petite gorgée et passa une mèche de ses cheveux blonds coupés au carré derrière son oreille.

— Ça va..., dit-elle après un moment. Je m'y attendais un peu, en fait. Mais c'est gentil de te faire du souci pour moi.

Elle lui décocha l'un de ses sourires ravageurs, ceux qui lui donnaient le vertige et lui faisaient perdre la raison.

Alex avait interprété le message de Lila comme un signe. Apparemment, elle voulait qu'ils restent amis. Mais Alex n'était pas sûr de pouvoir se contenter d'une amitié avec Lila Palmer. Il devait se comporter comme un homme — c'est ce qu'aurait probablement dit Nadia — et avouer à Lila ce qu'il ressentait, ici et maintenant, puisqu'il n'avait rien à perdre.

Il regrettait simplement d'avoir une méchante gueule de bois pour ce qui pourrait devenir l'un des moments déterminants de son existence.

— Je suis contente d'avoir un peu de temps pour moi. Je vais profiter du fait d'être célibataire pour renouer avec Penny et mes autres amis, déclara Lila. Tout est allé si vite entre Rory et moi…

Alex hocha la tête solennellement. Il était bien placé pour le savoir.

— En fait, je ne suis pas surprise que notre histoire se soit terminée aussi rapidement.

— Ça ne pouvait pas durer, c'est sûr…, admit Alex en se demandant comment détourner subtilement la conversation de ce fichu Rory.

Lila hésita et se mordit la lèvre inférieure.

— Est-ce que je peux… Alex, je peux te poser une question ?

Elle l'observait nerveusement, à travers ses cils baissés.

Alex tressaillit. Le moment semblait capital. Et s'il s'était trompé depuis le début ? Et si Lila avait toujours eu un faible pour lui ? Un secret qu'elle était désormais libre de lui révéler… Il s'était passé quelque chose au cours des dernières semaines, depuis que sa relation avec Rory avait commencé à battre de l'aile. Elle lui lançait des regards noirs sans que le contexte les justifie, lui balançait des piques sorties de nulle part et arborait parfois des expressions énigmatiques…

— Bien sûr, parvint-il à articuler finalement en posant ses pieds bien à plat sur le sol, se préparant mentalement et physiquement.

— Est-ce que tu crois que Rory voit quelqu'un d'autre ?

Le fantasme d'Alex retomba brutalement comme un soufflé.

— Quoi ? dit-il en se débattant parmi les vestiges de ses espoirs.

— Une sorte de liaison. Peut-être qu'il n'était pas au travail tous les soirs, peut-être qu'il voyait une autre fille.

Les lèvres de Lila tremblaient tandis qu'elle ouvrait et fermait les poings sur la nappe en plastique.

— Oh ! Lils, non. Je ne crois pas. Rory peut être con, parfois, mais je ne pense pas qu'il t'aurait fait ça. Tu comptes pour lui, je le sais. Il est tout simplement… très absorbé par son travail en ce moment…

— Oh, je t'en prie, ne commence pas ! aboya Lila en retirant ses mains pour les dissimuler sous la table. J'ai déjà entendu ce refrain : « un tournant délicat » de sa carrière et toutes ces conneries ! ajouta-t-elle d'un ton moqueur.

Elle soupira, fébrile.

— J'aurais préféré qu'il me largue pour une autre fille plutôt que pour son boulot…

Le serveur choisit ce moment pour les interrompre. Il déposa devant eux deux assiettes composées de salade légèrement flétrie et de falafels. Alex et Lila suspendirent poliment leur conversation jusqu'à ce qu'il se retire de nouveau dans l'arrière-salle.

— Lila, commença Alex en essayant d'adopter le ton le plus sincère qu'il pouvait. Tu ne devrais pas le prendre personnellement. Tu étais trop bien pour Rory ! Même lui, il le reconnaît ! Il a rompu avec toi parce qu'il pense que tu mérites mieux, tu vois ? Tu mérites un type qui ne soit pas aussi obsédé par son travail et qui puisse t'accorder tout le temps et l'attention dont tu as besoin.

Lila eut un petit sourire, les yeux larmoyants.

— Tu le penses vraiment ?

— J'en suis sûr. Regarde-toi, Lila ! Tu es belle, drôle et intelligente. Tu pourrais séduire n'importe quel mec.

Lila le dévisagea curieusement.

— Tu es sincère ?

— Totalement. N'importe quel mec !

— Non, je veux dire… Tu me trouves vraiment… jolie et tout le reste ?

Le cœur d'Alex cognait violemment contre sa poitrine.

— Bien sûr, parvint-il à articuler après une minute d'agonie. Tu es… géniale.

Et voilà, une occasion en or sur un plateau en or. Il était temps d'enterrer le *loser* qu'Alice avait fait de lui des années plus tôt et d'avouer à Lila ce qu'il éprouvait. Cracher le morceau. Se battre pour la femme qu'il aimait. Alex prit une profonde inspiration pour se donner du courage.

— En fait…, lança-t-il.

— Alex ! s'exclama Lila au même moment. Tu es génial toi aussi. J'espère vraiment qu'on restera amis, malgré cette histoire.

Elle lui sourit et prit ses couverts avant de couper énergiquement l'un de ses falafels, qui libéra un tas de viande hachée industrielle.

Alex ne put s'empêcher d'avoir l'impression que c'était lui qui se prenait le couteau dans le cœur.

Nadia

Nadia s'appuya sur le rebord craquelé de la fenêtre à guillotine de son salon et passa le buste à l'extérieur, tendant le cou pour inspecter la rue en contrebas. Caro aurait dû être arrivée depuis vingt-cinq minutes maintenant. Et Caro n'était jamais en retard.

Reprenant contact avec le sol, Nadia attrapa son téléphone posé sur la table basse et appuya sur le bouton vert impatiemment pour composer le dernier numéro. Une fois encore, le portable de Caro sonna, prouvant simplement qu'elle n'était pas coincée dans le métro. Nadia reposa l'appareil, agacée et inquiète à la fois. Caro avait promis qu'elle serait de retour avant 13 heures — et qu'elle apporterait de quoi déjeuner — pour travailler sur la procédure d'appel de Nadia. Elle obtiendrait bientôt la date de son audience, et le problème devenait difficile à ignorer.

Nadia s'effondra sur le canapé en soupirant et prit son ordinateur portable sur les genoux. Autant commencer à parcourir les blogs sans elle. Inutile de perdre davantage de temps. A la place, elle se surprit pourtant à se connecter sur sa boîte Gmail pour rédiger un bref message à Alex.

Elle l'imagina devant son écran, un sourire tranquille éclairant son visage tandis qu'il découvrait son e-mail. Elle s'amusait souvent à se le représenter au bureau. Il avait avoué la dernière fois qu'il portait des lunettes au travail pour ne pas fatiguer ses yeux, ce qui collait parfaitement à l'image de Clark Kent/Superman qu'elle se faisait d'Alex Bradley. Dans le cadre professionnel, il était le type qu'elle avait rencontré des mois plus tôt. Ses cheveux étaient probablement bien coiffés et ses joues rasées de près. Ses lunettes sur le nez, il devait arborer un style net et soigné dans le genre de costume qu'elle ne le voyait désormais porter que s'ils se retrouvaient directement après le bureau. Un verre d'eau rempli à la fontaine était sans doute posé près de son clavier...

OK, elle admettait que ce décor tout droit sorti des années 1950 était peu réaliste. Et il lui avait demandé de ne pas lui envoyer autant d'e-mails lorsqu'il était au travail pour ne pas lui attirer de problèmes, mais il ne semblait pas s'en inquiéter tant que ça, puisqu'il lui répondait toujours dans la minute.

Nadia était si absorbée par leur conversation qu'elle mit un moment à se rendre compte que son portable sonnait, au point qu'elle faillit manquer l'appel. Posant son ordinateur sur le côté, elle tendit le bras pour s'emparer du téléphone. Caro la rappelait, enfin.

— Allô ? dit-elle sans essayer de dissimuler son irritation. Est-ce que ça va ? Caro, je te jure que…

Nadia s'interrompit lorsqu'elle prit conscience que Caro ne s'excusait pas. En fait, Caro ne disait rien du tout.

— Ça va ? répéta Nadia. Où es-tu ?

— Lavender Hill, avoua Caro d'une petite voix.

Nadia comprit aussitôt.

— Caro, tu es avec Monty ? s'enquit-elle sans réellement vouloir connaître la réponse.

Caro renifla bruyamment, ce qui ne lui ressemblait vraiment pas.

— J'étais avec Monty.

Elle replongea dans le silence.

— Est-ce que tu viens ? s'impatienta Nadia lorsqu'elle considéra que le suspense avait trop duré.

— J'ai laissé mon *Oyster card* et mes clés dans son appartement, admit Caro d'une voix encore plus faible.

Nadia tendit l'oreille.

— Vous vous êtes disputés ? insista-t-elle en essayant de ne pas avoir l'air trop heureuse à cette perspective.

— Nous avons eu *la* dispute, se contenta de répondre Caro.

Nadia soupira.

— Prends un taxi.

Nadia n'avait jamais aimé Montgomery Fletcher. L'année précédente, après son premier jour de cours en master d'histoire de l'art, Caro l'avait rejointe dans un pub, intarissable au sujet de son maître de conférences incroyablement sexy. Il portait des Converse et de fines cravates et semblait sincèrement passionné par son sujet. Au bout d'un mois, Caro était accro. Avant la fin du premier semestre, elle était amoureuse. Pendant le pot de Noël, les deux avaient échangé un baiser alcoolisé et, quand janvier était arrivé, ils avaient carrément entamé une liaison secrète.

Alors que Caro rayonnait de bonheur, Monty était devenu de plus en plus parano. Il refusait de sourire à Caro en public, inventait des prétextes excessivement élaborés pour justifier sa présence si fréquente dans son bureau et avait même pris un autre abonnement téléphonique pour dissimuler leurs échanges. Il était son professeur, après tout. Si l'université découvrait leur aventure, il perdrait son travail, et Caro serait expulsée du cursus. Il ne pourrait probablement plus jamais exercer son métier. Mais ce n'était pas la raison de la paranoïa de Monty.

Monty était parano parce qu'il était marié — et père d'une petite fille de deux ans — et qu'il avait déjà été pris en flagrant délit d'infidélité deux fois durant son mariage. Il savait que son épouse ne lui accorderait pas une autre chance. Sally ne devait jamais découvrir son infidélité, avait-il souligné auprès de Caro, en haussant le ton comme si elle était la seule coupable. « Sally ne doit jamais l'apprendre. » Et c'était la raison pour laquelle il faisait venir Caro dans son appartement de Battersea dès que Sally quittait la ville avec la petite et l'en chassait tout aussi brusquement à la fin du week-end. Après leurs rencontres, il passait l'aspirateur avec obsession, encore et encore, alors même que Caro était encore là, comme si Sally risquait de remarquer un cheveu deux tons plus foncé que les siens et de crier à la tromperie.

Bien que ses amis l'aient implorée de mettre un terme à cette histoire, Caro subissait cette vie depuis huit mois. Car, en dépit de toutes les preuves du contraire, du nombre de personnes qui lui assuraient qu'elle se trompait, et même si elle savait en son for intérieur qu'elle ne serait jamais l'exception à la règle, Caro voulait croire qu'un jour, Monty quitterait sa femme pour elle.

— Il ne quittera jamais sa femme pour moi, gémit Caro, recroquevillée dans un coin du canapé de Nadia.

En cet instant, elle était la personnification du malheur. Ses cheveux décoiffés collaient à ses joues humides, et elle tenait à la main une poignée de mouchoirs trempés.

Nadia déposa une tasse fumante remplie du thé vert préféré de Caro sur la table basse devant elle.

— Bien sûr qu'il ne quittera pas sa femme, dit-elle sans vouloir être méchante. Comme tous les autres.

— Parfois, ça arrive, insista Caro malgré elle.

Nadia se lança dans sa rengaine habituelle. Elles avaient cette conversation régulièrement depuis maintenant six mois.

— Et si c'était le cas, qu'est-ce que tu ferais ? Tu pourrais imaginer avoir une vraie relation avec lui, lui faire confiance alors que tu sais qu'il a trompé sa femme sans scrupules ?

— Je ne sais pas, admit Caro sur un ton misérable. Inutile d'y penser puisqu'il ne quittera jamais sa femme.

— C'est vrai, approuva Nadia tristement en prenant une gorgée du thé de Caro, il ne la quittera jamais.

Alex

Alex fronça les sourcils en ouvrant la fenêtre des messages envoyés et reçus de sa messagerie Outlook, juste pour vérifier qu'aucun e-mail n'était en attente quelque part ou ne l'attendait dans sa boîte de réception. Au beau milieu d'une conversation portant sur les films qu'ils jugeaient carrément surévalués, Nadia l'avait abandonné, le laissant seul face à un après-midi interminable au bureau.

Alex soupira et posa les yeux sur la pile de dossiers et de formulaires qu'il devait étudier, trier et saisir dans le système du ministère. C'était la routine habituelle : des demandes de visas étudiants, des requêtes pour obtenir des prolongations de carte de séjour et des notifications au sujet de titres de séjour expirés. Des dizaines d'êtres humains réduits à une liste d'informations qui tenait sur une feuille de papier A4. Alex ne put s'empêcher de se demander combien de temps encore il tiendrait à ce poste.

Il avait joué avec l'idée de démissionner pendant des années. Après tout, ce job au sein du ministère de l'Intérieur ne devait être qu'un moyen de remplir son CV, un tremplin pour démarrer sa carrière et une façon comme une autre de commencer à rembourser les mensualités accablantes de son prêt étudiant. Mais, pour une raison qu'il ignorait, il n'avait jamais eu la motivation de se mettre à chercher du travail. La promotion pour laquelle il avait fait des heures supplémentaires tout l'été avait été accordée à une fille qui n'avait intégré le service que l'année précédente. Il n'était pas suffisamment passionné par son métier, s'était contenté d'observer Donnelly d'un ton las en grattant son ventre qui tendait sa chemise TM Lewin. Il donnait l'impression que cela n'avait aucune importance. Et en fait, c'était le cas.

On ne pouvait pas tous être passionné par son job, considérait Alex. Tout le monde n'avait pas de vocation : être professeur ou médecin, ou n'importe quel autre métier utile à la société. Alex se levait et allait au travail chaque matin uniquement parce qu'il n'avait pas d'alternative pour payer son loyer. Puis il avait rencontré Nadia, une fille si enthousiaste que c'en était presque épuisant. Elle était passionnée par Londres, par son activité bénévole, par sa détermination à faire de lui une meilleure personne.

« Pas une meilleure personne, l'avait-elle corrigé en secouant la tête lorsqu'il le lui avait fait remarquer. Pas une personne différente, mais toi, tout simplement. »

Les pensées d'Alex se portèrent sur son tatouage. Après toutes ces années, il se souvenait encore de la brûlure de l'aiguille sur sa peau. Il voulait depuis longtemps prendre rendez-vous pour se le faire enlever. Un truc de plus à ajouter à sa *to do list* sur laquelle il ne s'était jamais penché. Principalement parce que celle de Nadia prenait le dessus sur tout le reste ces derniers temps. Alex sourit en se demandant quelle autre surprise elle lui réservait.

Mais rien ne disait que Nadia devait être celle qui dictait tout le programme.

Eh, toi ! J'ai réfléchi, il reste une chose que tu n'as pas encore faite. Quand est-ce que tu as six heures de liberté ?

Nadia

Heureusement, Holly n'avait pas posé de questions lorsqu'elle avait reçu le message vocal de Nadia lui demandant d'acheter plusieurs boîtes de biscuits sucrés et une grande bouteille de rhum après le travail. Elle avait simplement suivi ses instructions.

Le rhum avait été englouti encore plus rapidement que les gâteaux. Après quoi, Holly s'était dirigée dans sa chambre pour récupérer plusieurs bonnes bouteilles de vin rouge poussiéreuses sous son lit. Son entreprise lui en donnait une chaque Noël en lieu et place de sa prime annuelle. Ces dernières rejoignirent bientôt la bouteille de rhum dans la caisse de recyclage.

L'association de sucre et d'alcool avait eu l'effet escompté. Caro avait arrêté de pleurer. A la place, elle était plongée dans un silence sinistre, les lèvres teintées par le vin, le regard perdu dans les profondeurs de son verre, comme si elle espérait qu'en se concentrant elle pourrait lire son avenir à l'intérieur.

— Tu dois le rayer de ta vie maintenant, insista Nadia. Prends cette dispute comme une opportunité. Une bonne gifle pour te réveiller.

— Comment veux-tu que je l'évite ? C'est mon prof, putain ! se plaignit Caro.

Holly et Nadia échangèrent un regard.

— Quand est-ce que le trimestre se termine ? demanda Holly.

— En janvier.

— Ah…

Holly prit une gorgée pour éviter de développer sa pensée.

— De toute façon, il va bien falloir que tu le voies demain. Il a les clés de chez toi ! fit remarquer Nadia.

— Je te parie que je vais trouver une enveloppe kraft dans mon casier à la fac avec mes affaires à l'intérieur, lâcha Caro en soupirant. C'est tout à fait son style.

— Son style, c'est d'être un parfait connard, rétorqua Nadia qui ne contrôlait plus sa langue et son vocabulaire après des heures passées à boire du vin rouge. Son style, c'est de vouloir le beurre et l'argent du beurre !

Holly plissa le front, le regard voilé par l'alcool.

— Attends, attends… Caro, c'est le beurre ou l'argent du beurre dans l'histoire ?

— On s'en fout ! s'exclama Nadia en agitant son verre de vin devant le visage de Caro. Ce que je veux dire, c'est que tu ne devrais pas tolérer la façon dont il te traite. Je ne comprends déjà pas comment tu as pu le supporter jusque-là.

— Parce que je l'aime, gémit Caro.

Nadia et Holly levèrent les yeux au ciel.

— Mais pourquoi ? insista Holly.

— Je crois que je n'en sais rien, admit Caro en laissant sa tête retomber contre le dossier du canapé. L'amour, c'est vraiment merdique, conclut-elle d'un ton furieux.

— Quand je t'écoute, je suis contente d'être célibataire, déclara Holly. Sérieux, les filles ! Vous êtes censées me faire croire au grand amour, et pas détruire tous mes espoirs.

Elle pivota vers Nadia.

— Je t'en prie, dis-moi que tout va bien entre toi et Matt, que votre avenir est plein de mariage et de bébés, autrement je me taillade les poignets.

Nadia se tortilla, mal à l'aise.

— Je n'arrête pas de te répéter qu'il n'y a rien de sérieux entre Matt et moi. En fait, je pense que je vais rompre…

Caro poussa un petit cri et se pencha en avant, aussitôt distraite de son propre malheur.

— Quoi que tu décides, ne fais rien avant l'audience !

— Tu vois ça, Hols ?

Nadia désigna Caro d'un geste peu assuré, ce qui eut pour effet de faire clapoter dangereusement son vin dans son verre.

— Voilà pourquoi le romantisme est mort.

— Ça n'a rien à voir avec le romantisme, mais avec le pragmatisme, répliqua Caro. Le petit ami idéal, anglais, avec le prénom parfait, t'est tombé dessus exactement au bon moment et, depuis, il ne te lâche plus. C'est comme s'il avait eu une étiquette « chance » collée au front !

— Je me déteste un peu pour ça, mais je suis d'accord avec Caro, Nads..., admit Holly.

— L'univers a vu que tu avais besoin de lui, les étoiles se sont alignées et te l'ont envoyé, poursuivit Caro sur le ton théâtral qui lui était propre.

— Bon, ça, je ne partage pas..., s'empressa de préciser Holly.

Caro soupira.

— Je pensais que le destin avait mis Monty sur mon chemin...

— Je crois qu'il y a du vrai là-dedans, la coupa Nadia aussitôt, à la fois pour la distraire et la réconforter. Je ne parle pas de toi et Monty, précisa-t-elle, mais du fait que nos chemins ne se croisent pas par hasard. Réfléchis, insista-t-elle en ignorant l'expression sceptique d'Holly, si tes parents n'avaient pas traversé ce terrible divorce, ils ne t'auraient pas envoyée dans notre école, n'est-ce pas ?

Holly leva les yeux au ciel.

— Oh oui, génial, parlons de mon enfance malheureuse ! Je n'étais pas désirée par mes parents, ils m'ont mise en pension...

— Et si mon grand-père n'était pas mort quand il est mort, les miens n'auraient pas eu suffisamment d'argent pour payer mes études au Royaume-Uni, poursuivit Nadia en s'enflammant, et nous ne nous serions jamais connues.

Nadia profita d'une pause dramatique dans son discours pour remplir leurs verres.

— Et moi, je ne t'aurais pas rencontrée à la fac, fit remarquer Caro, et je ne serais pas assise ici, beaucoup trop bourrée pour un mardi…

— Ça ne t'aurait pas empêché de craquer pour Monty le professeur pervers, observa Holly. Tu te serais retrouvée dans la même situation, mais en beaucoup moins bonne compagnie. Et tu n'aurais pas pu boire plusieurs bouteilles de châteauneuf-du-pape !

Holly et Nadia trinquèrent pour porter un toast en leur honneur.

— Pourquoi l'univers a-t-il décidé que Monty ne quitterait pas sa femme pour moi ? demanda Caro, les yeux larmoyants. Encore mieux, il aurait pu être célibataire quand je l'ai rencontré…

Holly reposa son verre sur la table basse, exaspérée.

— Elle ne lâchera pas l'affaire, marmonna-t-elle entre ses dents.

— Ce n'est pas un peu effrayant ? déclara Nadia d'une voix songeuse. Il suffit parfois d'un détail pour changer toute une vie… S'asseoir à côté d'une autre fille sur les bancs de l'école à onze ans, foirer un entretien d'embauche à dix-huit ans, épouser le mauvais type à trente.

Elle considéra son verre de vin.

— Tu te souviens, Hols, cette nuit-là, au Bellevue, nous avons refusé de changer d'équipe au début.

Holly la dévisagea curieusement.

— Ouais…

— Tu vois ce que je veux dire ? Il suffit d'un rien. Si deux autres personnes s'étaient mises à la table d'Alex à notre place ce soir-là, je ne l'aurais jamais rencontré.

— Nadia...

Holly se pencha vers elle en parlant. Nadia grimaça en entendant son amie prononcer son prénom de façon aussi formelle.

— Au sujet d'Alex, il faut que je te dise... Et c'est uniquement parce que je t'aime... Je crois que tu nous fais un petit syndrome de Stockholm, et c'est ce qui empiète sur ta relation avec Matt.

— Un syndrome de Stockholm ? répéta Nadia, incrédule. Il ne m'a pas kidnappée que je sache !

Holly balaya sa remarque de la main.

— Ça marche dans les deux sens.

— Je ne l'ai pas kidnappé non plus ! protesta Nadia aussitôt. Je l'ai simplement défié de se joindre à moi pour quelques sorties. Ce n'est pas comme si je l'avais enfermé dans ma cave.

— Bah, tu vis dans un appartement, objecta Caro, l'air grave.

Holly et Nadia échangèrent un regard confus.

— Tu n'as pas de cave, expliqua-t-elle.

— Même si j'avais une cave, je ne penserais pas à kidnapper des hommes pour les enfermer à l'intérieur, dit Nadia d'un ton cinglant.

— Papa conserve son vin à la cave, ajouta Caro en remplissant leurs verres encore une fois, bien que Nadia vienne de le faire et qu'elle ait clairement eu sa dose.

— S'il entrepose ses bouteilles dedans, c'est une cave à vins, déclara Holly en prenant une gorgée dès que Caro eut terminé de la servir.

— Peu importe, les coupa Nadia, je ne craque pas pour Alex. Je n'ai plus quinze ans.

Elle lança un regard noir à Holly, qui l'ignora royalement.

— J'ai donné mon cœur à Alex, Alex, Alex, chantonna Caro.

— Nads, tu oublies que je te connais comme si je t'avais faite, poursuivit Holly, et je sais comment tu étais à quinze ans. Tu en pinces pour lui. Méchamment.

— Je l'ai remarqué moi aussi, déclara Caro d'une voix détachée. Cette alchimie entre vous, la dernière fois. Tu es complètement dingue de lui.

— Et ce n'est pas un problème, tu sais, ajouta Holly. J'aime bien Alex. Vraiment, je commence à l'apprécier.

— Oui, je te comprends. Il est plutôt sexy pour un geek, lança Caro.

— Il n'y a rien de tout ça entre nous, insista Nadia. Je ne l'intéresse pas, pas de cette façon…

— Probablement parce que tu as un petit ami, dit Holly simplement. Il est tellement gentleman qu'il ne voudrait pas… Tu sais, être provoqué en duel par Matt pour avoir convoité sa fiancée.

— OK, Hols, il faut savoir. Un coup, Alex est le Hugh Grant des années 1990, un autre, un duc de l'époque victorienne. Il ne peut pas être les deux en même temps !

— Hugh Grant a déjà joué un duc dans un de ses films, je crois, observa Caro, l'air absent. C'est le genre de rôle qui lui irait…

— Quoi qu'il en soit, la coupa Nadia impatiemment, fatiguée par cette conversation sans queue ni tête, il…

Elle hésita, n'étant pas encore tout à fait à l'aise avec cette idée.

— Il en aime une autre. Voilà.

— Pas plus qu'il ne t'aime, toi, en tout cas, se moqua Caro aussitôt. Parce qu'il est carrément dingue de toi.

— Il n'arrête pas de te regarder, ajouta Holly.

Nadia blêmit.

— Qu'est-ce que tu veux dire ?

Elle imagina Alex en train de la reluquer, le visage pressé contre la fenêtre, et gloussa à cette pensée.

— Tu sais, quand il te parle, il te regarde.

Nadia haussa les sourcils.

— Oh ! non ! s'exclama-t-elle avec sarcasme. Quel taré !

— Je vois ce que veut dire Holly, l'interrompit Caro en repliant les jambes sous ses fesses et en bondissant d'excitation sur le canapé. Il te regarde…

Elle marqua une pause pour intensifier son effet.

— … comme si tu comptais vraiment à ses yeux.

Nadia ne put s'empêcher de ricaner.

— C'est la moindre des choses de la part d'un ami, les filles.

— Tu dis ça, mais c'est essentiel, observa Caro, les sourcils froncés. Monty ne me regarde comme ça que lorsqu'il est sur le point de jouir.

Elle leva les yeux au ciel.

— Je parie que Hugh Grant donne aux femmes l'impression de compter vraiment, poursuivit-elle pour elle-même, le regard plongé dans son verre de vin avant de le porter de nouveau à ses lèvres.

Nadia n'était plus tout à fait sûre de savoir de quoi elles parlaient, mais elle se sentit soudain prise d'un élan d'affection pour ses amies. Et son cœur se serra à l'idée qu'Alex puisse la regarder ainsi.

Elle se pencha en avant et partagea les dernières gouttes de la bouteille à parts égales.

— Voilà, il n'y a plus de vin, mesdames, annonça-t-elle.

En parlant de Hugh Grant, ça vous dirait de regarder *Coup de Foudre à Notting Hill* ?

Alex

Alex était à la masse depuis l'heure du déjeuner. L'incontournable réunion d'équipe du vendredi après-midi avait balayé les derniers vestiges de sa conscience professionnelle, déjà bien maigre. Comme chaque fois, il avait observé ses collègues baisser la tête pour éviter de croiser le regard de Donnelly tandis qu'ils enduraient son sempiternel discours au sujet des coupes budgétaires, des niveaux de productivité et des objectifs non atteints. Il avait eu envie de hurler.

Après ce qui lui avait semblé une éternité, Alex et les membres de son équipe avaient été renvoyés à leurs postes pour les dernières heures de travail de la semaine. Les après-midi ennuyeux au bureau étaient devenus plus supportables depuis que Nadia était apparue dans sa vie, même si Alex espérait sérieusement que ses patrons ne surveillaient pas sa messagerie. Si c'était le cas, il les mettait au défi de ne pas se laisser absorber par ses échanges avec Nadia. Elle avait le don de rendre les sujets les plus stupides intéressants. Ce matin, ils avaient débattu de la possibilité que les gouvernements du monde entier dissimulent les preuves d'une vie extraterrestre. Les arguments de Nadia reposaient essentiellement sur les épisodes de *X Files* qu'elle avait vus dans son enfance. Au moment où il avait été convoqué pour la réunion, elle était en pleine ébullition et venait de lui envoyer une photo d'une tache sombre dans un ciel crépusculaire en affirmant qu'il s'agissait d'un OVNI. Il avait donc hâte de découvrir les surprises qui l'attendaient certainement dans sa boîte de réception.

L'e-mail le plus récent, en haut de la liste, provenait de Lila Palmer et ne comportait pas d'objet. Alex sentit son estomac se nouer. Depuis cet étrange déjeuner la semaine passée, il n'avait plus eu de contact avec elle, si l'on excluait le fait qu'il avait aimé toutes ses publications sur Facebook (il n'était qu'un homme). Il avait l'impression que malgré son grand discours au sujet de leur amitié, Lila était en train de couper les ponts. Alors, pourquoi ? Pourquoi ce message ? Il hésitait presque à l'ouvrir, les yeux rivés sur celui de Nadia, quelques lignes plus bas, mais il finit par cliquer dessus.

Cela commençait de manière banale.

Salut ! Tu vas bien ? Est-ce que ton appart s'est transformé en une porcherie pleine de testostérone ?

Lila avait toujours mitraillé ses SMS et ses e-mails de smileys. Cette phrase, par exemple, était ponctuée par une émoticône avec la langue sortie censée indiquer qu'elle plaisantait. A dire vrai, l'appartement était immaculé, songea Alex, un peu gêné. Ni lui ni Rory n'avaient été souvent à la maison ces derniers jours.

Je me demandais si tu étais libre ce soir ?

Son cœur se gonfla d'espoir.

J'ai envie d'aller au ciné. Je sais que je te préviens à la dernière minute, mais Penny vient de me poser un lapin en me disant qu'elle ne se sentait pas bien (smiley triste).

Alex grimaça sous l'effet de la déception. Lila s'était fait planter et avait donc parcouru mentalement sa liste de connaissances avant de décider qu'Alex, parmi tous les autres, était celui qui avait le plus de chances d'être libre un vendredi soir. Charmant.

Dis-moi si ça te tente !

Lila concluait son mail par un smiley souriant.

Elle l'avait envoyé depuis plus de vingt minutes, mais, pour une raison étrange, Alex n'avait pas envie de lui répondre tout de suite. Il réduisit la fenêtre et cliqua sur l'e-mail de Nadia. Comme il s'y était attendu, son message était bien plus enjoué. Un peu comme le tic de Lila avec les émoticônes, Nadia avait tendance à abuser des exclamations. Avec elle, la phrase la plus ordinaire méritait au moins deux points d'exclamation.

Regarde ça !!!

Nadia avait collé un lien vers un blog sur la théorie du complot.

Comment peux-tu prétendre que rien ne se passait dans les années 1950 ?!?!

Il répondit aussitôt, le sourire aux lèvres.

Nads, sérieusement, je te rappelle que je travaille dans un bâtiment officiel ! Tu crois franchement que je peux cliquer sur un lien vers un site contestataire créé par une bande de loufoques ?

Il leva les yeux au ciel.

Bref, changeons de sujet avant que je ne me fasse virer/ arrêter/interner. Ça te dirait d'aller au ciné ce soir, si tu es dispo ? Si tu me laisses choisir le film, je t'invite…

La réponse de Nadia fut immédiate.

OK, mais pas une de ces horribles comédies américaines, STP !!! Je paierai le pop-corn.

Amusé, Alex revint sur le message de Lila.

Désolé, Lils…

Il regrettait presque cette décision impulsive, mais était-ce trop demander de ne pas être une roue de secours pour la femme qu'il aimait ?

J'ai déjà prévu quelque chose ce soir. Une autre fois, OK ?

Alex ne put contenir un éclat de rire quand la réponse de Nadia apparut dans le coin de son écran :

Il y a un film sur les extraterrestres à 19 heures au *Picture House* !! Réserve les places ! Vite !

Chapitre 14

Alex

L'été semblait ne jamais vouloir se terminer. Toutes les fenêtres étaient grandes ouvertes, mais la brise qui pénétrait dans l'appartement était à peine perceptible.

Nadia étudiait le contenu du meuble télé, à genoux sur le tapis du salon. Elle portait le short en jean auquel elle l'avait habitué, si usé qu'il était plus blanc que bleu à certains endroits. Ses cheveux étaient tirés en un chignon lâche défiant les lois de la gravité sur le sommet de son crâne. Elle semblait faite pour cette saison, et il avait du mal à l'imaginer en hiver, engoncée sous plusieurs couches de vêtements.

Elle se tourna de nouveau vers lui.

— Vraiment, je n'ai pas de préférence.

— Tu me laisses choisir, alors ? demanda Alex avec un sourire. J'en ai un ou deux en tête…

Nadia se releva.

— Fais-toi plaisir. Tu t'y connais mieux que moi.

— OK.

Alex avait déjà une idée de ce qu'il voulait — il savait qu'elle finirait par le laisser décider. Elle n'avait pas semblé très enthousiasmée par l'activité qu'il lui avait proposée, mais, bonne joueuse, elle l'avait rejoint chez lui en fin de matinée, une fois son service à la boutique de fripes terminé.

— Pas d'armes, en revanche, d'accord ? précisa-t-elle en fronçant les sourcils avant de s'asseoir prudemment sur le canapé. Et je ne veux pas porter de casque comme on voit dans les pubs.

— Je ne pensais pas à ce genre de trucs, lui assura Alex. J'envisageais plutôt un jeu de rôle.

Nadia le dévisagea, le regard vide. Alex soupira.

— Avec des personnages et une histoire, reprit-il. Et aussi... de la magie.

Il agita les doigts pour illustrer son propos. Nadia n'était pas impressionnée le moins du monde. Il souffla de nouveau.

— Ecoute, il faut que tu y mettes du tien, l'implora-t-il en se baissant pour insérer le disque dans sa PlayStation.

Une heure plus tard, Nadia parvenait à déplacer son avatar sans se prendre tous les murs et avait arrêté de lui balancer la manette en criant chaque fois qu'elle était attaquée par un ennemi. Après deux heures, elle le faisait taire lorsqu'il essayait de parler pendant les séquences de narration, et il ne fallut pas beaucoup plus de temps pour qu'elle tente de soutirer à Alex des informations sur la suite de l'histoire.

— Je suis contre les *spoilers*, déclara Alex en riant. Continue à jouer, il te reste encore plus de huit heures avant la fin, à condition que tu mettes le turbo et que tu laisses de côté les quêtes annexes, bien sûr.

Nadia semblait ébahie.

— Je ne pensais pas que ces jeux étaient si élaborés.

Alex éclata de rire de nouveau.

— Tu t'es toujours moqué du temps que je gâchais à jouer aux jeux vidéo, fit-il remarquer. Tu ne dois donc pas être si surprise, si ?

Il était plus de 17 heures lorsque Rory rentra à la maison, écarlate après sa séance de sport, son costume roulé en boule dans un sac Tesco. Il avait de nouveau fait des heures supplémentaires au boulot. Il observa la scène sans faire de commentaires. Alex leva les yeux vers lui, amusé. Nadia était tellement concentrée pour remporter son combat contre l'un des méchants qu'elle le salua à peine. Rory secoua la tête avant de disparaître dans la cuisine.

— Alors, dit-il en revenant dans le salon presque aussitôt avec un tas de menus dans les mains. Qu'est-ce qu'on commande pour le dîner ?

Nadia

Holly s'efforçait de garder l'air sérieux, mais elle échouait lamentablement.

— Sa PlayStation ? répéta-t-elle pour la quatrième fois. Sa PlayStation ?

— Oui, sa PlayStation, certifia Nadia en levant les yeux au ciel avant de se concentrer de nouveau sur le choix de l'armure de son Mage Blanc. Comme ça, je ne m'ennuierai pas quand je ne travaille pas à la boutique et que je n'ai rien à faire.

— Il en a une autre ? demanda Ledge un peu méfiant, assis sur la chaise devant la coiffeuse de Nadia.

— Non, je ne crois pas, répondit-elle distraitement en écrasant les boutons de la manette.

— Donc, il t'a donné ce qu'il a de plus cher au monde, fit remarquer Holly avec un sourire narquois.

— Non, il me l'a prêtée, rétorqua Nadia, le visage enflammé. Et puis, c'est sa faute si je suis accro à ce jeu ! J'aurais été heureuse de finir ma vie sans avoir jamais touché à un jeu vidéo. Maintenant, je suis foutue. Il y en a douze autres de la même série, et ils en sortent un chaque année ! Je n'arriverai jamais à rattraper mon retard ! se plaignit-elle.

— Ça alors, murmura Ledge tandis que Nadia décidait de changer les bottes de son Voleur ; les chaussures couvraient plus de peau que tous les autres vêtements du personnage.

— C'est bizarre, dans ces jeux, les femmes sont toutes habillées comme des salopes.

— C'est clair, où est la logique ? ironisa Holly. Je ne vois pas en quoi le fait d'avoir les seins et le cul à l'air peut aider à se défendre.

— C'est peut-être fait pour distraire l'ennemi ? renchérit Ledge.

— Eh ! cria Nadia. J'essaie de me concentrer !

Alex

— Ta PlayStation ! se plaignit Rory pour la énième fois. Je n'arrive pas à croire que tu lui aies donné ta PlayStation.

— Arrête de pleurnicher, rétorqua Alex. On a toujours ta Xbox.

— Mais on n'a pas *Call of Duty* sur la Xbox !

— Ecoute, si je ne la lui avais pas prêtée, elle aurait passé la nuit à jouer à *Final Fantasy* dans notre salon, sur notre télé, observa Alex, et tu aurais trouvé ça encore plus chiant, non ?

Rory émit un grognement d'approbation maussade et

continua à zapper d'une chaîne à l'autre. Alex reporta son attention sur son téléphone pour répondre au SMS de Nadia.

— Eh, Ror, lança-t-il au bout d'un moment, ça te dit de venir avec moi à une soirée à Brixton samedi prochain ?

— Ça dépend, répondit Rory en se levant pour sortir son téléphone de la poche arrière de son pantalon. Chez qui ? Je ne connais personne là-bas. Est-ce que c'est du côté mal fréquenté de Brixton ?

— Il n'y a que des côtés mal fréquentés à Brixton, lança Alex, et je ne sais pas qui organise la fête pour tout te dire. C'est Nadia qui me propose ça.

Rory haussa les sourcils.

— Nadia ? Si la soirée a lieu chez une blonde d'Europe de l'Est aussi canon qu'elle, je suis de la partie !

— Rory, tu as cassé avec Lila il y a quoi… cinq minutes ?

— Exactement, j'ai cassé avec Lila. J'ai rompu, donc je peux avoir un plan cul.

Rory rit de sa mauvaise plaisanterie.

— Tu as cassé avec Lils parce que tu ne voulais pas de petite amie, déclara Alex. Je suis juste surpris que tu aies changé d'avis aussi rapidement… que ce soit pour une bombe d'Europe de l'Est ou pas.

— Je n'ai jamais dit que je voulais me trouver une petite amie, mon pote, précisa Rory avec un sourire malicieux, j'ai dit que je voulais… un plan cul, ajouta-t-il avec une mimique suggestive.

Alex se retint de rire.

— Ça m'étonnerait que tu trouves ton bonheur avec l'hôte de la soirée, indiqua-t-il, sachant que c'est le colocataire du mec de Nadia et qu'il s'appelle Jeremy.

Nadia

Ce soir, Nadia rencontrerait pour la première fois le tristement célèbre Jez, le colocataire macho de Matt. Alors que Jez faisait partie de presque toutes les anecdotes de Matt, il n'avait pas été chez eux lors des rares occasions où Nadia s'y était rendue, et elle n'avait donc jamais eu « l'honneur » de faire sa connaissance. Quand Matt l'avait joyeusement informée qu'ils organisaient une fête pour l'anniversaire de Jez — et qu'elle pouvait venir avec ses amis pour 20 heures —, elle avait d'abord pensé à décliner l'invitation. Elle essayait de prendre ses distances avec Matt et être présentée à tous ses potes semblait une idée contre-productive.

Mais Caro avait insisté en affirmant qu'elle avait besoin de se distraire de ses problèmes avec Monty, et Holly avait observé qu'elle ne dirait pas non à un nouvel arrivage de célibataires, donc Nadia avait fini par accepter. *C'est la dernière fois*, se rassurait-elle avec amertume. Depuis qu'elle avait pris conscience de ses potentiels sentiments pour Alex, elle n'avait pas réussi à passer du temps avec Matt, sans parler de coucher avec lui. Leurs rapports étaient devenus bizarres. Le simple fait d'effleurer sa main par accident éveillait sa culpabilité. Alors, elle l'avait évité. Et il s'en était rendu compte. Ce soir, ils se verraient pour la première fois depuis trois semaines.

Au moins, Alex serait là, se dit-elle dans une tentative pour se remonter le moral tandis qu'elle se préparait avec lassitude. C'était l'un de ces jours où, malgré ses efforts pour se maquiller et se coiffer, elle se trouvait tout juste passable. Le mascara qu'elle tentait d'appliquer délicatement sur ses cils inférieurs formait de petits pâtés ingrats. Nadia soupira et attrapa une lingette démaquillante pour tout reprendre à zéro. Ce serait la première soirée en grand comité à laquelle elle assisterait avec Alex. Elle était prête à parier qu'il tenait très bien l'alcool. Alex était si vif et intelligent, même après quelques verres de trop.

Elle se demandait s'il serait ivre ce soir. Si c'était le cas, laisserait-il ses manières et les frontières qu'il avait établies entre eux s'estomper ? La regarderait-il à travers la foule d'inconnus et ressentirait-il le même frisson de plaisir qu'elle éprouvait lorsqu'elle le voyait ? Apprécierait-il la nouvelle robe qu'elle portait — courte et rose blush —, pour laquelle elle avait sacrifié son budget repas de la semaine suivante ?

Finalement satisfaite par l'effet *smokey* de ses yeux, et sachant qu'elle n'obtiendrait pas mieux de toute façon, Nadia se leva et s'éloigna de sa coiffeuse avant de fouiller de nouveau dans sa trousse de maquillage. Elle mit sa bouche en cœur pour déposer un peu de gloss rose transparent sur ses lèvres. Elle n'en portait jamais d'habitude — ou très rarement —, mais, ce soir, elle voulait être différente et elle espérait qu'Alex le remarquerait. Elle sentait que cette soirée était importante. Elle avait l'impression de marcher au bord d'une falaise depuis des semaines. Il était temps que quelqu'un vienne la secourir ou qu'elle tombe dans le gouffre.

Seulement, elle n'était pas sûre de savoir si Alex était le précipice ou la falaise. Peut-être les deux. Ou peut-être était-ce Matt ? Autre hypothèse : Matt n'avait aucun rôle dans ce scénario cliché — et c'était, bien sûr, son plus grand problème.

Nadia fut distraite par le son familier des chamailleries d'Holly et Caro.

— Sérieusement, ce n'est pas loin, affirmait Holly à Caro, qui venait d'arriver. On pensait même y aller à pied.

— A pied ? répéta Caro sur un ton incrédule, comme si Holly lui avait proposé de se rendre à Brixton en dansant le cancan. Ces chaussures ne sont pas faites pour marcher, ajouta-t-elle tandis que Nadia les rejoignait dans le salon.

Effectivement, Caro portait une paire de talons aiguilles d'une hauteur vertigineuse qui aurait davantage été adaptée à un podium doté d'une barre de *pole dance* à Ibiza qu'à une soirée décontractée dans une maison du sud de Londres.

— On peut aussi prendre le 322, poursuivait Holly depuis la cuisine, sa voix se mêlant au tintement des verres de vin contre le plan de travail imitation ardoise. Il nous déposera pratiquement devant la porte.

— Le bus ?

Caro fit la grimace et dégaina son iPhone jaune vif de sa pochette.

— Ne vous inquiétez pas, les filles, Uber est là ! annonça-t-elle en ouvrant son application.

Holly échangea un regard amusé avec Nadia au moment où elle revenait dans le salon, un verre de vin blanc plein dans chaque main. La simple évocation d'un trajet en bus, et Caro proposait joyeusement de payer le taxi.

— Merci, tu es trop forte, dit Nadia avec sincérité en s'emparant de son verre.

Même si elle avait sagement renoncé aux chaussures d'allumeuse, Holly avait fait un effort elle aussi. Elle portait une minijupe en jean sexy et avait discipliné sa chevelure habituellement bouclée à l'aide de son lisseur GHD. Elle posa le deuxième verre sur la table basse près d'une Caro absorbée par son portable et retourna dans la cuisine chercher le sien.

— Tu es canon, au fait, Nads, dit-elle une fois de retour. Cette couleur te va super bien.

Caro leva les yeux de son téléphone.

— La classe ! s'exclama-t-elle avec appréciation. J'adore ta coiffure !

Nadia passa timidement la main à l'arrière de son crâne. Elle avait emprunté un set de bigoudis chauffants à une collègue de la boutique et les avait portés presque toute la journée, ce qui avait abouti à de grandes boucles épaisses qui lui donnaient l'air d'une star hollywoodienne d'une autre époque.

— Vous ne croyez pas que ça fait un peu trop pour ce genre de soirée ? demanda-t-elle, inquiète.

Holly écarquilla les yeux et posa un regard appuyé sur les talons imposants de Caro.

— Tu es superbe, insista cette dernière. Alex va s'en décrocher la mâchoire.

Elle rit devant la grimace de Nadia.

— Quoi ? C'est pour Alex, non ?

— C'est juste que je trouve un peu indécent de se rendre à la soirée d'un mec avec qui je sors et d'essayer de…

Nadia s'interrompit en prenant conscience qu'elle ignorait comment terminer sa phrase.

— D'en attraper un autre dans tes filets ? conclut Holly en souriant.

— Eh ! Pas dans mes filets ! On ne va pas recommencer avec cette histoire de kidnapping et de cave, dit Nadia en riant. J'avais simplement envie de me faire belle, OK ? Principalement pour voir si ça aide Alex à me regarder différemment, mais aussi parce que je veux être sexy.

Holly rit.

— C'est la meilleure raison.

— Et tu as atteint ton objectif, ajouta Caro en souriant avant de se lever pour trinquer avec ses amies.

Chapitre 15

Alex

Heureusement, Rory avait daigné l'accompagner à la soirée.

D'après les indications de Nadia, la fête devait commencer à 20 heures, alors Alex avait décidé que 20 h 20 était probablement le meilleur moment pour se pointer. Un inconnu totalement impassible les avait fait entrer, et les avait aussitôt abandonnés à leur sort. Alex avait vite repéré Matt dans la cuisine ouverte, de l'autre côté du vaste salon, mais il ne voyait Nadia nulle part. Rory et lui avaient donc pris position dans le seul espace libre au milieu de la foule, appuyés contre le mur, leurs bouteilles de Carlsberg fraîches leur glissant des mains à cause de la condensation.

— Putain, on se croirait à la foire à la saucisse, déclara Rory, l'air renfrogné, tandis qu'il parcourait du regard les convives essentiellement masculins en portant sa bière à ses lèvres. Qu'est-ce qu'on fout ici ?

Alex lui fit les gros yeux.

— C'est une soirée d'anniversaire, Ror, je ne t'ai jamais rien promis… Quel que soit l'opposé d'une foire à la saucisse dans ton esprit tordu.

Rory sourit de manière suggestive.

— Un buffet de fruits de mer à volonté ?

Alex ricana et cracha pratiquement toute sa gorgée de bière.

— Je ne pige vraiment pas comment tu fais pour séduire les femmes, dit-il à son ami en secouant la tête.

— C'est le charisme, répliqua Rory sérieusement.

Alex prit un air sceptique.

— Ouais, bien sûr. Bref, Nadia ne devrait pas tarder.

Il avait envisagé de lui envoyer un SMS pour lui demander où elle était et à quelle heure elle pensait arriver, mais il avait peur de passer pour un nul.

— Ça ne change rien pour moi, remarqua Rory, les sourcils froncés. Je ne peux pas me la faire, si ?

— Non, tu ne peux pas, répondit aussitôt Alex. Attends, se reprit-il, moi, je sais pourquoi tu ne peux pas, mais toi, pourquoi tu dis ça ?

Rory le dévisagea comme s'il était stupide.

— Parce que c'est ta nana, non ?

Alex rit nerveusement.

— Au-delà du fait que nous sommes dans l'appartement de son mec, je n'arrête pas de te le répéter : ce n'est qu'une amie. Mais tu as raison, il faudrait que tu me passes sur le corps pour poser une main sur elle. Et ce n'est pas ma nana.

Rory ricana en prenant une autre gorgée de bière.

— Et moi, j'ai l'impression que c'est ta nana, se contenta-t-il d'ajouter.

A cet instant, comme si elle avait attendu sur le seuil de la porte pour entrer au moment le plus opportun, Nadia fit son apparition. Elle était déjà au milieu de la pièce, Caro et Holly dans son sillage, quand Alex réalisa que la fille qu'il reluquait bouche bée n'était autre que son amie. Elle avait vraiment sorti le grand jeu. Elle était à tomber dans sa robe rose pâle qui lui allait comme une seconde peau. Sa coiffure était digne d'une publicité pour shampoing. Les doigts crispés sur le goulot de sa bouteille de bière, Alex cligna des yeux plusieurs fois, comme pour faire réapparaître la Nadia qu'il connaissait, décontractée dans son short en jean.

Matt, qui avait disparu dans la foule, resurgit juste à ce moment.

— Nads ! s'exclama-t-il et, pour une raison étrange, un frisson courut sur la peau d'Alex en l'entendant prononcer ce surnom. Tu es superbe !

Matt prit par le bras la merveilleuse Nadia et fit une vaillante tentative pour la faire basculer en arrière afin de l'embrasser. Malheureusement, Nadia n'avait probablement pas compris ses intentions, car elle resta raide comme un piquet. Matt se retrouva donc accroché à elle comme un bossu maladroit tandis que les gens qui les entouraient échangeaient des sourires gênés par-dessus leurs verres.

— Matt !

Nadia posa la paume de sa main sur son torse comme si elle voulait le repousser.

— Salut ! lui dit-elle.

Un type imposant vêtu d'un tee-shirt Hollister saumon se heurta au couple. Matt lui assena une tape vigoureuse dans le dos et le désigna à Nadia avec de grands gestes comme s'il lui offrait l'inconnu en cadeau.

— Voici Jez, dit-il en souriant. Jez, je te présente Nadia, conclut-il, ce qu'Alex trouva un peu inutile à ce stade.

Nadia hocha la tête poliment.

— Salut, Jez. Joyeux anniversaire.

Elle pivota et ouvrit la bouche pour présenter ses amies.

— Et voici Holly et Caroline, la coupa Matt avant qu'elle n'ait pu parler.

Nadia fronça les sourcils imperceptiblement.

— Salut !

Le type dont c'était l'anniversaire gratifia chacune des filles d'un grand sourire.

— Merci d'être venues. Qu'est-ce que vous buvez ?

Caro prit les devants et se dirigea vers la cuisine.

— Qu'est-ce que vous proposez ?

Nadia

Nadia était déjà en train de fouiller son sac pour trouver son téléphone et lui envoyer un SMS lorsqu'elle repéra Alex à l'autre bout de la pièce qui l'observait avec une expression étrange sur le visage. Rory était près de lui et la regardait, une lueur un peu plus appréciatrice au fond des yeux. *Génial ! La bonne robe, mais le mauvais coloc !* Laissant Holly discuter avec Matt et Jez, elle se fraya un chemin à travers la masse d'invités en direction d'Alex et de Rory, adossés contre un mur.

— Salut ! dit-elle avec entrain tandis qu'elle se mettait sur la pointe des pieds pour passer ses bras autour du cou d'Alex.

Elle le sentit hésiter, juste une seconde, avant de répondre à son étreinte. Elle le libéra finalement et adressa un sourire à Rory.

— Je suis contente que vous ayez pu venir. Désolée pour le retard. Nous avons dû finir la bouteille de vin qu'on avait ouverte — on n'a pas le droit de boire dans les taxis Uber.

Alex ricana.

— Il vous a fallu autant de temps pour vider une bouteille de vin à vous trois ? Je n'y crois pas une seconde.

Nadia le bouscula gentiment.

— OK, on a discuté aussi.

— Eh ! s'exclama Rory brusquement en désignant la cuisine de sa bière. On dirait que ton amie a besoin de toi.

Nadia se retourna pour découvrir que Caro s'était fait littéralement bloquer dans un coin par Jez et tendait le cou dans sa direction, l'air en détresse.

— Oh, mon Dieu ! lâcha Nadia en se précipitant au secours de son amie. Excuse-moi, Jez, désolée, dit-elle en haussant le ton tandis qu'elle s'interposait entre eux. Caro, tu as besoin d'un coup de main avec les cocktails ?

— On a apporté une bouteille de rhum si vous voulez, déclara une voix masculine derrière elle.

C'était Rory. Lui et Alex l'avaient suivie.

Jez ne semblait pas découragé par l'apparition de spectateurs face à sa tentative de séduction.

— J'ai une excellente bouteille de tequila, susurra-t-il à une Caro désespérée. C'est de la bonne came — je l'ai achetée à la boutique de *duty free* —, alors je la garde cachée dans ma chambre.

Il sourit à Caro par-dessus l'épaule de Nadia. L'idée de boire de la tequila achetée au *duty free* semblait donner la nausée à Caro, ou peut-être était-ce l'image du lit de Jez.

— Je préfère le rhum, précisa-t-elle en étirant le bras pour prendre la bouteille que lui tendait Rory. Merci quand même, Jez.

— Peut-être plus tard ? insista-t-il tandis que Caro s'accrochait à la main de Nadia pour tenter de s'échapper.

Il se heurta à elle et bouscula les piles de gobelets qui

trônaient sur le plan de travail de la cuisine. Caro souffla et pivota en direction de leur hôte maladroit, le dévisageant des pieds à la tête sans avoir l'air impressionnée le moins du monde.

— Je ne suis vraiment pas fan de la tequila, dit-elle finalement en utilisant un ton exagérément poli.

A ce stade, plusieurs groupes d'invités les écoutaient et, pour ceux avec un minimum de neurones, il était clair que c'était plus Jez que la tequila qui ne plaisait pas à Caro. Ce dernier finit par comprendre qu'elle l'envoyait promener, et son expression se durcit légèrement.

— Allez, la pressa-t-il en approchant pour lui prendre la bouteille de rhum des mains. Elle est vraiment bonne.

— Je n'en veux pas, rétorqua Caro, à bout de patience.

— Eh ! intervint Rory en s'interposant entre Caro et son soupirant un peu trop insistant. La dame a dit non, gronda-t-il à l'intention de Jez.

Soudain, c'était lui plus qu'Alex qui semblait sorti du xixe siècle.

— Je n'ai pas besoin de ton aide, protesta Caro aussitôt, merci.

Rory recula d'un pas, surpris. Abandonnant visiblement l'idée de trouver un shaker — ou même un verre —, Caro rejoignit Holly, la bouteille de rhum toujours à la main. Jez prit alors conscience, un peu tard, que la plupart de ses invités avaient assisté à cette petite scène embarrassante, et son visage ainsi que son cou virèrent à l'écarlate.

— Comme tu veux, conclut-il pour se donner une contenance.

Il s'empara de deux gobelets en plastique et disparut dans le couloir, probablement en quête de son exceptionnelle bouteille de tequila du *duty free* et d'une fille plus consentante avec qui la boire.

Nadia pivota en direction d'Alex.

— Désolée, et pardon pour Caro, ajouta-t-elle à l'adresse de Rory. Ce n'est pas le genre « demoiselle en détresse ».

— Ne t'inquiète pas. Je n'aime pas voir une femme se faire traiter comme un bout de viande, c'est tout, expliqua Rory avec un sourire modeste.

Nadia crut entendre Alex rire aux paroles de son colocataire, mais, lorsqu'elle leva les yeux vers lui, son regard était perdu sur la foule d'invités tandis qu'il prenait une grosse gorgée de bière.

— Bref, je suis contente que vous ayez pu venir, lança-t-elle d'un ton léger. Désolée pour ton rhum, mais ne t'inquiète pas, j'ai ce qu'il faut !

Elle plongea la main dans son sac surdimensionné avec un sourire.

— Je colle à tous les clichés : j'ai apporté de la vodka !

Alex

Deux heures après et la bouteille de Smirnoff à moitié vide, Alex commençait à se demander s'il participait à un jeu sans que personne se soit donné la peine de le prévenir. L'objectif ultime semblait être d'embêter le pauvre Matt. Le type n'était pas une flèche, mais Alex ne comprenait pas ce qu'il avait fait pour mériter d'être baladé comme ça.

— Matt ! l'avait interpellé Caro avec chaleur lorsqu'il avait enfin réussi à se frayer un chemin jusqu'au canapé pour s'asseoir près de Nadia. Où t'étais ?

Elle l'avait pris fermement par le bras et l'avait forcé à se relever.

— Fais-moi visiter ! avait-elle demandé en l'entraînant avec elle avant qu'il ait eu le temps d'accepter (non pas que Caro semble le genre de fille à qui l'on pouvait refuser quoi que ce soit).

Et plus tard :

— Matt ! avait gazouillé Holly dès qu'il avait échappé à l'intérêt peu habituel de Caro pour son appartement trois pièces et tandis qu'il essayait de rejoindre Nadia. Mon verre est vide. Tu ne veux pas venir avec moi pour voir ce qu'il reste à boire ?

Et le pauvre Matt, plus que perplexe, avait littéralement été traîné jusqu'à la cuisine.

Finalement, Alex eut la mauvaise idée d'aborder le sujet avec Nadia.

— Eh, murmura-t-il à son oreille. Tout va bien avec Matt ?

Il pouvait sentir la chaleur émaner de sa peau. La pièce était un véritable sauna et, l'alcool aidant, les joues de Nadia s'étaient colorées d'une jolie teinte rose comme sa robe.

Elle le dévisagea avec suspicion, comme si sa question était un piège.

— Qu'est-ce que tu veux dire ?

Alex s'était attendu à un déni immédiat, donc il fut pris de court.

— Vous n'avez pas vraiment l'air d'être ensemble ce soir.

Nadia éclata d'un rire sans joie.

— Je te l'ai dit une centaine de fois. En ce qui me concerne, ce n'est pas sérieux avec Matt.

Elle eut de nouveau ce petit rire étrange et prit une gorgée de sa double vodka mélangée à de la limonade.

— Tout va bien entre toi et Lila ? lâcha-t-elle brusquement en lui lançant un regard éloquent par-dessus son verre.

Alex eut un mouvement de recul.

— Quoi ? Moi et Lila ? D'où tu sors ça ?

Il s'enfonça autant qu'il le pouvait sur le canapé inconfortable, surveillant Rory du coin de l'œil au cas où il écouterait. Il se creusa le cerveau. Avait-il été ivre en présence de Nadia au point de confesser son affection déplacée, non partagée et gênante pour Lila ? Non. Jamais il n'aurait fait une chose pareille. Pas même après dix bouteilles de vodka. Il avait gardé ce secret pour lui pendant si longtemps…

— Je ne sais pas.

Nadia soupira.

— Je pensais simplement que tu tenterais ta chance, maintenant que Rory ne fait plus partie du tableau. Tu as attendu trop longtemps, conclut-elle en levant les yeux au ciel.

Alex vida sa vodka Coca à moitié pleine avant de répondre.

— J'ai besoin d'un autre verre, annonça-t-il d'une voix rauque après une quinte de toux. Tu viens avec moi ?

Il avait formulé ça sur le ton d'une question, mais il savait que Nadia comprendrait que ce n'en était pas une.

Nadia

La vodka était le diable en personne. Nadia devait vraiment apprendre à la fermer. Il était temps qu'elle comprenne que la vodka n'était pas son amie. Et Alex ne le serait plus longtemps si elle ne parvenait pas à se sortir de ce faux pas.

Elle le suivit alors qu'il se frayait un passage jusqu'à la cuisine et s'emparait de l'un des rares gobelets encore propres sur le plan de travail.

— Alors, dit-il sur le ton de la conversation, tandis qu'il plaçait son verre sous le robinet pour le remplir d'eau. Qu'est-ce que tu t'es mis dans la tête au sujet de Lila et moi ?

Il lui tendit le gobelet, ce qui lui donna quelques secondes pour reprendre ses esprits.

— Je ne sais pas, quelque chose que j'ai remarqué, j'imagine.

Alex semblait paniqué.

— Remarqué ? répéta-t-il. Comment ?

Nadia ne savait pas trop quoi dire. Alex n'avait jamais laissé transparaître aucun signe indiquant qu'il espérait plus qu'une amitié avec la jolie blonde Lila. Nadia ne l'avait jamais vu la toucher ou avoir un vrai fou rire avec elle, le genre de rire irrépressible qui le prenait lorsqu'il trouvait quelque chose vraiment drôle, une façon de s'esclaffer qui se transformait parfois en un ricanement peu flatteur. Il ne parlait pas excessivement d'elle et il n'avait pas eu l'air de s'inquiéter de passer de moins en moins de temps avec elle depuis qu'il avait rencontré Nadia. Si Matt ne lui avait pas mis la puce à l'oreille, elle n'aurait jamais deviné…

— Je crois…

Elle plongea son regard dans celui d'Alex, la culpabilité s'emparant d'elle tandis qu'elle prenait conscience de l'inquiétude qu'il éprouvait.

— Je crois que c'est le fait que tu n'aies jamais semblé totalement à l'aise avec elle.

Alex pencha la tête sur le côté, confus.

— Je n'ai jamais eu l'air à l'aise ? répéta-t-il, incrédule.

Nadia eut un petit rire hystérique.

— Tu sais, tu étais un peu nerveux. Tendu.

Elle se figea en voyant la panique d'Alex grandir.

— Alors, j'ai supposé que tu étais secrètement amoureux d'elle, finit-elle avec un grand geste et une grimace ridicule, espérant que sa misérable tentative de faire de l'humour désamorcerait la situation.

Alex rit, mais un peu trop tard et de manière forcée.

— Oh ! je ne sais pas, Alex. Je suis bourrée. Ne me pose pas de questions difficiles. Quoi qu'il en soit, je me suis clairement plantée.

Elle fit mine de clore sa bouche à l'aide d'une fermeture Eclair.

— Tu ne m'entendras plus aborder ce sujet.

Ses paroles semblèrent apaiser Alex. Il arrêta de mâchouiller sa lèvre inférieure et remplit de nouveau le verre pour lui. Nadia hésita. Elle sentait que la vodka poussait les mots à sortir, comme des bulles. Elle devait savoir.

— A moins que tu n'en aies envie. D'en parler, je veux dire.

Alex fronça les sourcils en la dévisageant par-dessus son verre tandis qu'il buvait.

— Nadia, je n'ai pas besoin de te parler de Lila.

— Tu en es sûr ?

Pourquoi insistait-elle ? Nadia prit une autre gorgée d'eau.

— C'est juste que… nous sommes amis, non ? dit-elle avec un faible sourire. Je veux que tu saches que tu peux me parler de ce genre de choses.

L'exaspération commençait à le gagner.

— Nads, ma chère amie.

Il sourit pour adoucir la moquerie et prit le verre vide de ses mains.

— Crois-moi, il n'y a rien à dire. Au sujet de Lila et moi en tout cas. OK, elle me plaisait lorsque nous nous sommes revus, tu sais, après la fac. Mais apparemment, elle plaisait aussi à Rory ! Et voilà. Ce n'est pas l'histoire d'amour du siècle, tu vois ?

Nadia se sentit prise d'un vertige dû autant à la vodka qu'au soulagement. Matt avait dû mal entendre ou mal comprendre. Alex n'était pas amoureux de Lila, et cette découverte lui donnait l'impression d'être invincible. Ça changeait tout. Elle n'aurait jamais pu tenir la comparaison avec une fille qu'il connaissait et désirait depuis si longtemps, mais maintenant, peut-être. Peut-être.

Ce fut à cet instant qu'elle prit conscience que sa relation avec Alex était allée trop loin. Elle ne pouvait plus faire marche arrière à présent.

Alex passa un bras autour de ses épaules.

— Allez, mon amie, assez parlé de ça. Essayons plutôt d'arracher cette bouteille de rhum à Caro !

Alex

Il était assez fier d'avoir réussi à détourner Nadia du sujet avant que la conversation n'ait vraiment eu lieu. Il avait toujours su que Lila ne partageait pas ses sentiments, mais il n'avait jamais imaginé que, même célibataire, elle ne s'intéresserait pas à lui.

Pour être totalement sincère, ces derniers jours — les affaires de Lila ayant disparu de leur appartement de Tooting et le coin du canapé où elle s'asseyait habituellement n'ayant plus l'air si vide —, Alex éprouvait simplement de la gêne lorsqu'il y pensait. Il était pathétique, vraiment, et il n'était pas certain de pouvoir supporter la pitié de Nadia.

Alors qu'ils revenaient vers la pièce principale, qui semblait plus bondée à chaque heure qui passait, Alex sentit Nadia hésiter. Matt était installé sur le canapé, à l'endroit qu'ils venaient de quitter, en pleine conversation avec Rory, tandis que Caro et Holly observaient Nadia avec un air désolé. Bon, quelque chose lui échappait clairement, et il espérait que Nadia pourrait l'éclairer un peu.

Comme s'ils avaient senti qu'Alex les regardait, Matt et Rory pivotèrent soudain dans sa direction. Rory arborait une expression renfrognée lorsqu'il croisa le regard d'Alex.

— Quoi ? dit ce dernier à travers la pièce à l'intention de son colocataire.

Rory secoua légèrement la tête. *Pas ici.*

— Alex ? dit Nadia brusquement, et il sentit ses doigts s'enfoncer dans son poignet.

Sans y penser, Alex lui prit la main et la maintint plaquée contre son torse.

— Qu'est-ce qu'il se passe ?

— Je veux rompre avec Matt.

Les mots lui avaient échappé à toute vitesse, comme si elle s'était retenue de les prononcer depuis toujours.

Alex cilla, surpris.

— OK.

Puis il la dévisagea, confus.

— Qu'est-ce qui t'en empêche ?

Nadia soutint son regard un moment, comme si elle cherchait quelque chose sur son visage ou s'attendait à ce qu'il poursuive. Finalement, elle baissa les yeux.

— Je ne sais pas, répondit-elle honnêtement, avec un haussement d'épaules. En fait, je n'en sais vraiment rien.

— Je te demande pardon ?

Le ton outragé de Caro attira de nouveau leur attention sur le petit groupe installé autour du canapé. Le côté snob de Caro ressortait encore plus lorsqu'elle était en colère. Jez était de retour — plus bourré et déterminé que jamais — et avait entrepris de convaincre Caro de le rejoindre dans sa chambre pour un dernier verre de tequila.

— Ecoute, mon pote, je crois que tu ne comprends pas l'anglais, s'emporta Rory en se levant, le dominant de toute sa taille dans une tentative de se montrer menaçant.

Matt l'imita aussitôt.

— La dame n'est pas intéressée.

Jez avait la bouche déformée, ce qui laissait imaginer le niveau de frustration et d'alcoolémie qu'il avait atteint.

— La dame ? répéta-t-il avec un rire méchant. Ce n'est pas parce qu'elle ressemble à Pippa Middleton en plus grosse et qu'elle parle comme si elle avait une bite dans la bouche que c'est une dame.

Un silence horrifié suivit ses propos avant que Caro n'explose.

— Va te faire foutre ! s'exclama-t-elle, sa réplique ayant l'avantage de la pertinence, à défaut d'être intelligente.

— Oui, va te faire foutre ! répéta Rory en le fusillant du regard. C'est quoi ton problème ?

— Qui a dit que j'avais un problème ? rétorqua Jez aussitôt en se tournant vers Rory en position de combat. C'est toi qui as un problème.

Cette histoire prenait des proportions surdimensionnées.

— Eh, les mecs, calmez-vous, lança Matt, sans succès.

— Son problème, c'est que je préférerais me pendre plutôt que de coucher avec lui ! fit remarquer Caro avec ferveur en s'assurant que tous ceux qui l'entouraient avaient bien entendu. Comme n'importe quelle femme sensée. Nads ?

Caro pivota pour faire face à une Nadia stupéfaite.

— On s'en va ! J'appelle un taxi.

Sur ces mots, Caro se pencha pour prendre la bouteille de rhum à moitié pleine des mains de Rory, recoiffa ses cheveux en se redressant et quitta la pièce — majestueuse sur ses hauts, très hauts talons — avant que quiconque ait l'occasion d'ajouter quelque chose. Rory l'observa, abasourdi.

Holly se leva également.

— Nads ? appela-t-elle.

Ses yeux se posèrent alors sur leurs doigts enlacés sur le cœur d'Alex. Aussitôt, Nadia agita la main, et il s'empressa de la libérer. Matt avait-il vu quelque chose ?

— Il est temps de se séparer, conclut Holly sur un ton monotone, le double sens de sa phrase étant évident.

— Je crois qu'on devrait y aller aussi, déclara Rory.

Jez continuait à les regarder de travers, l'air mauvais.

— De toute façon, Caro a embarqué toute la tize, lança-t-il.

— Je vais lui demander de réserver un monospace, dit Holly. Vous pouvez venir finir la soirée à la maison, les garçons.

— Tu n'es pas obligée de partir, Nads, intervint brusquement Matt, en regardant tour à tour Alex et Nadia comme le spectateur fébrile d'un match de tennis. Je... je pensais que tu resterais cette nuit.

Nadia se contenta de souffler.

— Non, Matt, je rentre. Mais tu devrais peut-être passer demain. On pourrait commander quelque chose à manger et... parler.

Alex avait observé le visage de Matt blêmir tandis que Nadia prononçait sa phrase. Même Jez gardait un silence respectueux devant l'évidence.

— Parler, répéta Matt en essayant de prendre un ton détendu, et en échouant lamentablement. OK, ça me va. Je t'enverrai un SMS demain matin, d'accord ?

— D'accord, répondit Nadia en souriant. Allons-y, dit-elle

ensuite à Holly, Rory et Alex. Caro doit probablement avoir réservé tous les taxis de Londres à l'heure qu'il est.

A la toute dernière minute, Nadia marqua une pause sur le seuil de l'appartement.

— Oh ! au fait, Jez ? dit-elle à travers le salon.

Assis à même le sol, la tête appuyée contre l'accoudoir du canapé, Jez leva un regard trouble dans sa direction.

— Joyeux anniversaire !

Rory éclata de rire dans le couloir devant le ton sarcastique de Nadia.

— Connard ! ne put-il s'empêcher d'ajouter, ruinant la dignité glaciale de Nadia tandis que la porte se refermait derrière eux.

— Bien joué, lança Alex en se tournant vers Nadia avec un sourire alors qu'ils descendaient l'escalier pour rejoindre le rez-de-chaussée. En revanche, tu as conscience de t'être trahie, n'est-ce pas ? Matt va probablement se pointer demain et te dire que ça ne marche pas entre vous sans te laisser le temps d'en placer une, uniquement pour ne pas avoir à raconter qu'il s'est fait larguer !

Nadia rit. Elle semblait plus tranquille, plus libre qu'elle ne l'avait été au cours de toute la soirée, et du mois dernier.

— Honnêtement ? Je m'en fous.

Chapitre 16

Nadia

Le claquement de la porte résonna à travers l'appartement. Nadia laissa échapper le soupir qu'elle retenait depuis un moment.

Aussitôt, Holly passa la tête à l'intérieur de la pièce.

— C'est bon, je peux venir ? la taquina-t-elle.

Nadia la foudroya du regard avant de reporter son attention sur la pizza qu'elle essayait de découper à la main. Elle l'avait gentiment mise au four en prévision de l'arrivée de Matt, supposant qu'il aurait faim, mais ils avaient rompu avant qu'elle puisse aller chercher la roulette. Le fromage fondu lui brûlait les doigts.

— Tu as tout entendu ? demanda-t-elle.

Holly secoua la tête.

— Non, et crois-moi, ce n'est pas faute d'avoir essayé ! J'ai même collé un verre au mur comme dans les films, ironisa-t-elle, mais je n'entendais rien d'autre que des marmonnements. Alors…

Elle vint s'asseoir à même le sol devant la table basse, les jambes croisées, et tendit le bras pour prendre une part de pizza.

— C'est fini ?

— Je crois. Enfin, oui. Je veux dire…

Nadia réfléchit à sa réponse.

— Il pense que la décision a été mutuelle. J'imagine que c'est un succès en soi.

Holly rit en portant la main devant sa bouche pleine.

— Est-ce que l'un d'entre vous a prononcé la fameuse phrase : ce n'est pas toi, c'est moi ? lança-t-elle malicieusement.

— Mais ce n'est vraiment pas sa faute, protesta aussitôt Nadia. C'est la mienne, et je lui ai dit. Je lui ai aussi dit que je m'étais emballée.

Elle souffla en posant un regard apathique sur les fils de fromage de plus en plus fins tandis qu'elle tirait sur sa part de pizza.

— Pour être honnête, j'ai appuyé ma décision sur le fait que ce n'était pas le bon moment pour entamer une relation, puisque je vais probablement me faire virer du pays avant Noël. J'ai prétendu que mon expulsion était presque confirmée.

Etait-ce vraiment un mensonge ? Nadia n'en était plus tout à fait sûre.

— Je me suis dit que ce serait moins douloureux que de lui avouer qu'il ne me plaisait pas tant que ça, poursuivit-elle avec un sourire ironique. Quoi qu'il en soit, maintenant, c'est fait.

Holly fronça les sourcils, mais Nadia l'ignora, reposant sa part dans l'assiette sans y avoir touché.

— Mais Alex avait raison, poursuivit-elle, Matt est venu avec l'intention de rompre. Je lui ai donné un indice hier en lui disant que je voulais qu'on parle. Il n'y est pas allé par quatre chemins. Il n'a même pas mangé.

Elle désigna la pizza qui refroidissait déjà.

— Ça en fait plus pour moi, lança Holly en croquant dans sa part.

— Pour un type censé être dingue de moi, il avait l'air plutôt pressé de partir, déclara Nadia. On aurait dit un rat désertant un navire sur le point de couler.

— Oh ! Nads ! Arrête ! Tu n'es pas sur le point de couler.

Nadia décida de ne pas creuser le sujet. Holly détestait évoquer la possibilité qu'elle soit expulsée.

— Alors, reprit son amie, impitoyable, qu'est-ce que tu vas faire maintenant ?

— Comment ça ?

— Tu as très bien compris. Alex sait-il que tu es jeune, libre et célibataire ?

— Sachant que je le suis depuis cinq minutes et que j'ai passé quatre minutes trente à en parler avec toi, non, il n'est pas encore au courant !

Nadia fit une nouvelle tentative pour manger.

— Et puis, qu'est-ce que ça peut lui faire ? S'il avait dû se passer quelque chose entre nous, ça serait déjà arrivé depuis le temps, objecta-t-elle.

A présent, elle ne pouvait plus se servir de l'excuse de Lila, alors elle avait décidé de se rabattre sur leur amitié.

Holly s'en fichait royalement.

— Je refuse de croire que ce type n'est pas follement amoureux de toi.

Nadia ricana.

— Et pourquoi ça ?

— D'abord, sa façon de te regarder…

— Ah, oui, j'oubliais, sa façon de me regarder, répéta Nadia avec sarcasme en s'appuyant contre le canapé. Encore ça…

— Ensuite, poursuivit Holly en l'ignorant, il est toujours tourné dans ta direction. Comme s'il était une grande flèche pointant sur toi en permanence. Et c'est une métaphore romantique, rien à voir avec un pénis…

— Sérieusement, Holly ! grogna Nadia en enfouissant son visage dans le creux de son bras.

— Il te tenait la main hier. Pourquoi il te prendrait la main sans aucune raison ?

— C'est un bon copain, protesta Nadia faiblement.

Holly fit une moue moqueuse.

— On aurait dit que vous étiez devant l'autel, prêts à échanger vos vœux.

Nadia éclata de rire.

— OK, concéda-t-elle, tu as gagné. Il est évident qu'il est fou amoureux de moi, mais il n'en a pas encore conscience. Une question subsiste : qu'est-ce que je suis censée faire ?

— Passe le voir, la pressa Holly. Appelle-le.

Elle fit glisser le portable de Nadia sur la table basse.

— Dis-lui que tu passeras chez lui dans l'après-midi. Dis-lui que tu viens de rompre avec Matt parce que tu aimes quelqu'un d'autre. C'est un vieux truc, il comprendra. Il est loin d'être idiot. En fait, c'est pour cette raison que, dernier point, je suis certaine qu'il est dingue de toi.

— Ah oui ?

— Oui. Il serait idiot de ne pas l'être.

Holly tira la langue malicieusement tandis que Nadia se cachait de nouveau le visage.

— Allez, appelle-le. Vas-y, Nads, insista-t-elle en voyant qu'elle ne prenait pas son téléphone. La vie est trop courte, conclut-elle tristement, la suite de sa phrase flottant entre elles : *ton temps pourrait être compté.*

— On doit aller au Placard jeudi soir, déclara Nadia après un moment. Je lui parlerai à ce moment-là. Je verrai bien sa réaction. Sérieusement ! s'exclama Nadia devant l'expression incrédule de son amie. Je le ferai, c'est promis !

Holly prit un air sceptique.

— T'as intérêt à le faire.

Satisfaite, Holly prit une autre part de pizza.

— Je n'étais pas très convaincue au début, tu sais, ajouta-t-elle en retirant les quelques morceaux de poivron du bout des doigts. Mais je l'aime bien maintenant. Vous deux, vous êtes faits l'un pour l'autre, tu vois ?

Oui, Nadia était au courant. C'était exactement ça. En tant qu'étrangère, avec son accent excentrique ni russe ni anglais, Nadia s'était toujours trouvée en léger décalage. Mais, à présent, elle était comme une princesse partout où elle allait du moment qu'Alex était avec elle.

Elle pouvait presque encore sentir le poids de sa main sur la sienne, comme un fantôme de la nuit passée.

Alex

Il s'interrogeait encore sur le comportement étrange de Rory en rentrant chez lui, après le travail. Lorsqu'ils étaient repartis de chez Nadia à l'aube du dimanche matin, après la soirée de Jez, ils étaient tous les deux prodigieusement bourrés, mais cela n'expliquait pas son récent changement d'attitude. Dans le bus, sur le trajet du retour, il s'était plongé dans un silence furieux, mais Alex était incapable de dire si sa colère était dirigée contre lui. Quoi qu'il en soit, Rory avait passé la journée enfermé dans sa chambre — à cuver, certainement —, et Alex n'avait pas pu se débarrasser du sentiment que quelque chose clochait.

Et ce soir, lorsque Alex avait allumé son téléphone portable en sortant du travail, il avait reçu un message très formel de Rory lui indiquant qu'il ne rentrerait pas et — étrangement — lui conseillant de profiter de sa soirée. Rory travaillait tard si souvent ces derniers temps qu'il avait abandonné toute tentative de tenir Alex informé de ses allées et venues. Et il ne lui avait encore jamais écrit un SMS uniquement pour lui souhaiter une bonne soirée. Que se passait-t-il ?

A vrai dire, Alex était heureux d'être seul ce soir, au calme. Avant, ses soirées se ressemblaient toutes, mais, depuis qu'il avait rencontré Nadia, son emploi du temps avait explosé. Il avait probablement été plus souvent à l'extérieur que chez lui ces dernières semaines. Il sortait peut-être encore plus que lorsqu'il était étudiant à Brighton. Il était agréable de se dire qu'il avait des lessives à faire et des épisodes de ses séries préférées à rattraper, plutôt que de savoir que la soirée serait interminable jusqu'à ce qu'il soit l'heure d'aller dormir pour tout recommencer le lendemain.

La chaleur qui régnait dans la ville était toujours aussi suffo-cante, « étouffante comme l'antre du diable », avait affirmé un Donnelly inspiré un peu plus tôt dans la semaine. Aussi, dès qu'il eut mis un pied dans l'appartement, Alex retira ses chaussures et enleva son pantalon de costume gris anthracite qu'il abandonna sur le tapis de l'entrée avec un soupir satisfait. Si l'été se poursuivait ainsi, il devrait peut-être penser à acheter un bermuda pour aller au travail, après tout. Il ramassa son pantalon du bout du pied et l'attrapa habilement d'une main avant de se diriger dans sa chambre et de le jeter sur son lit. Il s'en occuperait plus tard. Il était temps de faire une machine. Puis il essaierait de composer un repas avec ce qu'il trouverait dans le frigo.

Il traversa le salon en transportant un tas de linge sale si haut qu'il ne la vit pas tout de suite. Il était au milieu de la pièce et approchait de la cuisine, quand il revint sur ses pas, la bouche ouverte comme un idiot, abasourdi. Lila arborait un sourire tranquille. Elle était assise sur le canapé, les jambes repliées, un livre sur les genoux, à l'endroit exact où elle avait l'habitude de s'installer. Alex restait figé — comme une mauvaise doublure de Tom Cruise dans *Risky Business* —, uniquement vêtu de sa chemise froissée, d'un vieux boxer et de chaussettes Simpsons.

Dans un premier temps… Et dans un deuxième temps, il crut mourir de honte. Puis…

— Lils !

Il abaissa le tas de linge sale sur son buste d'une façon qu'il espérait subtile pour dissimuler son entrejambe.

— Qu'est-ce que tu fais là ? Rory n'est pas à la maison, mais… Attends une minute…

Il fronça les sourcils.

— Comment t'es entrée ?

Lila glissa lentement son marque-page dans son livre avant de le déposer sur la table basse. Puis elle se leva et traversa la pièce dans sa direction.

— Rory m'a ouvert avant que tu n'arrives, admit-elle.

— Il est là ?

Génial ! Un autre témoin de son humiliation.

— Non.

Le ton de Lila était chargé de sous-entendus, comme si

elle attendait qu'il comprenne quelque chose. Elle approcha encore un peu et se figea à quelques centimètres de lui, les bras croisés sur la poitrine, lui souriant comme quelqu'un qui aurait un secret et qui serait excité à l'idée de le partager.

Il espérait simplement qu'elle n'était pas assez près pour sentir l'odeur de pieds qui se dégageait de son linge sale.

— Je vais mettre ça dans la machine, lâcha-t-il brusquement en haussant les épaules pour désigner son fardeau, comme si elle n'avait pas compris. Attends une seconde.

Il jeta les vêtements dans le tambour, prenant à peine le temps de lancer une dose de lessive à l'intérieur avant de le refermer. Au vu des circonstances, son linge se passerait du luxe de l'adoucissant, décida-t-il. Il expira tandis que le ronronnement de la machine envahissait la pièce. Il se retourna vers la porte. Lila ne l'avait pas suivi. Puis il baissa les yeux, remarquant un peu tard qu'il n'avait toujours pas de pantalon, forcément, et qu'il ne disposait désormais plus de son tas de linge pour cacher ses parties. *Merde !*

— Tu as besoin d'aide ? demanda Lila poliment depuis le salon.

Alex souffla, résigné.

— Non, merci.

Il la rejoignit.

— Je crois que je ferais mieux d'aller enfiler quelque chose, hein ? plaisanta-t-il faiblement.

Lila sourit avec un air aguicheur, baissant les yeux timidement. Bizarre…

— Désolée. Il fait très chaud aujourd'hui, reprit-elle.

— Ouais…

Alex passa devant Lila pour se diriger vers sa chambre. Il

s'efforça de rester face à elle et pénétra dans le couloir avec une démarche de crabe. Il lui semblait déplacé de tourner le dos à son invitée-surprise alors qu'il portait un vieux caleçon détendu. Lorsqu'il entra dans sa chambre, le premier pantalon qui lui tomba sous la main fut un pyjama aux motifs écossais roulé en boule sur le côté de son lit. Il s'empressa de le mettre et retourna dans le salon pour retrouver Lila.

Elle n'avait pas bougé. Elle se tenait toujours au milieu de la vaste pièce, occupée à observer ses ongles nerveusement. Les derniers rayons du soleil de cette soirée estivale filtraient à travers les stores de la fenêtre, l'entourant d'un halo de lumière comme si elle était sur une scène. Elle portait une robe longue légèrement trop grande pour elle qui tombait en accordéon sur ses orteils colorés d'un vernis corail. Elle lui décocha un autre sourire timide et énigmatique qu'elle semblait distribuer sans compter ce soir, et Alex déglutit péniblement. Elle était tellement belle. Soudain, il n'arrivait pas à croire qu'une part de lui se soit résignée à ne plus jamais la revoir. Ce qui lui faisait penser…

— Alors, Lils, qu'est-ce qui t'amène ? se força-t-il à articuler, rompant la magie de ce moment silencieux qu'ils partageaient. Quand on a dit qu'il fallait qu'on se revoie, la dernière fois, je n'envisageais pas une invasion, ironisa-t-il.

— Rory m'a fait entrer, répéta Lila.

Alex attendit qu'elle développe. Elle hésita de nouveau.

— OK, Alex, je ne sais pas vraiment comment m'y prendre, alors je vais aller droit au but. Rory m'a dit que tu avais des sentiments pour moi.

Elle avait prononcé ces mots de façon si détendue que la panique ne l'envahit pas immédiatement. Quand elle le frappa, en revanche, il eut l'impression de prendre un coup de massue.

— Il a dit quoi ?

A bout de souffle, Alex tentait de mettre de l'ordre dans ses pensées. Il n'aurait pas été plus surpris si Lila lui avait asséné un crochet en pleine poitrine.

Lila lissa ses cheveux coupés au carré et les replaça derrière ses oreilles. Un tic nerveux auquel il était habitué.

— Il a dit que tu avais des sentiments pour moi. Que tu m'avais toujours aimée.

Ses mains restaient figées en l'air, entourant son visage, même si ses cheveux étaient aussi lisses et disciplinés qu'ils pouvaient l'être.

— Est-ce que c'est vrai ? le pressa-t-elle après un moment de silence douloureux. Tu m'aimes ?

Au cours de l'année passée, Alex avait dû imaginer cette conversation des centaines de milliers de fois, mais il n'avait jamais pensé qu'elle surviendrait alors qu'il était en pyjama.

— Où Rory a-t-il pêché cette idée ? parvint-il finalement à dire, d'une voix étranglée et pathétique.

Le visage de Lila prit aussitôt une expression blessée, et il eut envie de s'enfoncer le poing dans la bouche.

— Alors, ce n'est pas le cas ? marmonna Lila en reculant d'un pas. Oh… La honte…

— Non, attends, je ne voulais pas dire ça, se reprit Alex désespérément. C'est juste que… Je ne comprends simplement pas pourquoi ça ressort maintenant…

— Il m'a appelée dimanche, expliqua Lila. C'était super bizarre, ajouta-t-elle avec une grimace. Il a parlé de tout et de rien pendant un moment, m'a demandé ce que j'avais fait ces derniers temps, comment j'allais, comme s'il s'en souciait…

Lila sembla se ressaisir et ravala l'amertume qui commençait à percer dans sa voix avant de poursuivre.

— Bref, je lui ai fait comprendre que je n'étais pas idiote. Je lui ai demandé quelle était la véritable raison de son appel. Et il a tout avoué.

Alex avait écouté le monologue de Lila, horrifié.

— Quoi ?

— Il m'a raconté que vous étiez allé à une soirée et qu'il avait discuté avec le petit copain de Nadia. Le sujet du célibat récent de Rory est venu sur le tapis et…

Lila leva les yeux au ciel.

— … apparemment, ce mec a dit que tu devais être content, et le reste a suivi…

Elle balaya l'air de ses mains.

— Il a affirmé que tu étais amoureux de moi. Que tu es amoureux de moi, se corrigea-t-elle en levant les yeux vers lui timidement pour obtenir sa confirmation.

Alex laissa échapper un soupir saccadé.

— Rory estimait que je devais le savoir… au cas où… je serais intéressée.

Tout ce à quoi Alex parvenait à penser, c'était à Lila, lors de cette fête, au printemps dernier. La soirée venait de commencer. A l'époque de l'université, elle avait les cheveux châtain clair, longs et ondulés. Il lui avait donc fallu quelques secondes pour la reconnaître lorsqu'elle s'était approchée de lui avec ce carré blond. Il n'avait pas vu Lila Palmer depuis des années, et ils avaient partagé leurs souvenirs d'étudiants en se servant des doses généreuses de rhum Coca. Lila n'avait connu que le jeune Alex, celui qui avait réponse à tout et qui sortait avec la bombe de la fac. Celui qui avait fréquenté la même bande qu'elle pendant trois ans et qui ne s'était jamais donné la peine de lui demander son nom de famille ou la matière qu'elle étudiait. Au cours de ces retrouvailles, Alex s'était dit qu'il pouvait être ce type de nouveau, même si c'était uniquement à travers le regard de cette fille. Et il avait aimé ça. Il avait adoré ça. Il avait adoré Lila aussi. Ce nouveau style lui allait bien et apportait un peu de peps à sa beauté naturelle, avec son petit nez retroussé et ses lèvres pulpeuses.

Forcément, Rory avait été du même avis.

— Tu sais, poursuivit Lila, arrachant Alex à ses pensées tandis qu'elle mordillait justement ses lèvres pulpeuses, je ne crois pas que Rory m'aurait draguée s'il avait su que tu t'intéressais à moi. Je suppose que ce n'est pas son genre. Tu es son meilleur pote et un très bon ami, Alex. Surtout pour moi, tu l'es toujours d'ailleurs.

Lila tendit le bras et effleura le poignet d'Alex de ses doigts.

Oh non. Est-ce qu'elle allait lui servir le couplet de l'amitié ? Son ventre se noua. Où voulait-elle en venir ? Etait-il censé essayer de l'embrasser ou lui présenter ses excuses d'y avoir simplement pensé ?

— Alors, qu'est-ce qu'on fait maintenant ? demanda-t-il en faisant pivoter son poignet pour que sa paume entre en contact avec celle de Lila, lui prenant la main de la façon la plus innocente possible.

Lila sourit doucement et leva les yeux vers lui en papillonnant des cils comme elle seule savait le faire.

— Tu m'invites à sortir, je crois…

Chapitre 17

Nadia

— Bon ! s'exclama Alex en agitant une frite devant elle. J'ai un scoop !

Nadia avala la bouchée de Big Mac qu'elle venait de prendre avant de répondre.

— Moi aussi, mais toi d'abord.

Elle avait hâte de découvrir la réaction d'Alex lorsqu'elle lui annoncerait qu'elle avait rompu avec Matt, mais elle voulait savourer ce moment. Si elle lui plaisait un minimum, elle le verrait sur son visage tandis qu'il digérerait la nouvelle. Certes, le petit McDonald de Piccadilly Circus n'était pas exactement le lieu le plus romantique pour ce genre de révélation, mais, à ce stade, elle s'en contenterait. Et puis c'était le meilleur endroit où se gaver de glucides pour éponger l'alcool avant une soirée au Placard.

Alex sourit en plongeant une autre frite dans le tas de ketchup qu'il avait versé dans la boîte de son hamburger. Nadia ne savait pas trop s'il essayait de gagner du temps pour intensifier le suspense ou s'il cherchait simplement à mettre de l'ordre dans ses pensées. Il était toujours si réfléchi. Elle adorait ce trait de sa personnalité.

— C'est au sujet de Lila, déclara-t-il enfin en souriant encore plus largement.

Nadia eut du mal à faire passer le bout de hamburger coincé dans sa gorge.

— C'est marrant que tu aies parlé d'elle samedi dernier ! poursuivit-il.

Nadia parvint à déglutir avec peine.

— Ah bon ?

Alex rit.

— Ouais ! Ça me fait penser qu'il faut que je remercie Matt. Il a une grande gueule, mais ça m'a aidé finalement, précisa Alex, tout excité. Bon, comme tu l'as sans doute deviné, j'ai un peu minimisé les choses quand on a parlé de Lila la dernière fois. Je considérais qu'il était inutile de remuer le couteau dans la plaie. Je pensais vraiment que je ne la reverrais jamais, même pas en tant qu'amie. J'avais décidé de tourner la page, alors je trouvais contre-productif de t'avouer ce que je ressentais réellement. Je ne voulais pas que tu aies pitié de moi.

Nadia jouait distraitement avec ses frites qu'elle n'avait plus l'intention de manger.

— Et alors, qu'est-ce qui a changé depuis ?

Le visage d'Alex s'illumina.

— Je ne sais pas encore. Tout, peut-être.

Il avait l'air si enthousiaste, si heureux. Nadia prit sur elle pour afficher un sourire forcé.

— Et si tu commençais depuis le début ?

— Bon, comme je te l'ai dit, Matt a une grande gueule. Tu te souviens de la soirée où nous nous sommes rencontrés ?

Au Bison, je lui ai confié que je craquais pour la copine de mon colocataire et, quand il a parlé avec Rory à l'anniversaire de Jez, il n'a pas pu s'empêcher de vendre la mèche. Rory ne se doutait de rien jusque-là. Après coup, il a réfléchi et il s'est dit qu'il devait appeler Lila pour voir si elle était intéressée. Il affirme qu'il serait soulagé si son meilleur pote et son ex étaient heureux ensemble. Et puis, je ne sais pas si je te l'ai déjà dit, mais c'est moi qui ai connu Lila le premier. On était amis à l'université. Bref, Rory a appelé Lila et a fait en sorte qu'elle m'attende chez moi après le travail pour qu'on puisse parler.

Des images d'Alex et Lila en train de se tortiller sur le canapé gris des garçons, les coussins ployant sous le poids de leurs corps, envahirent l'esprit de Nadia.

— Donc… vous avez parlé ? articula-t-elle difficilement.

— Ouais, littéralement ! On a juste parlé, précisa-t-il en comprenant avec un train de retard l'insinuation de Nadia.

Il sourit honteusement.

— Et tu sais quoi ? J'étais en caleçon au début !

Nadia ne put contenir un éclat de rire.

— Quoi ?

— Elle… m'a pris par surprise…

— … le pantalon baissé, tu veux dire !

Alex s'esclaffa à son tour, la bouche pleine.

— C'est le cas de le dire !

— Et du coup… tu sors avec Lila maintenant ? Ça semble un peu rapide…

— C'est parce que tu ne m'as encore jamais vu en caleçon, plaisanta Alex.

Nadia sentit ses joues s'enflammer.

— Non, en fait, on doit dîner ensemble samedi soir, reprit-il avant de marquer une pause. Je n'avais rien prévu avec toi, j'espère ?

Nadia, qui avait l'intention de proposer à Alex de venir chez elle samedi soir pour qu'ils cuisinent ensemble, prit une autre bouchée de son burger avec réticence et secoua la tête sans parler.

— Bon, j'ai besoin de ton aide pour trouver le restaurant dans lequel je vais l'emmener. Un endroit sympa, mais pas trop guindé. Quel resto tu choisirais pour un premier rendez-vous, toi ? s'enquit-il.

Nadia eut un petit sourire.

— Bodeans.

— Ah ! Ah !

— Non, sérieusement, insista-t-elle.

Elle s'interrompit, partagée entre l'envie d'aider son ami et le désir de saboter cette romance naissante.

— Inutile d'en faire trop. Elle te connaît déjà. Si tu n'es pas naturel, elle le saura, non ?

Alex posa sur elle un regard reconnaissant.

— Tu as raison. Je n'arrive toujours pas à y croire. J'imagine ce moment depuis tellement longtemps. J'ai un peu l'impression de rêver.

Il était plus beau que jamais en cet instant, avec ses joues roses et ses yeux brillants. Comment Lila pourrait-elle ne pas tomber amoureuse de lui ?

— Ne t'inquiète pas, déclara Nadia en prenant son verre de Coca et en remuant les glaçons. Quelque chose me dit que c'est le début d'une longue histoire...

*
* *

Alex

Clapham Common et ses environs étaient réputés pour leurs restaurants prétendument gastronomiques, mais Alex avait toujours considéré que le simple fait d'ajouter « gourmet » au nom d'un établissement n'apportait aucune garantie. Après plusieurs jours de réflexion, il avait décidé de sortir des sentiers battus.

— Covent Garden ? furent les premiers mots de Lila lorsqu'elle le rejoignit à table, un sourire taquin sur les lèvres.

— Je sais, je sais… le nord de la Tamise ! plaisanta Alex.

Il prit un ton conspirateur.

— C'est là que vivent les vrais Londoniens, tu sais.

— Non, c'est là que vivent les touristes ! objecta Lila. La nourriture a intérêt à être bonne : j'ai dû éviter une statue vivante et marcher sur des pavés avec ces talons !

Elle tendit la jambe avec grâce pour montrer des escarpins hauts d'au moins huit centimètres.

Alex rit.

— Waouh ! Mais j'apprécie l'effort… d'être venue jusqu'ici et d'avoir mis ces jolies chaussures, je veux dire.

Il l'enveloppa du regard tandis qu'elle s'installait face à lui, à la petite table pour deux recouverte d'une nappe vichy isolée dans un coin du restaurant pittoresque et un peu kitsch qu'il avait choisi. Elle s'était mise sur son trente et un, ce qu'il interprétait comme un signe positif. Sa frange était attachée au sommet de son crâne par des barrettes et formait une sorte de banane élaborée. Il ne l'avait jamais vue avec cette coiffure auparavant. Avec ses talons vertigineux, elle portait une robe courte bleu clair qui moulait parfaitement son corps. Nadia avait le même genre de tenue le soir où ils s'étaient rencontrés, sauf que sa jupe était plus longue et qu'elle volait autour de ses hanches à chaque mouvement.

— Cet endroit est adorable, observa Lila en prenant une gorgée du verre d'eau qu'il avait pensé à commander pour elle. J'espère que ça ne te coûte pas trop cher.

— Ne t'en fais pas pour ça, lui assura Alex.

— Tu es sûr ? Tu sais, j'aurais été contente même si tu m'avais emmenée chez Pizza Hut.

— Dans ce cas, dit Alex en faisant mine de se lever pour partir, ce qui déclencha un éclat de rire de Lila.

— Non, non, maintenant qu'on est là, on reste !

Alex, qui n'arrivait toujours pas à croire en sa chance, lui décocha un grand sourire.

— Tant mieux, parce que j'ai déjà commandé une bouteille de vin.

Nadia

— Eh ! lança Nadia en ouvrant la porte de chez elle. Merci d'être…

Elle cilla. Caro portait une robe en dentelle blanc et noir incroyablement courte, des talons hauts et une couche inattendue d'eye-liner.

— … venue, conclut-elle faiblement. Tu es… Tu pensais que je voulais sortir en boîte ?

— Non, répondit Caro, laconique, avant de retirer ses chaussures et de se ruer dans le salon où elle s'affala sur le canapé, l'air sombre.

Elle replia ses jambes sous ses fesses (tout en tirant tant

qu'elle pouvait sur sa jupe). Son portable était resté dans sa main pendant tout ce temps, et elle se mit à balayer distraitement l'écran de son index.

— Eh, j'ai dû avoir l'air désespérée au téléphone, mais il ne fallait pas annuler une grosse soirée pour venir jouer les baby-sitters, assura Nadia en la rejoignant dans le salon.

— Je n'ai rien annulé, ne t'inquiète pas.

Caro finit par laisser tomber son smartphone et observa Nadia à travers ses cils savamment allongés.

Nadia, elle, portait un pantacourt de sport et pas une seule touche de maquillage. Elle se sentit soudain en total décalage.

— Alors, qui a eu le culot de te poser un lapin par une si belle soirée ? demanda Caro avec un petit sourire triste.

Alex

La première bouteille de vin les poussa à parler de la météo (oui, il faisait encore incroyablement chaud), de leurs jobs respectifs (tous deux aussi déprimants) et d'une vidéo YouTube écœurante qui se répandait sur Facebook comme une épidémie (dégoûtante, mais étrangement fascinante). Les sujets avaient tous été balayés avant qu'ils aient fini leurs entrées. Alex n'eut qu'un signe à faire au serveur pour que leur bouteille vide soit remplacée par une pleine dans le seau à glace. Ça, c'était du service version Covent Garden.

Habitué à traîner avec Nadia — qu'il avait vue plus d'une fois boire du vin dans une pinte —, Alex remplit leurs verres à ras bord, bien au-delà de la discrète ligne blanche indiquant le niveau d'ordinaire toléré en société. Heureusement, Lila ne le remarqua pas et continua à parler, l'alcool apportant une jolie teinte rose à ses pommettes et à son décolleté.

— Alors, dit-elle en changeant de sujet avec un sourire malicieux, comme si elle avait senti que son attention déclinait. C'est bien qu'on ne soit pas mal à l'aise, non ?

Alex décida qu'il était suffisamment pompette pour être franc lui aussi.

— Pourquoi on serait mal à l'aise ? demanda-t-il en prenant son verre trop rempli. On a dû dîner des centaines de fois ensemble.

— Se faire livrer un repas et manger sur ton canapé avec Rory assis entre nous deux, ce n'est pas tout à fait la même chose, plaisanta Lila.

Ils marquèrent un silence gêné en sirotant leur vin tandis que le fantôme de l'ex-petit ami et du meilleur ami invoqué par la remarque irréfléchie de Lila passait.

— C'est vrai, concéda Alex, mais je suis ravi, et même extatique que Rory ne soit pas assis entre nous ce soir.

Lila lui rendit son sourire et tendit la main à travers la table pour presser son poignet, laissant ses doigts s'attarder sur son pouls frénétique.

— Moi aussi.

— Sérieusement, j'aurais dû t'en parler plus tôt, tu ne crois pas ?

— Je n'en sais rien.

Lila relâcha son étreinte et prit de nouveau son verre.

— Ce n'est peut-être pas plus mal que nous ayons appris à nous connaître en tant qu'amis. Tu m'adressais à peine la parole à la fac et tu as attendu que je sorte avec Rory depuis au moins trois mois pour commencer à discuter avec moi.

Alex s'étouffa avec son vin.

— C'est faux !

— Non, c'est vrai ! protesta Lila avec bienveillance. Tu passais ton temps enfermé dans ta chambre quand je venais, tu refusais toujours de te joindre à nous quand on sortait… Rory affirmait que tu étais comme ça quand il t'avait connu et que je ne devais pas m'inquiéter. Il disait que tu avais vécu une rupture assez douloureuse après la fac. J'en avais entendu parler. Toi et Alice… Je l'ai toujours dans mes contacts Facebook, tu sais.

Alex se hérissa en découvrant que son chagrin d'amour avait été au centre de leurs analyses pseudo-psychologiques.

— Je crois sincèrement que c'est faux, Lils…

— C'était évident pourtant ! insista-t-elle gentiment. Tu ne pouvais pas supporter l'idée de souffrir de nouveau, alors tu as fait ce que n'importe qui aurait fait : tu t'es replié sur toi-même.

Elle baissa les yeux.

— J'ai connu ça récemment, mais c'est important de se remettre en selle !

Elle lui sourit pour l'encourager et prit une grande gorgée de vin.

Alex ne savait pas trop s'il devait se sentir insulté ou flatté d'être considéré comme un cheval… Il étudia Lila avec attention. Peut-être était-elle plus ivre qu'il ne le pensait. Il pria intérieurement pour que leurs plats arrivent vite. Les pâtes à la carbonara que Lila avaient commandées épongeraient certainement ses pensées alcoolisées et orienteraient la conversation sur un chemin plus sûr — un chemin qui ne menait pas à Alice Rhodes, Rory Ryan ou la prétendue vie d'ermite qu'Alex s'était imposée.

— Mais tu es différent avec Nadia, ajouta Lila avec une pointe de jalousie.

— Avec Nadia ?

— Hum… Tu parcourais la ville avec elle avant même de connaître son nom de famille, alors qu'il a fallu un mois pour que tu oses te servir un verre d'eau dans ta propre cuisine quand j'étais là !

Le ton de Lila était enjoué, mais ses lèvres légèrement pincées la trahissaient.

— J'étais persuadée que tu terminerais avec elle, tu sais.

— Avec Nadia ? répéta Alex, vraiment troublé par la description que Lila venait de faire de lui.

Il ne s'était quand même pas montré si craintif envers elle, si ? Nadia n'avait pas pu avoir une telle influence sur lui…

— Oui, Nadia, assura-t-elle en imitant son ton étonné. Tu es toujours fourré avec elle. Et quand tu n'es pas avec, tu parles d'elle. Elle me fait penser à Alice, parfois. Souriante. Sociable. Tu vois ce que je veux dire.

Elle balaya l'air de la main.

— Ça semblait évident que vous finiriez par sortir ensemble tous les deux, conclut-elle.

— Vraiment ? demanda Alex, incrédule.

— Tu le sais très bien ! Rory n'arrêtait pas de te charrier avec ça.

— Rory me charrie sans arrêt au sujet de tout et n'importe quoi, fit remarquer Alex.

Lila laissa échapper l'un de ses petits rires mélodieux.

— Tu marques un point. Mais, sincèrement, on pensait tous les deux que… c'était inévitable.

Inévitable. Une image envahit soudain l'esprit d'Alex. Il revoyait

Nadia, blottie contre lui sur le sol de son salon. Le tapis élimé le grattait à travers l'épaisseur de son jean, mais il était si bien qu'il n'osait pas bouger. Elle battait les cartes et les rangeait en piles bien ordonnées, puis tournait son visage vers lui et lui affirmait qu'elle n'obtiendrait pas ce qu'elle désirait.

— J'étais vraiment inquiète pour toi, ajouta Lila.

Alex lutta pour échapper à son souvenir et reprendre le fil de la conversation.

— Comment ça, inquiète ?

— Eh bien, tu sais… Nadia n'aurait pas été un choix très raisonnable, Alex !

Alex sentit son corps se raidir devant cette insulte absurde envers son amie.

— Qu'est-ce que tu veux dire ?

Les lèvres de Lila formèrent un O de surprise. Elle venait visiblement de prendre conscience d'avoir franchi une ligne, même si Alex lui-même n'était pas certain de l'endroit où se situait cette frontière. Et d'ailleurs, est-ce qu'elle existait vraiment ?

— Je ne disais pas ça méchamment, assura-t-elle aussitôt. J'aime bien Nadia. Je la trouve marrante. C'est juste que… elle va être expulsée, non ?

Alex serra les dents.

— Pas forcément.

Cette idée, pour être honnête, n'avait cessé de lui trotter dans la tête ces derniers temps. Nadia recevrait la date de son audience dans les prochains jours, et la procédure n'était pas gagnée. Récemment, elle avait plaisanté en disant qu'elle n'était pas prête à partir, que sa liste de choses à faire s'étalait sur un nombre incalculable de pages et qu'elle devrait donc échapper au système en devenant une nomade apatride cachée dans les bas-fonds de Londres…

« Je n'aurais plus d'identité ni même de maison, avait-elle dit en riant, mais, au moins, je ne louperai jamais une soirée Candy au Placard ! »

Alex avait ri lui aussi, mais d'un rire creux qui avait sonné faux à ses oreilles.

— Elle se présentera devant le juge bientôt, ajouta-t-il en s'efforçant d'adopter un ton confiant, et elle obtiendra son titre de séjour permanent. J'en suis sûr.

— Mais Rory affirme que tu lui as dit le contraire, objecta Lila.

Alex jura contre le mec pessimiste qu'il était six semaines plus tôt, quand il avait revêtu sa casquette d'agent administratif pour expliquer à Rory que, sans aucun argument légal sur lequel s'appuyer, Nadia n'aurait aucune chance.

— Je crois qu'elle a toutes ses chances, mentit-il.

Lila devina qu'il ne disait pas la vérité et sourit avec compassion.

— Tu vois, c'est de ça que je parlais. Tu es vraiment proche d'elle. Pas de la façon que je pensais, visiblement, puisqu'il s'avère que tu étais amoureux de moi depuis tout ce temps.

Elle rougit de plaisir, et Alex éprouva une sensation étrange au creux de l'estomac.

— Je voulais simplement dire qu'il aurait été dommage d'éviter toute relation entre nous pour finir dans les bras d'une fille sur le point de se faire expulser du pays !

Elle marquait un point. Alex était déjà malade à l'idée que Nadia puisse se voir refuser son titre de séjour permanent. Il n'imaginait pas ce qu'il éprouverait si elle était sa petite amie.

— Alice a toujours été drôle, mais c'était une vraie garce. Surtout avec toi, poursuivit Lila avec aplomb. Je ne voulais pas te voir souffrir de nouveau, conclut-elle en cherchant la main d'Alex sur la table. Tu ne mérites pas ça. Tu es un mec bien, Alex. Tu n'as jamais fait de mal à personne. Tu mérites ce qu'il y a de mieux.

Et tandis qu'elle parlait, elle porta ses doigts à ses lèvres fraîches pour les embrasser.

Nadia

—— Il ne répond toujours pas.

Caro balança son portable sur le tapis, où il rebondit avant d'atterrir sous la table basse. Elle balaya ses cheveux en arrière et pressa les paumes contre ses tempes, au summum de la frustration.

— Il est probablement avec sa femme, soutint Nadia.

— Non, elle est chez ses parents pour le week-end ! insista Caro d'une voix étouffée, le visage enfoui dans le creux de son bras. C'est pour ça qu'on avait prévu de sortir.

Monty n'avait pas rejoint Caro au bar de Chelsea où ils devaient se retrouver. Il n'avait pas appelé et n'avait pas répondu lorsque Caro avait fini par ravaler sa fierté (et deux Daiquiri fruits de la passion) avant de lui téléphoner pour voir ce qui se passait. Elle n'avait aucune nouvelle de lui. Le silence, terrible, total, inquiétant. Nadia avait espéré pendant des mois que le professeur Fletcher mettrait fin à cette liaison et, face au chagrin de son amie, elle le détestait encore plus.

L'amour peut changer quelqu'un, disait-on. Comme c'était romantique ! Mais personne n'expliquait jamais que l'amour pouvait ruiner une vie, transformer une jolie jeune femme pleine d'assurance en une hystérique enragée qui balançait son téléphone par terre. Ils devraient préciser ça sur les cartes de la Saint-Valentin.

— Je sais que tu me trouves stupide, dit Caro brusquement sans le moindre reproche dans la voix. Je me trouve stupide moi-même ! Je ne veux tout simplement pas avoir souffert autant pour rien, tu comprends ? J'ai besoin de croire que nous sommes faits pour être ensemble, lui et moi, autrement, cela signifierait que j'ai perdu mon temps. Je ne veux pas avoir été l'autre femme pour rien. Avoir tant pleuré que j'ai parfois cru mourir, pour rien. Je ne peux pas supporter cette idée…

Caro laissa ses bras retomber sur ses genoux, hésitant un moment avant de récupérer son téléphone.

Alex

Bien qu'il soit rassasié, Alex trouvait que ce repas méritait un dessert. Alors, il insista pour qu'ils en commandent un et Lila finit par accepter. Alex prononça cette phrase terriblement kitsch, mais tellement agréable : « Avec deux cuillers s'il vous plaît », accompagnée d'un sourire complice au serveur. Ils terminèrent donc le délicieux et énorme moelleux au chocolat, ainsi que les dernières gouttes de leur troisième bouteille de vin avant de quitter le restaurant pour retrouver l'air doux de cette soirée estivale.

Lila vacillait légèrement sur ses talons hauts, mais sa démarche restait déterminée tandis qu'ils serpentaient le long du Strand. Comme chaque samedi soir, les touristes et les quelques Londoniens qui s'étaient aventurés de ce côté-ci de la Tamise se pressaient un peu partout dans un joyeux mélange. Les trottoirs, devant les pubs et les bars, étaient envahis par les fumeurs ou par les files d'attente, ou tout simplement par les passants qui profitaient de la douceur nocturne. Alex dut prendre Lila par le coude pour traverser ces obstacles, la faisant descendre sur la route, puis remonter sur le trottoir, riant tandis qu'ils couraient sur les passages pour piétons sous les coups de klaxon furieux des taxis. Il la tenait toujours lorsqu'ils arrivèrent sur l'étendue grise de Trafalgar Square, ayant suivi cette direction naturellement, sans s'être consultés.

Les lions trônaient majestueusement sur leurs socles, imposantes silhouettes voûtées et sombres contre le ciel clair. Malgré l'agitation du Strand et de Charing Cross, la place était relativement silencieuse, apaisante. Seuls quelques couples s'y promenaient main dans la main, le cou tendu pour observer les chefs-d'œuvre d'architecture qui les entouraient. *Des couples comme nous*, pensa Alex en prenant conscience que Lila s'était blottie contre lui tandis qu'ils marchaient et parlaient. La nervosité qu'Alex était parvenu à éviter toute la soirée resurgit brusquement, lui nouant l'estomac.

— Tu savais que les lions étaient fabriqués avec du bronze fondu à partir des canons saisis sur les navires ennemis lors de la bataille de Trafalgar ? se surprit-il à dire.

Lorsque Nadia et lui avaient passé l'après-midi sur la place après leur visite avortée de la National Gallery, ils s'étaient amusés à chercher des faits historiques sur leur téléphone et à se lire les plus captivants à voix haute.

— Très intéressant, déclara Lila d'un ton poli.

Elle arrêta de marcher et se tourna pour lui faire face, toujours collée contre lui, la main d'Alex au creux de son bras.

— Merci pour cette belle soirée.

Alex lui décocha un sourire en coin.

— Est-ce que tu essaies d'échapper à mon cours d'histoire ?

En réponse, Lila passa un bras autour de son cou, effleurant son ventre au passage, ce qui fit se contracter ses abdos sous le fin tissu de son tee-shirt. Voilà. Il y était. Au-dessus de lui, les lions regardaient au loin, à travers Londres, et les étoiles concurrençaient faiblement l'éclairage des lampadaires. Sous ses yeux, Lila Palmer était officiellement dans ses bras, et il pouvait sentir sa fébrilité tandis qu'elle humectait sa lèvre inférieure de sa langue avec une lenteur insoutenable.

Ce moment lui apparut un peu comme un signe du destin. Enfin, les bonnes choses que les gens ne cessaient de dire qu'il méritait depuis toutes ces années lui arrivaient. Si Lila n'était pas sortie si longtemps avec Rory, elle n'aurait jamais pu apprendre à le connaître, et il n'aurait pas pu l'inviter à dîner et l'embrasser sous les lions de Trafalgar Square et les étoiles.

Avec une assurance qui lui avait manqué au cours des cinq dernières années, Alex prit Lila par la taille et posa sa main libre sur son dos, savourant le contact chaud de sa peau sous sa robe légère. Alors, il fit ce qu'il rêvait de faire depuis qu'il avait revu cette jolie blonde lors d'une lointaine soirée printanière : il l'embrassa…

Chapitre 18

Alex

Rory affirmait que ça ne le dérangeait pas, mais Alex ne pouvait s'empêcher de trouver l'ambiance tendue dans l'appartement. Pour couronner le tout, Nadia était particulièrement silencieuse cette semaine. Elle ne l'ignorait pas à proprement parler, mais elle mettait des siècles à répondre à ses messages et n'était pas très réceptive quand il suggérait qu'ils se voient.

Evidemment, à présent, il y avait Lila. Il ne l'avait pas revue depuis le week-end précédent, mais ses lèvres étaient encore gonflées de leurs baisers. Rien de surprenant à cela, il l'avait embrassée longuement dans l'espoir de ressentir ce qu'il avait toujours imaginé éprouver. Alex souffla rageusement à cette pensée. Il savait bien que la réalité ne pouvait être à la hauteur de ses fantasmes, et que la Lila qu'il tenait dans ses bras ne serait jamais celle qu'il avait placée sur un piédestal. Mais quand même ! Après tant de temps, alors qu'il pensait que la chance était enfin de son côté, il considérait qu'il était normal d'en attendre un peu plus.

Son portable se réveilla à cet instant, la sonnerie entraînante l'arrachant à ses pensées troublantes. Il attrapa le téléphone avec une pointe de culpabilité, supposant qu'il s'agissait de Lila, mais se redressa brusquement en voyant le nom affiché sur l'écran.

— Holly ? dit-il sans se donner la peine de masquer la curiosité dans sa voix.

Holly ne l'avait encore jamais appelé jusque-là.

— Eh, Alex ! Je n'ai qu'une minute, déclara-t-elle sans préambule. Je serai bientôt à la maison.

— OK…, répondit Alex, dérouté.

Ravi de l'apprendre…

— Alors, qu'est-ce que vous faites ce week-end ?

— Ce week-end ? répéta Alex comme un idiot.

On était jeudi soir et, à sa connaissance, il n'avait rien prévu avec les filles au cours des prochains jours. Il espérait pique-niquer avec Lila samedi. Il comptait acheter d'énormes fraises nourries aux OGM et du vin qu'ils boiraient dans des gobelets en plastique. Il essaierait de nouveau de donner à ses lèvres le goût de l'amour qu'il était certain de ressentir depuis plus d'un an.

— Attends, tu n'as rien prévu avec Nads ?

Quelque chose clochait. Holly semblait furieuse, et il ne comprenait pas pourquoi.

— Non, pourquoi ? Où est le problème ?

— Cette sale petite menteuse, il va falloir que j'aie une discussion avec elle, grogna Holly, davantage pour elle-même que pour Alex.

— Holly ! Qu'est-ce qui se passe ? la pressa-t-il.

— J'ai une conférence à Birmingham ce week-end, admit-elle, comme si cela expliquait tout.

— OK…

Alex marqua une pause.

— C'est triste, mais je suis sûr que Nadia est capable de rester seule pendant deux nuits. Ecoute, je ne serai certainement pas dispo samedi, mais je peux lui proposer de manger avec elle vendredi ou d'aller au ciné dimanche. Je vais l'appeler tout de suite...

— C'est son anniversaire, le coupa Holly. Et tu n'étais pas au courant ? Sérieusement, à quoi elle joue ?

Alex sentit son estomac se nouer. Merde, l'anniversaire de Nadia. Il ne savait même pas quel jour elle était née. Elle n'en avait jamais parlé, et la date n'apparaissait pas sur son profil Facebook. Pourquoi ne lui avait-elle rien dit ? Il lui aurait organisé une fête, l'aurait emmenée où elle voulait. Etait-ce pour cette raison qu'elle évitait ses appels ? Il ne l'avait pas vue depuis une semaine entière, depuis la soirée Candy au Placard, et c'était leur plus longue séparation depuis qu'ils s'étaient rencontrés.

— Elle est chez vous ? demanda-t-il à Holly sur un ton grave tout en se dirigeant dans le couloir pour attraper ses clés sur la console et enfiler ses chaussures.

— Oui, répondit Holly.

— OK, j'y vais. Je te promets qu'elle ne sera pas seule pour son anniversaire, Holly, compte sur moi.

Il y eut un lourd silence au bout du fil avant qu'Holly ne réponde.

— C'est peut-être le dernier qu'elle passe ici, dit-elle d'une petite voix.

Alex grimaça. Entre tous, Holly était celle qui mettait le plus d'application à éviter le sujet de la potentielle expulsion de Nadia.

— J'ai essayé de me libérer, Alex, vraiment, mais je pensais qu'elle avait prévu quelque chose avec toi, alors je n'ai pas trop insisté.

— Elle a quelque chose de prévu avec moi, assura Alex.

Et il avait déjà concocté un programme quand il atteignit Carrington Avenue, prêt à en découdre avec son amie.

Nadia

Nadia adorait voyager, peu importait le moyen de transport. Elle avait conscience d'avoir l'air d'une enfant, le visage pressé contre la fenêtre du train, mais elle s'en moquait royalement. La vitesse donnait aux champs l'aspect d'un brouillard jaune et vert qui s'étendait à perte de vue, aussi vaste et infini que la sensation qu'elle éprouvait : la liberté et l'aventure.

Ils avaient mangé des sandwichs faits maison, un peu tièdes sous leur film transparent, ainsi que des chips hors de prix et du chocolat achetés dans le train. Nadia avait appris à Alex tous les jeux de cartes dans lesquels elle excellait depuis son passage au pensionnat : la dame de cœur, le whist et le pouilleux — dont elle était la championne incontestée. Lorsque le train ralentit en traversant Hove, Alex était dangereusement sur le point de remporter une main, alors, quand bien même Nadia aurait pu rester dans ce wagon pour toujours, elle fut soulagée qu'ils soient sur le point d'arriver.

Comme la plupart des villes côtières, Brighton trônait au beau milieu d'un paysage vallonné. Ses rues étaient incroyablement pentues et, forcément, la gare était complètement excentrée.

Bien qu'Alex porte son sac fourre-tout, Nadia était essoufflée lorsqu'ils arrivèrent devant l'hôtel. L'établissement avait un côté bobo très charmant, avec sa porte menthe à l'eau dotée d'un heurtoir en cuivre et ses grandes fenêtres à l'ancienne encadrées de vieux rideaux blancs.

Cette escapade avait été prévue à la toute dernière minute, si bien que Rory n'avait pas pu obtenir un jour de congé. Et comme Caro devait elle aussi assister à des cours obligatoires le vendredi après-midi, leurs deux amis les rejoindraient le samedi matin. Pour le moment, elle était donc seule avec Alex.

Il se laissa tomber sur l'un des lits jumeaux bancals dont le vieux cadre en fer forgé protesta dans un grincement.

— Alors, par quoi tu veux commencer ? demanda Alex en souriant. Les boutiques ? l'aquarium ? la plage ? la jetée ? les frites ?

Nadia rit en s'asseyant sur l'autre lit. Il se balançait aussi de manière inquiétante, mais les draps étaient propres et le matelas moelleux. Quoi qu'il en soit, elle était profondément heureuse d'être ici, dans cette petite chambre miteuse. Demain, elle libérerait la place pour Rory et dormirait avec Caro, mais, ce soir, ils passeraient la nuit à un mètre à peine l'un de l'autre. Que pensait Lila de cette situation ? Elle n'oserait jamais poser la question à Alex.

— A toi de me le dire, c'est toi qui as vécu ici pendant trois ans, déclara-t-elle.

Alex roula sur le côté pour lui faire face, se redressant légèrement sur un coude.

— Exactement, et je viens de t'énumérer les options. Boutiques. Aquarium. Plage. Jetée. Frites. Les frites arrivent en dernier généralement, affirma-t-il d'un ton détaché, parce que tu les vomiras certainement si tu les manges avant de monter dans les manèges de la jetée.

Nadia fronça le nez à cette pensée.

— C'est bon à savoir !

Alex lui adressa un salut paresseux, effleurant son arcade sourcilière du bout des doigts.

— Conseil d'autochtone.

— Allez, dit Nadia en se relevant et en enfilant les tongs qu'elle venait de retirer.

— On va où ?

Alex se redressa également, levant les mains au plafond pour s'étirer et dévoilant légèrement son ventre. Nadia ravala avec peine la boule qui s'était formée dans sa gorge. Ce week-end était parfait pour les amoureux. Dommage qu'elle soit la seule à nourrir des pensées romantiques.

— On est à Brighton, lança-t-elle en ramassant son petit sac en bandoulière qu'elle avait laissé tomber près du lit. Allons voir la mer !

Alex

Ils descendirent le premier escalier qu'ils trouvèrent sur leur chemin pour rejoindre la plage. Les marches en béton lui rappelaient celles qui donnaient sur les rives de la Tamise. Nadia prit rapidement conscience de son erreur de débutante. Presque aussitôt arrivée sur la plage, elle manqua de tomber tandis qu'elle tentait de marcher sur les galets sombres et lisses avec ses sandales. Il la prit par le coude pour la soutenir pendant qu'elle examinait sa cheville. Elle leva les yeux vers lui en riant malgré elle, ses cheveux blonds — qu'il aurait dû lui conseiller d'attacher — lui fouettant le visage sous le vent marin.

— Quand j'étais étudiant, j'ai vu des filles complètement

bourrées marcher sur cette plage avec des talons de dix centimètres, la taquina-t-il. Tu as des progrès à faire !

Nadia lui tira la langue et — prenant appui sur lui pour conserver l'équilibre — entreprit de retirer ses tongs.

— Non. Je te conseille de les garder, la pressa Alex. Il y a plein de morceaux de verre sur cette plage.

Nadia leva les yeux au ciel en se penchant pour remettre ses chaussures.

— Tu n'aurais pas pu m'emmener à Bali pour le week-end ? dit-elle, une expression sérieuse sur le visage.

Alex sentit ses doutes s'envoler sous ses moqueries bienveillantes. Pendant le trajet, il avait eu l'impression qu'elle lui en voulait, mais il avait dû se tromper. Elle était probablement terrorisée. Peu importait l'issue de sa requête en appel, dans quelques jours, un inconnu déciderait de son avenir dans une salle d'audience froide et impersonnelle.

Au début, elle avait obstinément refusé de venir. Le jeudi soir, elle les avait fusillés du regard, Holly et lui, en essayant de minimiser l'importance de son anniversaire et en affirmant qu'elle avait simplement envie de passer un week-end tranquille. Elle ne voyait pas où était le problème. Ce n'était que lorsque Alex lui avait montré qu'il avait déjà réservé leurs billets de train sur le trajet grâce à son application qu'elle avait commencé à céder. Alors, l'excitation avait envahi son visage. Elle lui avait confié qu'elle n'était jamais allée à Brighton. En tant qu'ancien élève de l'université locale, Alex n'était-il pas le mieux placé pour lui faire découvrir cette ville ?

Ils ne firent pas de shopping et ne visitèrent pas le Royal Pavilon ou l'aquarium. Ils se contentèrent de se promener sur la plage pendant des heures, Nadia ayant finalement compris où poser les pieds pour évoluer sans problème sur les galets. Ils avaient dévoré de gros cornets de frites qui baignaient dans le vinaigre, comme ils les aimaient. Alex lui avait raconté ses meilleures anecdotes de l'époque de la fac. Il lui avait parlé du type avec qui il vivait durant sa première année, dont l'idée d'une bonne blague consistait à enrouler les toilettes de film plastique. Il lui avait expliqué comment il avait révisé ses examens sur cette même plage, assis avec ses potes autour d'un de ces barbecues jetables — totalement illégaux et ridiculement inefficaces. A l'époque, ils avaient trouvé l'idée géniale. Ils avaient nourri les braises à l'aide de morceaux de papier arrachés à leurs fiches de révision pendant des heures avant d'abandonner et de jeter leurs saucisses encore crues à la poubelle.

Il lui avait montré son talent pour faire des ricochets avec les galets et lui avait appris comment choisir les bonnes pierres ; les plus plates et les plus lisses étaient les meilleures, mais elles ne devaient être ni trop lourdes ni trop légères pour atteindre une distance acceptable. Il lui avait confié avoir emmené Alice marcher le long de la jetée lors de leur premier rendez-vous, convaincu que le côté rétro de son choix compenserait le côté cliché un peu ringard. Selon Alice, la légende voulait que les couples qui s'embrassaient au bout de la jetée restent unis pour la vie. Il avait souri avant de poser ses lèvres sur les siennes, la pressant contre la rampe qui les séparait de l'étendue grise de l'océan infini, spontané et confiant, comme il l'était à cette époque.

Lorsque le ciel se fut suffisamment assombri, la jetée se para de toute sa gloire scintillante et tapageuse. Nadia et lui rebroussèrent alors chemin à travers la plage battue par le vent pour rejoindre la fête foraine. Ils avaient changé un billet de cinq livres en pièces de dix pence avant de les glisser dans l'une des machines qui — étonnamment — leur rapporta plusieurs tickets gagnants. Nadia jouait son rôle de touriste en y mettant du cœur et mitraillait de photos les attractions au-dessus de leurs têtes, les vagues sombres de l'océan en arrière-plan. Elle lui demanda son avis sur le filtre Instagram qu'elle devait utiliser et se moqua de lui en disant qu'il était totalement dépourvu de regard artistique lorsqu'il admit qu'il ne voyait pas la différence.

Ils échangèrent leurs billets gagnants contre des tickets de manèges et montèrent dans les plus effrayants jusqu'à avoir la nausée. Alex fut ravi de découvrir que l'attraction préférée de Nadia était la même que la sienne : le Valseur, au bout de la jetée. Ils décidèrent d'y utiliser leurs derniers jetons, riant comme des idiots chaque fois que la force centrifuge les jetait l'un contre l'autre, leurs têtes cognant contre les appuie-têtes à peine rembourrés.

Finalement, Nadia le supplia d'arrêter, et ils errèrent jusqu'au bout de la jetée, à l'écart du vacarme de la fête foraine, à quelques mètres de l'endroit où Alex avait échangé ce baiser maudit avec Alice Rhodes. Nadia se laissa tomber lourdement au sol, le dos calé contre la rambarde, ses doigts s'agitant dans ses cheveux tandis qu'elle essayait de démêler les mèches que le vent marin avait emmêlées. Elle n'avait pas arrêté de faire ça de toute la journée en jurant qu'elle n'oublierait pas de mettre une brosse dans son sac pour le reste du week-end.

Alex s'appuya contre la barrière, le regard perdu sur la mer calme qui clapotait à ses pieds et s'étendait jusqu'à l'horizon. Il ne s'était pas rendu compte qu'elle lui manquait avant de revenir. Comme lui manquait l'odeur de l'océan et de la friture sur ses vêtements et ses cheveux que les embruns rendaient légèrement poisseux. Il était parti pour réaliser ses rêves à Londres, se souvint-il, mais de retour ici, où sa vie d'adulte avait commencé, il ne pouvait pas dire qu'il avait atteint son objectif sur le plan professionnel.

— Eh, dit Nadia en l'arrachant à ses pensées.

Il baissa les yeux sur elle en souriant. Cette journée avait été formidable. Plus il passait du temps avec elle, plus il en avait conscience : il adorait cette fille. Il pouvait maintenant faire la paix avec les années de galère durant lesquelles il avait à peine existé après son diplôme — c'était grâce à elles qu'il avait rencontré Nadia. Elle avait été son soleil inattendu au milieu de la succession de journées pluvieuses qui constituait sa vie.

— J'ai toujours voulu te poser la question, poursuivit-elle, les joues légèrement roses sous l'effet d'une timidité inexplicable. Ton bras.

— Mon bras ? répéta Alex, perplexe.

— Ouais…

Nadia désigna sa propre épaule, et il comprit aussitôt où elle voulait en venir.

— Oh…

Il se sentait stupide, tout à coup.

— Ça ?

Il remonta la manche de son tee-shirt pour révéler l'horrible ligne sombre qui prenait naissance sur son épaule.

— Oui, répondit Nadia en se levant et en approchant pour l'inspecter de plus près.

Alex frémit imperceptiblement au contact de ses doigts sur sa peau tandis qu'elle suivait le trait de son index.

— C'est quoi ? Un tatouage ?

— C'était censé être un tatouage, précisa Alex.

Il avait envie de baisser sa manche pour dissimuler cette connerie, mais Nadia ne retirait pas sa main.

— J'ai flippé au dernier moment…

Elle étouffa un rire.

— Désolée, dit-elle, l'air contrit.

Alex se joignit à elle.

— Non, ce n'est rien. C'est juste un peu embarrassant. C'était une réaction impulsive après la fac, après Alice…

Nadia hocha la tête lentement. Ses doigts étaient toujours posés sur son bras, frais contre sa peau brûlante.

— Qu'est-ce que c'était censé être ?

— Des mots. Une citation, je veux dire. De mon film préféré.

Il haussa les épaules.

— Je trouvais que c'était une bonne idée à l'époque, ajouta-t-il.

— C'est souvent le cas avec les tatouages, le taquina Nadia. C'était quoi, la citation ?

Alex hésita. Il ne la lui aurait jamais avouée à Londres, il aurait probablement inventé quelque chose. Mais ici, ça ne semblait pas aussi stupide.

— « Que votre vie soit extraordinaire. »

Il s'attendait à ce qu'elle rie de nouveau, mais elle resta silencieuse. Elle observa encore la marque qui aurait dû devenir un Q et hocha la tête lentement.

— C'est une citation sympa.

Elle leva les yeux vers lui et croisa son regard.

— *Le Cercle des poètes disparus*, pas vrai ?

Alex sourit.

— Oui.

Nadia se mordilla la lèvre inférieure.

— Alex ? dit-elle, comme si elle voulait lui poser une autre question.

— Hum…

Et alors, de la façon la plus naturelle du monde, elle approcha son visage du sien et l'embrassa.

Chapitre 19

Nadia

— Non, tu n'as pas fait ça ! s'exclama Caro avec un petit cri.

Les occupants des trois tables les plus proches se tournèrent dans leur direction pour les reluquer de manière effrontée. Nadia sentit son visage devenir cramoisi. Elle avait peut-être parlé un peu trop fort tout compte fait...

— Je devine que la suite de l'histoire n'est pas aussi sympa, dit Caro en penchant la tête sur le côté avec compassion en touillant le *latte* qu'elle avait à peine touché. Autrement, je ne serais pas assise ici à t'écouter.

Nadia et Alex avaient accueilli Caro et Rory à la gare, alors qu'ils descendaient du train en provenance de Londres. Attrapant son amie par le bras avant même qu'elle n'ait passé les tourniquets, Nadia avait bredouillé quelque chose au sujet d'un désir pressant de prendre un café — en dépit de la chaleur étouffante qui régnait en ce milieu de matinée et du fait qu'elle en avait déjà bu deux au petit déjeuner. Après avoir affirmé à Alex et Rory qu'elles les rejoindraient à l'hôtel plus tard, elle avait poussé Caro dans le premier Starbucks. Deux *latte* dont elles n'avaient pas vraiment envie tiédissant devant elles, Nadia avait mis Caro au courant de son dérapage épique de la veille.

— Alors, est-ce que c'était… super gênant ? Est-ce qu'il t'a repoussée ? insista Caro d'une voix compatissante.

L'avait-il repoussée ? Nadia était restée éveillée toute la nuit, étendue sur son lit, à tourner cette question dans sa tête. Etait-ce lui qui avait interrompu leur étreinte le premier ? Etait-ce elle ? Peut-être avaient-ils tous deux pris conscience au même moment de ce qui était en train de se passer et s'étaient-ils écartés en même temps. Elle n'en savait rien. Tout avait été si vite — un baiser éclair —, rien que leurs bouches pressées l'une contre l'autre une poignée de secondes.

Alex

Rory exultait.

— Petit veinard ! dit-il en tendant le bras pour lui assener une tape admirative dans le dos. Je savais que ce n'était qu'une question de temps.

Il s'interrompit pour considérer son sac qu'il avait commencé à défaire pendant qu'Alex lui racontait son histoire.

— Tu veux que je prenne une autre chambre ?

Alex passa une main dans ses cheveux, plus nerveux que jamais.

— Non, ce n'est pas ce que tu crois. C'était juste… un baiser entre amis.

Rory haussa les sourcils, l'air moqueur.

— Un baiser entre amis ?

— Oui.

— Un baiser entre amis sur les lèvres d'une fille super canon !

— Un truc du genre, parvint à articuler Alex, les dents serrées.

Rory éclata de rire.

— Il faut que je me trouve une copine comme ça !

Il secoua la tête tout en continuant à déballer ses affaires.

Au moment où Nadia s'était écartée, Alex venait juste de comprendre ce qui était en train de se passer. Le vent frais de la mer s'était engouffré entre eux, là où leurs corps avaient été pressés l'un contre l'autre un peu plus tôt. Il l'avait dévisagée un long moment, étourdi. Il avait remarqué bêtement que ses taches de rousseur disparaissaient presque sous l'éclairage artificiel de la jetée. Ses lèvres étaient encore légèrement entrouvertes, comme si elle avait du mal à respirer.

Puis, brusquement, elle avait éclaté de rire. Un son tellement familier qu'il avait rompu le charme.

— Et voilà ! s'était-elle exclamée en plantant son index dans les côtes d'Alex. Maintenant, nous serons amis pour la vie.

— Quoi ?

Alex se sentait bouleversé par ce qui venait d'arriver, et son cerveau n'était pas aussi vif que d'habitude.

— Tu l'as dit toi-même. Les gens qui s'embrassent au bout de cette jetée restent ensemble pour toujours, avait expliqué Nadia d'un ton détaché en tournant son visage vers la mer tout en passant de nouveau les doigts dans sa tignasse emmêlée, de manière tout à fait naturelle, comme si elle ne lui avait pas lancé une grenade avant de prendre la fuite.

Nadia

Il l'avait regardée comme si elle avait perdu la tête, et c'était peut-être le cas. Elle ne pouvait même pas mettre son geste sur le dos de l'alcool — une excuse efficace et pratique d'habitude — puisqu'ils n'en avaient pas bu une goutte. Seulement, cet endroit était si romantique, avec ces lumières et le bruit des vagues, et Alex s'était ouvert à elle comme jamais. Elle avait cédé à une pulsion en l'embrassant, oubliant les conséquences l'espace d'une seconde, hors du temps.

Mais il ne l'avait pas prise dans ses bras, il n'avait pas cherché sa langue avec la sienne, il n'avait pas blotti son corps mince et élancé contre le sien comme elle rêvait qu'il le fasse. C'était peut-être elle qui s'était écartée la première, finalement, incapable de supporter qu'il la repousse. Même maintenant, douze heures après, son cœur se serrait à cette pensée. Elle avait souffert toute la nuit, sans pouvoir fermer l'œil, devinant au son saccadé de la respiration d'Alex qu'il ne dormait pas lui non plus. Elle avait eu peur à l'idée qu'un moment irréfléchi puisse gâcher ce qu'elle avait de plus cher au monde.

— Je crois que je m'en suis bien sortie, dit-elle à Caro en se forçant à se montrer optimiste. J'ai fait passer ça pour un bisou entre amis.

Caro avait l'air sceptique.

— Un bisou entre amis ? répéta-t-elle. Tu l'as bien embrassé, pas vrai ?

Nadia balaya sa remarque de la main, comme si toute cette histoire n'était pas si importante.

— On n'a pas mis la langue. A peine cinq secondes, pour tout te dire. Ce n'était rien.

Caro haussa les sourcils.

— Cinq secondes ?

Elle marqua une pause.

— Ma chérie, on dirait que tu ne lui as pas vraiment laissé le temps de… tu sais, réagir…

— Eh bien…

— Il sort avec Lila maintenant, non ? insista Caro. Je ne crois pas qu'Alex soit le genre de type à embrasser une femme alors qu'il est avec une autre.

— Oui, mais…

— C'est comme quand tu étais contrariée parce que tu sortais avec Matt alors que tu avais des sentiments pour Alex, continua d'argumenter Caro. C'est peut-être la même chose pour lui.

— Caro !

Nadia avait haussé le ton, ce qui attira de nouveau l'attention des tables voisines. Caro plongea dans le silence.

— C'était une énorme erreur, OK ? ajouta Nadia. Je suis horrible ! Il est amoureux de Lila depuis des mois et des mois et, juste au moment où il commence à sortir avec elle, je débarque pour lui compliquer la vie. Je suis vraiment la meilleure des amies !

Elle écarta ses cheveux de son visage avec impatience et pressa les paumes sur ses tempes. Elle sentait la panique la gagner, comme si tout était en train d'échapper à son contrôle.

Caro l'observa avec pitié.

— Ce baiser n'est pas une énorme erreur, marmonna son amie en se remettant à touiller son café distraitement. Et pour ce que ça vaut, je suis presque sûre que c'est toi qui l'as repoussé la première…

Alex

Après avoir envoyé un SMS à Nadia pour lui dire qu'ils allaient à la plage, Alex et Rory quittèrent l'hôtel et s'arrêtèrent à l'épicerie en route. Puis ils descendirent sur le sable et s'assirent dos au muret humide, là où personne ne pouvait voir ce qu'ils buvaient illégalement. Plongés dans un silence agréable, une bière à la main, ils observaient la mer, songeurs.

Alex ne savait pas à quoi pensait Rory, mais, à dire vrai, il s'en moquait un peu en cet instant. Son esprit était toujours fermement concentré sur la soirée précédente. Au loin, la jetée flottait tranquillement. Elle perdait tout son charme à la lueur du jour. Dans sa tête, Alex revivait ce bref instant à l'infini, le moment où les lèvres de Nadia avaient effleuré les siennes, cherchant désespérément ce qu'il pouvait bien signifier, ce qui avait pu le provoquer et ce qui y avait mis un terme.

Il était pathétique. Un petit smack et il était en chute libre, à ratisser des mois d'une simple amitié en quête d'un indice. Toute la nuit, il avait rejoué cette scène encore et encore, et dans chaque version, il répondait au baiser de Nadia, l'attirant à lui, la pressant contre son corps, glissant les doigts dans la masse pâle de ses cheveux. Ces fantasmes avaient éveillé une douleur dans sa poitrine et un désir si insistant que seule une lâcheté honteuse l'avait empêché de traverser l'espace qui séparait leurs deux lits.

Et il avait la certitude que c'était justement ça — ce désir douloureux — qu'il s'attendait à éprouver en embrassant Lila.

« Nous serons amis pour toujours », avait dit Nadia en riant et en s'éloignant de lui au moment où la bombe explosait, toute notion d'amitié désertant l'esprit d'Alex.

— Ce n'est pas une bonne idée, tu sais, lança Rory gentiment comme s'il avait suivi le fil de ses pensées depuis le début.

Alex ne prit pas la peine de faire semblant de ne pas comprendre.

— Pourquoi pas ? — Pourquoi pas ? répéta Rory. Ce serait plus rapide de t'expliquer pourquoi c'est une bonne idée, pour être honnête.

Comme Alex n'essayait ni de protester ni d'approuver, Rory soupira.

— Eh bien, pour commencer… Ecoute, j'aime bien cette fille, c'est vrai, mais elle est très fragile en ce moment. Tu le sais mieux que quiconque. Elle est sur le point d'être expulsée.

En entendant ces mots, Alex ouvrit la bouche pour protester, mais Rory poursuivit.

— Tu sais que c'est vrai, insista-t-il. Et elle est complètement perturbée par cette situation. Un coup, elle sort avec Matt, un coup, elle rompt avec lui, puis elle t'embrasse avant de te parler de votre amitié éternelle ? Elle souffle le chaud et le froid. Elle ne sait pas ce qu'elle veut, elle est paniquée et elle est hyper-émotive…

Alex leva les yeux au ciel.

— Tu ne pourrais pas être plus méprisant ? Dans une seconde, tu vas me dire qu'elle a ses règles.

Rory haussa les épaules.

— La vérité fait mal à entendre. Pour résumer, cette fille est complètement détraquée en ce moment, et tu dois garder tes distances. Le pire scénario serait que vous couchiez ensemble, que vous soyez gênés et que tu perdes son amitié. Le meilleur scénario serait que vous tombiez follement amoureux et qu'elle soit expulsée du pays. Ce n'est pas ce qu'on appelle de superbes perspectives.

— Rory, c'est mon amie ! Je ne peux pas la rayer de ma vie comme ça !

— Pourquoi pas ? Elle y est bien entrée du jour au lendemain, non ?

Alex pensa à cet après-midi, des mois plus tôt, quand il était tombé sur le dossier de Nadezhda Osipova, auquel il n'avait pas vraiment attaché d'importance. Il ne s'était préoccupé ni de cette fille russe sans visage, ni de son travail, ni d'autre chose. Il n'en avait jamais parlé à Rory — et il savait qu'il ne pourrait jamais l'avouer à Nadia à présent. Ce signe du destin resterait donc probablement un secret douloureux au fond de son cœur.

— Et puis, il y a Lila, ajouta Rory en tapant sur le bras d'Alex. Qu'est-ce que tu comptes faire en ce qui la concerne ? Je me suis sacrifié et je te l'ai pratiquement livrée emballée dans du papier-cadeau parce que je croyais que tu étais follement amoureux d'elle.

— Je le suis, protesta Alex, je veux dire, je pensais sincèrement l'être.

— Ce sont deux réponses différentes, objecta Rory avec un sourire complice.

Alex enfouit son visage dans ses mains.

— Je sais, admit-il d'une voix étouffée.

— Tu veux mon avis ? poursuivit Rory.

— Est-ce que j'ai le choix ?

— Si tu creuses cette histoire avec Nadia, il n'en sortira que du mauvais. Tu détruiras votre amitié et tu pourras tirer un trait sur Lila. Et je crois sincèrement que vous pourriez être heureux ensemble, toi et Lila. C'est vraiment une bonne petite amie.

Alex écarta les mains pour foudroyer Rory du regard.

— Venant du type qui l'a plaquée sans ménagement…

Son ami haussa les épaules, imperturbable.

— Elle n'était pas faite pour moi. Elle va beaucoup mieux avec toi. Elle était un peu trop… compliquée à entretenir pour moi, je crois. Mais ce sera parfait avec toi. Toi, tu pourras lui consacrer des heures sans aucun problème.

Alex dévisagea Rory tandis qu'il décrivait sa relation avec son ex comme un boulot ou un devoir à accomplir. Et une pointe de culpabilité s'éveilla en lui quand il prit conscience qu'il comprenait son colocataire. Avec Lila, il y avait toujours une notion d'obligation : flatter et divertir, être brillant et drôle, combler tous les silences. C'était l'extrême opposé de Nadia. Il repensa à la journée de la veille et à toutes les autres qu'ils avaient partagées. Avec Nadia, il bavardait naturellement et elle faisait ressortir l'humour qui fondait le socle de sa personnalité. Il était rare qu'ils restent plongés dans le silence lorsqu'ils étaient ensemble, mais, si cela arrivait, c'était agréable et confortable.

Pas étonnant qu'il ait ressenti un manque en présence de Lila. Il avait été frustré et confus, incapable de savoir d'où venait son insatisfaction. En fait, il recherchait la complicité qu'il partageait avec Nadia.

Le ventre d'Alex se noua lorsqu'il comprit soudain combien il pourrait regretter de ne pas avoir répondu au baiser de son amie.

Chapitre 20

Alex

Alex observait ses amis depuis le bar où il attendait qu'on le serve. Ils dominaient la piste de danse du Lola Lo et se comportaient comme les adolescents qu'ils n'étaient plus. Nadia tenait ce qui restait de son cocktail tropical en l'air. Elle avait lâché ses cheveux, et ils volaient autour d'elle tandis qu'elle gesticulait dans tous les sens. Elle était naturelle et décontractée dans sa tunique bustier couleur lilas et son short en jean fétiche, en total contraste avec l'allure prédatrice de Caro qui ne manquait pas d'attirer l'attention dans sa minijupe léopard. Rory montait la garde, fusillant du regard les opportunistes qui faisaient mine de vouloir approcher.

— N'imagine pas que tu vas soûler Nadia pour t'envoyer en l'air avec elle ce soir, avait été l'avertissement malheureux de Rory tandis qu'ils se préparaient à sortir. Je ne vous laisserai pas la chambre. Je resterai en signe de protestation, même si vous commencez à vous enflammer et même si…

Alex n'avait pas entendu la fin du discours de Rory, car il lui avait lancé un oreiller pour le faire taire.

Alex ne savait pas comment il avait réussi à tenir jusque-là. Il n'avait qu'une envie : se jeter sur Nadia et lui hurler dessus, ou la secouer, ou l'embrasser, n'importe quoi qui puisse apaiser l'appétit que ses lèvres avaient éveillé en lui ou anéantir la lâcheté qui le retenait en otage. Il risqua un autre regard douloureux dans sa direction. Elle dansait toujours, pâle sous la lumière des stroboscopes. Elle lui tournait le dos comme pour le provoquer, ses épaules nues lui rappelant tous ces endroits que l'on pouvait embrasser sur le corps d'une femme…

Une cliente impatiente au visage entouré d'un casque afro plutôt effrayant passa devant Alex en soufflant. Il avait manqué son tour auprès du barman. Les corps s'engouffrèrent aussitôt dans l'espace vide qu'elle avait laissé derrière lui, se pressant contre lui, essayant de doubler celui qu'ils devaient considérer comme un idiot — poussant, poussant.

Alex sentit sa patience céder. Il se redressa de toute sa taille et fit tomber son bras comme un arbre entre la femme à la coupe afro et son voisin, se servant de son avant-bras pour revendiquer son bout de bar poisseux, utilisant le reste de son buste pour bloquer la masse pressante derrière lui. Il faisait la queue depuis déjà plus de dix minutes et il était hors de question qu'il se laisse faire. Pour une fois, il ne serait pas le type que l'on bouscule.

A sa grande déception, la femme le remarqua à peine et ne prêta aucune attention à sa soudaine revendication. Elle s'écarta simplement et continua à aboyer sa commande au barman pour se faire entendre par-dessus la musique. Ces dix dernières minutes avaient été gâchées, alors Alex décida qu'il ne voulait plus rien commander finalement.

La masse de corps sur la piste sembla s'ouvrir devant lui tandis qu'il rejoignait ses amis. Nadia avait terminé son cocktail et s'était débarrassée de son verre quelque part. Il espérait qu'elle n'avait pas trop soif. Elle le regarda avec une lueur interrogatrice au fond des yeux comme pour lui demander où était la tournée qu'il leur avait promise. Il ne répondit pas à sa question silencieuse. Il la prit simplement par le coude et enroula un bras autour de sa taille. Il ne connaissait pas la chanson qui passait, mais elle parlait d'amitié, de solidarité et de soutien. Il interpréta cela comme un signe.

Nadia n'eut même pas l'air étonnée qu'il l'attire à lui en plaquant la main sur ses reins. Elle ferma simplement les yeux et s'abandonna à son étreinte tandis qu'il la faisait tournoyer en rythme avec la musique. Elle pressa la joue contre son torse et posa sa main à côté. Alex se souvint brusquement de leur danse le soir où ils s'étaient rencontrés — sur la minuscule piste poisseuse du Bison & Bird. C'était un peu pareil, mais aussi très différent. Il repensa à la pointe d'audace qu'il avait ressentie au tout début — la première depuis longtemps —, celle qui l'avait poussé à la rejoindre au beau milieu de la nuit. Puis il se remémora la fois où ils s'étaient balancés dans le parc et où il avait décidé qu'il voulait la connaître — même si cela impliquait d'aller manger des *ribs* louches dans un boui-boui. Il lui fallait encore un petit brin de courage…

Nadia avait rouvert les yeux et le regardait, toujours blottie contre lui, suivant instinctivement ses mouvements, bien que la chanson ait changé. Les lumières clignotaient sur son décolleté. Alex fit remonter sa main le long de son dos jusqu'à sa nuque, savourant la chaleur de sa peau contre sa paume, avant de glisser sur son cou, vers son visage, effleurant sa bouche de son pouce. Nadia ferma de nouveau les paupières, et Alex prit cela comme l'invitation que c'était certainement. Ils étaient tellement proches qu'il pouvait sentir le parfum de l'ananas et du citron de son cocktail encore sur ses lèvres.

Il mettait toujours son téléphone dans sa poche de devant lorsqu'il était dans des endroits comme celui-ci, convaincu que cela rendrait la tâche d'un éventuel pickpocket plus difficile. Aussi, quand son portable vibra, annonçant la réception d'un message, Nadia le sentit tout autant que lui. Elle rouvrit les yeux et croisa son regard, et il sut aussitôt qu'elle supposait — tout comme lui — que le SMS était de Lila. Il la vit déglutir, puis elle lui échappa en un éclair et rejoignit Caro. Elle et Rory étaient-ils aussi près d'eux depuis tout à l'heure ? Nadia se remit à danser comme si de rien n'était, comme si les deux dernières minutes n'avaient jamais existé.

Nadia

Caro avait hâte de l'entraîner aux toilettes pour parler de ce qui venait de se passer — ou du moins, de ce qui avait failli se passer —, mais Nadia avait l'impression d'être clouée au sol. Lorsque Caro s'éloigna seule de la piste, elle n'eut pas la force de la suivre. Elle en était incapable. Alex se tenait à quelques pas, immobile au milieu des danseurs, occupé à répondre à son SMS. La lumière de l'écran qui se reflétait sur son visage éclairait ses joues rouges et ses lèvres pincées par la culpabilité. Ces lèvres qui avaient presque été sur les siennes…

Alex leva les yeux lorsqu'il eut terminé et glissa son téléphone dans sa poche. Nadia ne fut pas assez rapide pour détourner le regard et ne put éviter de croiser le sien. L'espace d'un instant, il sembla sur le point de la prendre dans ses bras, et Nadia sentit cette faiblesse désormais familière la presser de le laisser faire.

Soudain, l'écran de son téléphone éclaira la poche de son jean. Lila venait de lui répondre. Nadia serra les dents et lui tourna le dos.

Plus tard, de retour à l'hôtel, lorsque Alex lui demanda, avec une expression pleine d'espoir, si elle voulait se promener en bord de mer, Nadia prétendit qu'elle était trop fatiguée et partit se coucher.

Alex

Rory et Caro s'étaient donné pour objectif de combler tous les silences sur le trajet du retour et assuraient leur mission de manière admirable — il devait au moins leur reconnaître ça. Ils ne se taisaient jamais. Quelque part au milieu de la campagne d'Haywards Heath, Rory essaya même de lancer un jeu.

Fidèle à elle-même, Caro avait réservé un taxi qui les attendait devant la gare de Victoria lorsqu'ils arrivèrent à Londres. Alex adopta une approche galante et opta pour le strapontin, tournant le dos au chauffeur, ses genoux heurtant ceux de Nadia au passage. Pour la cinquième fois de la journée, ils évitèrent de se regarder. Rory ignora le deuxième strapontin, choisissant de se caler entre les deux filles.

Alex observa Rory et Caro flirter tranquillement — et nota que Nadia les regardait elle aussi. Il envia la simplicité de leur relation. Ils pouvaient flirter, se tripoter, se séparer, aucun d'entre eux ne serait blessé ou ne se sentirait abandonné. Il se demanda — pour la énième fois — s'il aurait mieux fait d'essayer d'embrasser Nadia dès leur première rencontre. Au moins, il n'y aurait jamais eu de Matt, d'amitié compliquée ou de temps gâché.

Le tibia de Nadia frôla son genou de nouveau tandis qu'elle croisait les jambes, le visage soigneusement tourné vers la fenêtre. Alex se détestait.

Le quartier huppé de Caro était tout proche, donc elle fut la première à sortir. Les rues flanquées de larges trottoirs formaient un décor de carte postale, avec les porches des grandes maisons édouardiennes à trois étages dotées des mêmes portes noires. Au milieu de ce cliché parfait, un détail détonnait cependant. Devant chez Caro, un homme se tenait voûté, une valise à la main.

D'abord, Alex pensa qu'il s'agissait d'un sans-abri, mais, tandis que le taxi approchait et ralentissait, la tenue impeccable de l'inconnu anéantit sa théorie. Alors, brusquement, Nadia poussa un petit cri.

— Caro !

Elle se tourna vers son amie et désigna la maison du menton.

Caro était tellement absorbée par sa conversation avec Rory qu'il lui fallut un moment pour comprendre que son attention était requise. Elle se pencha en avant pour regarder dans la direction que Nadia lui indiquait. Au moins cinq émotions différentes passèrent sur son visage lorsqu'elle repéra l'homme qui l'attendait à sa porte.

Nadia

— Qu'est-ce qui se passe ? demanda aussitôt Rory en tendant le cou pour étudier la rue par la fenêtre de Nadia tandis que le chauffeur achevait sa manœuvre pour se garer et déverrouillait les portes.

Caro restait clouée à son siège, les yeux fixés sur Monty, qui n'avait visiblement pas encore remarqué la berline noire toute proche et qui continuait à regarder au loin tristement.

Nadia croisa le regard d'Alex probablement pour la première fois depuis qu'ils avaient failli s'embrasser au Lola Lo. Il avait deviné qu'il se passait quelque chose, mais n'en savait pas plus. Elle ne lui avait jamais parlé de la liaison de Caro avec Monty, considérant que ce n'était pas à elle de le faire. Elle arbora l'expression la plus rassurante dont elle était capable et pivota vers Caro.

— Tu veux que je vienne avec toi ? suggéra-t-elle. Je peux rester.

— Il a une valise, fut tout ce que Caro répondit, le regard toujours fixé sur son amant.

— Qu'est-ce qui se passe ? insista Rory en regardant tout le monde, y compris le chauffeur, qui s'était retourné vers eux en se demandant pourquoi personne ne descendait de la voiture.

Caro posa sur ses genoux son sac fourre-tout qui contenait ses affaires pour le week-end et chercha la poignée de la portière à l'aveugle.

— Caro, répéta Nadia, prise d'une prémonition incompréhensible.

— Je t'appelle plus tard, répondit Caro en sortant du taxi sans un mot de plus.

Monty l'avait finalement repérée et s'était levé tandis qu'elle gravissait les marches. La dernière chose que Nadia vit quand le taxi tourna à l'angle fut Monty enroulant ses bras autour de la taille de Caro comme si c'était lui et pas elle qui venait d'arriver.

— C'était qui ? demanda Rory en continuant à tendre le cou pour regarder par la lunette arrière, bien que le véhicule se soit engagé dans une autre rue. C'était Monty, c'est ça ?

Nadia le dévisagea.

— Elle t'a parlé de Monty ?

— Ouais, dans le train, dit-il d'un ton renfrogné. Donc, c'était lui ? Il a l'air encore plus naze que je le pensais.

— Pourquoi suis-je le seul à ne rien comprendre ? se plaignit Alex. Qu'est-ce qui se passe ?

Nadia pivota vers lui avec impatience.

— Le petit ami de Caro. Son prof. Marié. Avec un enfant.

— Un vrai connard, résuma pertinemment Rory.

— OK, j'ai compris. Et alors, quoi ? Il a quitté sa femme et son gosse ? s'enquit Alex, sceptique.

— Il ne quitterait jamais sa femme, répondit Nadia en secouant la tête pour souligner ses propos. Jamais.

— Eh bien, je crois que la grosse valise suggère le contraire, observa Alex.

Nadia sortit son téléphone de son sac comme si Caro était susceptible de l'appeler à tout moment.

— J'espère qu'elle va bien. Juste au moment où elle commençait à tourner la page… Il n'a pas donné de nouvelles pendant deux semaines et, maintenant, il se pointe comme ça ?

Elle secoua de nouveau la tête, plongée dans un silence agité. Elle garda un œil inquiet sur son téléphone le temps du bref trajet à travers le sud de Londres jusqu'à Clapham Old Town. Les fenêtres de son appartement étaient fermées, les volets abaissés. Holly ne devait pas encore être rentrée.

Nadia se glissa à l'extérieur, et remercia le chauffeur poliment. Puis elle dit au revoir à Rory avant de se tourner vers Alex. Sa gêne était palpable, et elle avait la gorge serrée. Il était sorti lui aussi et lui faisait signe de lui confier son sac, comme s'il comptait monter avec elle.

— Non, ça va, insista-t-elle aussitôt en passant la bandoulière sur son épaule pour se donner une contenance. Merci pour le week-end, dit-elle en souriant.

Puis, bien trop consciente de la présence de Rory et de l'impatience du chauffeur qui l'observait avec insistance, Nadia se hissa sur la pointe des pieds et déposa un baiser sur la joue d'Alex. Il ne s'était pas rasé pendant tout le temps où ils avaient été à Brighton, et sa barbe lui piqua les lèvres, comme un avertissement.

— Ça m'a fait plaisir, répliqua-t-il d'une voix rauque alors qu'elle s'écartait. J'espère… J'espère que tu as passé un bon anniversaire ?

Nadia hocha la tête, incapable de parler.

— On se voit plus tard ? ajouta-t-il.

Elle opina de nouveau et s'éloigna en silence vers son appartement suffocant.

Elle était chez elle depuis à peine deux minutes et s'apprêtait à ouvrir les fenêtres pour créer un courant d'air lorsqu'elle la remarqua. Elle devait avoir marché dessus en rentrant. Une enveloppe immaculée gisait sur le paillasson.

Chapitre 21

Alex

Tu t'es bien amusé à Brighton ?

Le ton du SMS de Lila était impossible à deviner : pour une fois, aucun smiley ne donnait d'indice.

Il ne lui avait pas clairement dit qu'il allait à Brighton — la ville où ils s'étaient rencontrés pour la première fois quand ils étaient étudiants —, elle avait donc dû le découvrir sur Facebook…

Alex réfléchit pendant quelques minutes à ce qu'il devait écrire, conscient que Lila attendait une réponse rapide et flatteuse. Brusquement, il se figea. Ça faisait un an qu'il faisait ça : lui envoyer les e-mails parfaits, les SMS parfaits, aux trois quarts desquels elle ne prenait même pas la peine de répondre.

Il s'en contentait à l'époque. Et il ne comprenait que maintenant à quel point il s'était trompé. Le véritable amour, c'était de trouver une personne qui soit suffisante, mais dont vous vouliez toujours plus. Et alors qu'il avait l'habitude d'analyser la moindre expression de Lila pendant des heures, attentif au plus subtil changement d'humeur, à la moindre parole qu'elle prononçait, à présent, il ne pensait plus qu'à Nadia et, avec elle, tout était plus facile…

Sauf que rien n'était jamais facile dans la vie. Ce qu'ils appréhendaient tous, et Alex peut-être plus que tout le monde, avait fini par arriver : la date de l'audience était fixée. Et le temps de Nadia était compté… Leur temps était compté…

Il décida alors de répondre au SMS de Lila. Il l'appellerait pour fixer un rendez-vous. Il y avait trop de choses à dire, trop de sujets importants à régler. Parce que s'il y avait un truc que Lila méritait après avoir lutté pendant un an pour obtenir l'attention de Rory, c'était un homme qui pourrait lui offrir son cœur sans retenue. Et Alex savait qu'il ne serait jamais cet homme.

Nadia

Nadia laissa passer Caro tandis qu'elle apportait un grand plat de paella faite maison et le posait sur la table de la salle à manger. Elle inhala les odeurs appétissantes avec plaisir. Caro était dotée de nombreux talents. Même si la raison de ce dîner à l'improviste était douloureusement évidente, Nadia n'allait pas se plaindre de manger un bon repas arrosé de vin à volonté.

— Eh ! lança Caro en direction de la cuisine après avoir écarté les cheveux de son visage. Est-ce que l'un de vous peut ouvrir le pinot 2004 ?

Elle sourit à Nadia.

— Le vendeur m'a assuré qu'il se mariait parfaitement avec la paella.

Nadia lui rendit son sourire et fit glisser le verre dans lequel elle avait bu son *prosecco* en apéritif.

— Formidable !

Si Caro pensait que c'était ce qu'il fallait pour lui remonter le moral, Nadia n'allait pas l'en dissuader.

— Caro, dit Holly tout à coup en désignant la cuisine du menton.

L'air fatigué, Monty fouillait les placards à la recherche d'un tire-bouchon, assisté par Rory.

— Dans le petit tiroir sous le micro-ondes, mon chéri, indiqua Caro à Monty. Le tire-bouchon est un accessoire essentiel dans cette maison, alors c'est important que tu saches où il se range, maintenant que tu vis ici.

Monty lui sourit gentiment tout en se débattant avec la bouteille de vin. Rory les rejoignit dans le salon et se laissa tomber sur l'une des chaises près d'Alex, qui lui lança un regard lui intimant clairement de bien se tenir.

Oui, Alex se comportait de façon exemplaire ce soir, et sa discipline devait apparemment s'appliquer à son colocataire hargneux également. En fait, Alex avait adopté cette attitude depuis que Nadia l'avait appelé pour lui annoncer la date de son audience. Elle l'avait pratiquement entendu à travers le silence tendu à l'autre bout du fil, le moment où il avait changé pour devenir excessivement prévenant et poli, presque un étranger. C'était comme s'il lui faisait déjà ses adieux.

— Nadia ?

Monty l'arracha à ses pensées. Il se tenait derrière sa chaise, la bouteille de pinot à la main, le regard interrogateur. Nadia sourit et rapprocha son verre pour qu'il la serve, ce qu'il fit, avant de se diriger vers Holly. Nadia l'observa tandis qu'il faisait le tour des invités poliment, s'assurant que chacun ait le même volume de vin. Elle aurait dû être heureuse qu'il soit là — Caro l'était assurément. Monty était l'exception à la règle et avait quitté sa femme pour sa maîtresse. Ils devraient rester discrets au cours des prochains mois, jusqu'à ce que Caro rende son mémoire, mais, quand même, c'était un retournement de situation que Nadia n'aurait jamais osé espérer pour son amie.

Monty continua à jouer l'hôte idéal, restant debout jusqu'à ce que tous ses invités soient servis avant de se glisser sur sa chaise en bout de table, Caro à sa gauche, Rory à sa droite, face à Holly et Ledge qui se partageaient l'extrémité opposée. Cette grande tablée n'était pas adaptée à l'arrivée d'un nouveau petit ami. Et ses occupants n'y étaient pas préparés non plus : la conversation était légèrement guindée, personne ne sachant trop comment réagir quand l'homme qu'ils avaient diabolisé pendant des mois remplissait maintenant leurs verres. Caro s'efforça vaillamment d'entretenir la conversation, se tournant finalement vers Rory, dont les idées très arrêtées constituaient une source sûre, et aborda son sujet préféré : l'actualité.

— Chérie, la coupa Monty au bout d'un moment, après avoir écouté le monologue de Caro sur la politique pendant cinq minutes, voyons, tu ne comprends même pas ce que tu dis.

Ils baissèrent tous les yeux, et Alex en laissa tomber sa fourchette.

— Bien sûr que je sais ce que je dis. J'ai lu leur programme et tout, répondit Caro après un silence gêné.

Monty sourit avec condescendance et continua à manger.

— Tu te contentes de recracher ce que tu as entendu à la télé, n'est-ce pas ? lança-t-il une fois qu'il eut dégluti. Quand tu seras une adulte, avec des obligations d'adulte, tu comprendras rapidement que tout n'est jamais tout blanc ou tout noir.

— Quand elle sera adulte ? répéta Rory, incrédule, en

regardant Caro et Monty tour à tour. Tu as quel âge ? Cinq ans de plus qu'elle ?

— Sept, corrigea calmement Caro.

— Sept, c'est pareil, grommela Rory.

— Je dis simplement, insista Monty, en s'enfonçant sur sa chaise pour poser un regard paternel sur chacun d'entre eux, que lorsque vous aurez un crédit, des frais de garde, une véritable pression financière et de vraies responsabilités, vous n'aurez plus le temps pour ces conneries utopiques. Croyez-moi.

Le silence envahit la pièce tandis qu'ils se demandaient tous comment réagir devant le mépris de Monty. Il semblait convaincu que leur vie était moins importante que la sienne parce qu'ils étaient un peu plus jeunes que lui. Personne ne prit la parole. Nadia réprima l'envie de lui hurler dessus, refusant de gâcher complètement la soirée, qui était déjà tendue. En face d'elle, elle vit Alex serrer les poings sur la nappe et elle sut qu'il luttait pour ne pas réagir lui aussi.

Alex

Alex pouvait sentir Rory fulminer sur sa chaise tandis que l'air se chargeait en électricité. Devant lui, Nadia était furieuse. Elle mordillait sa lèvre inférieure nerveusement. Il fallait dire quelque chose ! Il devait dire quelque chose !

— Voilà pourquoi il ne faut pas parler de politique à table ! s'exclama Holly d'un ton faussement joyeux dans une tentative pour détendre l'atmosphère. On peut ouvrir une autre bouteille de vin, Caro ?

— Euh… Oui, bien sûr.

Caro bondit de sa chaise, laissant tomber la serviette posée sur ses genoux sans que personne fasse mine de le remarquer.

— Je vais en chercher.

Elle se dirigea vers la cuisine en adoptant une démarche décontractée, mais Alex nota le tremblement de ses mains habituellement assurées tandis qu'elle essayait d'ouvrir la bouteille. Nadia l'avait remarqué elle aussi. Il pouvait lire l'indécision sur son visage. Caro avait-elle besoin d'être réconfortée ou serait-elle furieuse que son amie attire l'attention sur sa gêne devant son amant indélicat ?

Alex décida de la rejoindre dans la cuisine.

— Donne-moi ça, Caro.

Caro lança un regard nerveux à Alex par-dessus son épaule tandis qu'il approchait.

— Je crois que tes mains sont un peu graisseuses, ajouta Alex en se rabattant sur un prétexte absurde, certes, mais tout à fait valable.

L'expression anxieuse de Caro fut remplacée par un sourire reconnaissant, et elle lui tendit la bouteille de vin avec le tire-bouchon.

— Oui, merci. Je ferais mieux de les laver, approuva-t-elle en se dirigeant vers l'évier pour passer ses mains propres sous le robinet.

Alex débouchonna la bouteille avec dextérité et retourna dans le salon.

Monty se leva aussitôt.

— Je vais m'en charger, mon vieux.

— Non, je m'en occupe.

Alex ne prit même pas la peine de le regarder. Il posa une main sur le dossier de la chaise de Nadia et remplit son verre vide. Elle tourna la tête vers lui et lui décocha un petit sourire. Il dut se forcer à se concentrer pour ne pas en mettre partout. Décidément, on marchait sur des œufs dans cette maison. Monty était resté debout, gêné, la main figée sur son verre de vin. Caro s'appliqua à éviter de regarder ses amis tandis qu'elle séchait ses mains avec un torchon. Rory était affalé sur sa chaise et fusillait Monty du regard comme s'il était l'Antéchrist. Holly observait les restes froids de sa paella, et Ledge avait tout simplement l'air confus. Alex posa la bouteille au milieu de la table pour que chacun puisse se servir.

Monty commença à débarrasser les assiettes, regroupant les restes calmement.

— Quelqu'un veut un dessert ? demanda-t-il.

Alex étudia le visage de Nadia, puis les mains agitées de Caro.

— Je crois que j'ai eu ma dose, répondit-il d'une voix glaciale qui ne laissait aucun doute sur l'objet de sa mauvaise humeur.

Nadia

Le trajet entre l'appartement de Caro et l'arrêt de bus était tout simplement trop court pour lui permettre d'exprimer ses sentiments de manière adéquate, alors Nadia décida de rester silencieuse. Rory ne semblait pas du même avis et il avait commencé à la ramener dès qu'ils avaient mis un pied sur le trottoir.

— Connard ! éructa-t-il pratiquement. Un vrai connard !

— Rory…, le reprit Holly. Il n'est pas si méchant. Il aura toujours cette image parce que nous savons tous qu'il a trompé sa femme…

— Et qu'il a mené Caro en bateau pendant un an, ajouta Ledge.

— Mais il a changé, il a pris la bonne décision, insista Holly.

— En abandonnant sa femme et sa fille de deux ans ? demanda Rory, incrédule.

— Beaucoup de couples divorcent. Ça ne fait pas d'eux des monstres ! reprit Holly.

— Ce n'est pas la liaison que je désapprouve, protesta aussitôt Rory, c'est lui. Il devrait ramper devant Caro et lui baiser les pieds en rendant grâce au ciel au lieu de l'humilier devant ses amis !

— Caro est assez grande pour se débrouiller toute seule, Rory.

Rory se tourna vers Holly en secouant doucement la tête.

— Tu étais là ou pas ? Cette Caro-là ne peut pas se débrouiller toute seule, et je n'aime pas ça.

Nadia voyait exactement ce qu'il voulait dire. Depuis sept ans qu'elle la connaissait, jamais elle n'avait vu Caro aussi nerveuse. Il n'y aurait probablement plus beaucoup de dîners chez elle avant un bon moment.

— Il a complètement pris le dessus sur elle, déclara Alex brusquement, comme s'il avait suivi le fil de ses pensées depuis le début et qu'il attendait un silence pour prendre la parole.

Nadia remarqua qu'ils marchaient côte à côte, loin devant les autres, comme d'habitude. La conversation qu'ils n'avaient pas eue — celle qu'ils n'auraient probablement jamais maintenant — flottait entre eux comme une troisième personne.

— Tu crois qu'on devrait dire quelque chose ? ajouta Alex.

— Non, je la connais. Elle n'écoutera pas. Ça ne fera que la mettre en colère, répliqua Nadia tristement. Je crois qu'il faut simplement que nous soyons là pour elle. On n'a plus qu'à espérer que ça lui passe, comme un virus.

— Etre présents pour elle, répéta Alex.

Il baissa les yeux, refusant de la regarder.

— Je n'aurai qu'à dire au juge que je ne peux pas partir parce que mon amie a besoin de moi, parvint à plaisanter Nadia avec un faible sourire.

Alex finit par plonger son regard dans le sien.

— Elle n'est pas la seule qui a besoin de toi ici, tu sais, dit-il doucement.

Nadia sentit son souffle devenir court et elle leva les yeux vers Alex, qui mordillait sa lèvre. Il était agité, comme s'il s'apprêtait à dire quelque chose d'important. Peut-être qu'ils finiraient par avoir cette conversation, après tout. Il lui dirait qu'il s'en fichait qu'elle risque d'être expulsée dans deux semaines. Qu'elle pouvait très bien incarner à elle seule la sainte des causes perdues, peu importe. Qu'il se moquait de la parfaite Lila Palmer. Qu'il ressentait la même chose qu'elle. Qu'il savait que deux semaines ensemble seraient toujours mieux que rien.

— Nads, je ne pourrai pas être là pour l'audience, finit-il par dire en détournant les yeux. Je ne peux pas être ton témoin de moralité.

Cette annonce était si éloignée de ce qu'elle imaginait qu'il lui fallut un moment pour la digérer.

— Tu… n'as pas pu prendre ta journée ? demanda-t-elle.

Cette raison était la seule qui lui semblait logique. L'audience était prévue un jeudi après-midi.

Alex hésita, et Nadia se prépara au pire.

— Non, ce n'est pas ça… mais c'est lié à mon travail.

Elle comprit soudain.

— Oh ! c'est parce que tu travailles pour le ministère ?

— Oui. Mais il n'y a pas que ça. Nadia, j'ai sans doute... minimisé mon travail.

Nadia haussa les sourcils.

— Tu vas me dire que tu es le secrétaire du ministre de l'Intérieur ?

Alex rit, gêné, même si ce n'était pas drôle.

— Pas vraiment. Mais je travaille au service de l'immigration et le truc, c'est que... Eh bien, il faut que tu saches que... ce n'est rien d'important, mais... mon nom apparaîtra sûrement dans la liste des agents qui ont traité ton dossier.

Nadia ralentit. Alex pivota pour lui prendre les mains, la forçant à maintenir le rythme pour rester devant les autres.

— Je ne suis qu'un agent administratif, je ne t'ai pas menti à ce sujet, insista-t-il sincèrement. Il n'y a rien de glauque, je te le promets. J'ai simplement traité ton dossier quand il est arrivé dans mon service. Je l'ai fait passer.

Nadia le dévisagea, puis posa les yeux sur leurs mains liées.

— J'aurais pu le rejeter d'emblée, tu sais, bafouilla Alex, sans doute nerveux à cause de son silence.

Elle ne savait pas quoi dire.

— Mais tu m'as plu... Déjà, à cette époque, tu m'as plu, Nads.

Nadia se raidit.

— C'était avant qu'on se rencontre ?

— Oui, juste avant. Une semaine avant.

Alex caressait frénétiquement les mains de Nadia avec ses pouces.

— Le monde est petit, non ?

Nadia tourna la tête en direction de leurs amis. Ledge, Holly et Rory n'étaient plus qu'à quelques mètres à présent. Holly comprit qu'il se passait quelque chose. Elle tenta de croiser le regard de Nadia, mais cette dernière pivota de nouveau vers Alex, dont le visage se décomposa légèrement quand elle lui arracha ses mains.

— Pourquoi tu ne m'en as pas parlé plus tôt ?

Alex se frotta la nuque, ébouriffant ses cheveux au passage.

— Je n'en sais rien. C'est l'histoire classique. Je ne voulais pas avoir l'air bizarre. Est-ce que ça avait vraiment de l'importance ? Tu savais que je travaillais pour le ministère, je ne t'ai jamais menti, Nadia.

Nadia laissa échapper un rire sinistre.

— Non, je suppose que non.

— Bref, poursuivit Alex maladroitement, mon nom et ma fonction figureront dans les documents de ton dossier, et je ne sais même pas si tu l'aurais remarqué, mais…

Il soupira.

— Je me suis dit qu'il valait mieux que je te le dise, au cas où.

— C'est tout à ton honneur ! rétorqua Nadia.

Elle détestait ça. Elle avait mal au ventre. C'était comme le jour où elle avait appris qu'il était secrètement amoureux de Lila. Juste quand elle pensait avoir cerné Alex Bradley, il lui échappait comme du sable glissant entre ses doigts.

— OK, tu ne peux pas être mon témoin de moralité, mais tu peux venir, en tant qu'ami, pour me soutenir ?

Alex secouait déjà la tête avant qu'elle ait fini sa phrase.

— Non, je ne peux pas. Je risquerais de perdre mon job.

— Tu détestes ton travail.

— Nadia…

Son ton ne fit qu'aviver sa colère.

— Je ferai tout ce qui est en mon pouvoir pour t'aider, tu

le sais. Je ne pourrai simplement pas être présent physiquement le jour J.

Nadia serra les dents.

— Ne t'inquiète pas pour ça, ce n'est pas grave, conclut-elle d'un ton cinglant.

Alex grogna et lui prit de nouveau les mains pour la forcer à s'arrêter. Leurs trois amis se figèrent aussitôt, ne sachant trop quoi faire.

— Donnez-nous une minute, demanda Alex sans les regarder.

— Tout va bien ? s'enquit Ledge.

— Oui, répondit Nadia. Je viens seulement de découvrir qu'Alex ne pourra pas être mon témoin de moralité, parce qu'il fait partie des agents du ministère qui ont traité mon dossier.

Holly était abasourdie, et Rory se raidit.

— Maintenant, il me sert un tas de conneries pour m'expliquer pourquoi il ne pourra pas être là le jour de l'audience. Mais ça va.

Elle fit signe à ses amis d'avancer.

— Allez-y, on en a pour une minute.

Elle avait prononcé cette dernière phrase comme un avertissement à l'intention d'Alex.

Après quelques secondes insupportables, le trio poursuivit son chemin, mais Holly ne cessait de regarder par-dessus son épaule avec réticence.

— Ce n'est pas un pervers tordu, rassure-moi ? demanda-t-elle à Rory alors qu'ils s'éloignaient.

Nadia retira ses mains de celles d'Alex pour la deuxième fois de la soirée et prit appui contre un muret.

— Je n'arrive pas à y croire, fit-elle après un moment.

— Nadia, je suis vraiment désolé. Je voulais te le dire, et

puis je ne l'ai pas fait ; ensuite, ça faisait tellement longtemps que ça aurait été bizarre…

— Je ne parle pas de ça. Quand bien même tu aurais dû te douter que je finirais par l'apprendre.

Alex haussa les épaules.

— Je crois que je ne m'attendais pas à… ce que l'on devienne si proches, répondit-il.

— Désolée !

— Non. Ne sois pas désolée.

Alex se pressa contre elle si rapidement qu'elle ne l'avait même pas vu bouger. Il la plaqua contre le mur. Les briques étaient humides et froides dans son dos.

— Ne dis jamais ça.

Il prit ses mains et les posa sur son torse, comme s'il pouvait la forcer à l'enlacer.

— Je suis désolé. Je sais que tu détestes les secrets et les menteurs. Je suis désolé.

— J'ai surtout l'impression d'être la plus grande des idiotes.

Elle n'avait pas retiré ses mains et pouvait sentir la chaleur de sa peau sur ses paumes à travers son tee-shirt.

— Non, c'est moi l'idiot.

Comme s'il avait senti qu'elle cédait, Alex la serra contre lui. C'était une véritable étreinte, son visage enfoui dans son cou et ses bras fermement serrés autour de sa taille.

— Ne m'abandonne pas, murmura-t-il contre sa peau.

Nadia attendit qu'il s'écarte, comme il le faisait toujours, mais il ne bougea pas.

Elle soupira.

— Oh ! Alex ! Je crois que j'espérais… qu'on était un peu plus proches que ça.

Sur ces mots, Alex la libéra, cherchant son regard.

— Nadia. Tu sais, non ? Tu sais ce que je ressens. Tu sais ce que j'éprouve pour toi ?

S'il avait éprouvé la même chose qu'elle, songea Nadia, il aurait su que deux semaines valaient mieux que rien.

— Non, je n'en sais rien, répondit-elle honnêtement.

Elle était épuisée, fatiguée par les sous-entendus cachés derrière toutes leurs conversations.

— Je ne connais pas tes sentiments, Alex. Et maintenant, on n'a plus le temps.

Alex resserra son étreinte autour de sa taille.

— On aura le temps. On aura tout le temps parce que tu n'iras nulle part. Je veux t'aider. Laisse-moi t'aider.

— Comment tu comptes m'aider si tu ne peux même pas assister à l'audience ?

— Je trouverai une solution. Tu sais combien de demandes de titre de séjour je lis par jour ? J'ai l'impression d'en voir un milliard, ajouta-t-il quand elle secoua la tête. La tienne est la seule qui m'ait marqué. Et puis, quelques jours plus tard, tu étais assise dans un pub en face de moi. Ensuite, on se croisait dans le métro et on s'introduisait dans une aire de jeux en pleine nuit ! Je crois sincèrement, Nadia Osipova, que l'univers veut nous réunir.

Nadia eut presque envie de pleurer en l'entendant prononcer à voix haute ses pensées secrètes.

— Et Lila ? parvint-elle à dire.

Alex prit un air malicieux, indéchiffrable et donc exaspérant.

— Quoi, Lila ?

— C'est fini entre vous ?

— Ça n'avait jamais vraiment commencé, mais oui.

— Oh…

Nadia pinça les lèvres pour bloquer le sourire inapproprié qui menaçait d'éclairer son visage.

— Alors, tu vois, poursuivit Alex comme si Nadia ne l'avait jamais interrompu, comme si elle n'avait jamais mentionné Lila, l'univers ne te laisserait jamais retourner en Russie. L'univers veut que tu restes ici. Près de moi. Donc, tu vas assister à ton audience et obtenir ton titre de séjour permanent. Ensuite, toi et moi, nous aurons une longue conversation au sujet des sentiments que tu ne sais pas que j'éprouve, conclut Alex avec un sourire.

— Eh ! cria Ledge depuis l'abri de bus à l'autre bout de la rue, en faisant de grands gestes. Le bus ! Magnez-vous !

Alex lui prit la main et se mit à courir, devançant le bus de quelques mètres à peine. Nadia riait tandis que ses tongs glissaient et claquaient sur le trottoir, le cœur battant à tout rompre, déterminée et confiante.

Chapitre 22

Nadia

La chambre de Caro lui était toujours apparue comme un havre de paix. Les élégants meubles français patinés mis en valeur par un tapis aux nuances délicates de gris — et qui apportaient une touche bobo subtile — donnaient l'impression de sortir des pages d'un magazine de décoration intérieure. Mais ce jour-là, certains objets détonnaient. Ce n'était pas la pile grandissante de vêtements au milieu du lit king size — qui faisait partie de l'activité à laquelle elles se livraient. C'étaient de petits détails. Le pantalon chino pendu de façon négligée au dossier d'une chaise. Les lentilles de contact baignant dans de petites capsules rondes sur la coiffeuse, alors que Caro avait une vue parfaite. Une nouvelle intensité dans l'air même de la pièce.

Monty était au travail. Nadia refusait de se demander si elle aurait été la bienvenue s'il avait été là. Elle se contentait de laisser Caro faire ce qu'elle faisait de mieux tout en appréciant le contact des tissus délicats et en s'émerveillant devant les tenues colorées qu'elle lui jetait depuis les profondeurs de son dressing. Le moment était grave. Elles étaient en train de choisir la tenue que Nadia porterait pour son audience.

Et elles en profitaient pour disséquer la vie amoureuse de Nadia par la même occasion.

— Alors, vous en êtes restés là ? répéta Caro pour la troisième fois au moins. Sur ces non-dits ?

Nadia sentit ses joues s'enflammer.

— Ce n'est pas qu'il ne l'a pas dit, c'est juste que…

— Il ne l'a pas dit, conclut Caro comme Nadia laissait sa phrase en suspens un peu trop longtemps. Je vois.

— Tu comprends ce que je veux dire.

— Bon, il a avoué qu'il avait envie de toi depuis toujours. Si ce n'est pas de l'amour, je ne sais pas ce que c'est ! ajouta Caro en riant, ce qui fit rougir Nadia encore un peu plus.

Elle s'empara d'un chemisier argenté orné de boutons brillants pour se distraire. Un peu tape-à-l'œil pour l'occasion. Elle le posa sur la pile à écarter.

— Tu n'as rien de moins… provocant ?

— Non, je suis une nana provocante, tu sais.

Nadia leva les mains par réflexe pour attraper le haut en soie jaune vif que Caro venait de lancer dans sa direction.

— Sérieusement, Caro, je pense plutôt à une robe toute simple et à une veste de tailleur.

Caro émergea de son dressing.

— Il faut que tu leur fasses de l'effet ! se contenta-t-elle de rétorquer.

— Peut-être, mais je ne crois pas que ce genre d'effet soit approprié, répondit Nadia avec tact tandis qu'elle repliait le haut jaune avant de le placer sur la pile à écarter.

— Donc, vous comptez ne pas en parler avant… la semaine prochaine ? poursuivit Caro comme si Nadia n'avait jamais changé de sujet. Comment tu arrives à tenir ?

— J'essaie de rester concentrée, c'est tout. Et tu ne m'aides pas beaucoup d'ailleurs.

— Je me suis uniquement engagée à t'aider pour ta tenue, répliqua Caro avec un air malicieux. Que penses-tu de ça ?

Elle tenait une robe portefeuille gris clair.

Nadia tendit la main pour toucher l'ourlet.

— Elle est magnifique, approuva-t-elle. Ça ressemble davantage à ce que j'imaginais.

Caro approcha du lit et laissa le tissu tomber doucement sur les genoux de Nadia.

— OK.

Elle tapota l'épaule de son amie comme sa grand-mère avait l'habitude de le faire.

— Tu vas être superbe. Et tout se passera bien.

— Tout se passera bien, répéta Nadia automatiquement.

— Et alors, petite chanceuse, tu obtiendras le titre de séjour et un mec en prime, plaisanta Caro en récupérant le tas de vêtements mis de côté. Cet été a été génial. Je suis tellement contente que nous ayons fini par trouver l'amour au même moment.

Nadia observa son amie pénétrer dans le dressing en ravalant le commentaire qui lui était venu aux lèvres, parvenant à peine à se contenir.

— Hum…

— Maintenant, il ne manque plus qu'à trouver quelqu'un pour Holly !

Et voilà : une ouverture.

— C'est vrai, dit Nadia en veillant à adopter le ton le plus nonchalant dont elle était capable. Pourquoi pas Rory ?

Il y eut un long silence. On n'entendait même plus le bruit des cintres sur les tringles.

— Non, résonna finalement la voix désincarnée de Caro. Pas Rory. Pas Rory et Holly.

— Vraiment ? Pourquoi ? Ils feraient un beau couple, insista Nadia.

— Non…

Caro émergea, l'air troublé.

— Holly est trop douce pour lui. Il lui faut une fille plus… agressive, lança-t-elle en serrant les dents.

Nadia retint un sourire.

— Je croyais que tu n'aimais pas Rory.

— Si, je l'aime bien.

Caro lissa inutilement les draps sur son lit de ses mains agitées.

— Tu sais, à Brighton, je pensais qu'il y avait quelque chose entre vous…

Caro lui lança un regard d'avertissement.

— Il ne s'est rien passé entre nous. J'étais avec Monty.

— A l'époque, tu n'étais plus avec lui, si ? Tu n'avais pas eu de nouvelles de lui depuis deux semaines.

Le visage de Caro se ferma, et Nadia comprit qu'elle était allée trop loin.

— Tout s'est bien terminé, finalement, non ?

— Je suppose…

— Ecoute, je sais que tu n'aimes pas Monty, Nads.

Nadia cilla — elle pensait avoir été plus subtile.

— Tu ne l'as jamais aimé, mais je suis amoureuse de lui. Il a quitté sa femme pour moi. C'est ça, la réalité. Alors, il va falloir que tu t'y fasses.

Perdu pour perdu, Nadia décida d'aller jusqu'au bout de

son raisonnement. Elle leva la tête et plongea son regard dans celui de son amie.

— La réalité, c'est que tu l'aimes ? Ou qu'il a quitté sa femme pour toi ?

— Qu'est-ce que ça veut dire ?

— Ça veut dire que tu ne dois pas te sentir obligée d'être avec lui. Tu commençais à l'oublier quand il s'est pointé à ta porte — ne le nie pas, c'est la vérité. Tu t'étais bien amusée à Brighton. Il se passait quelque chose entre toi et Rory, c'est vrai, insista Nadia quand Caro ouvrit la bouche pour protester. Monty s'est foutu de toi pendant des mois. Est-ce que tu as déjà oublié ? Pas moi. Je ne crois pas que j'y arriverai un jour.

Un silence pesant tomba entre elles. Caro le rompit par un soupir.

— Comme je viens de te le dire, il va falloir que tu t'y fasses, conclut-elle d'un ton qui coupait court à la discussion. Allez, ordonna-t-elle en prenant la robe qui reposait sur les genoux de Nadia et en la secouant pour faire disparaître des plis inexistants. Il faut encore qu'on choisisse les accessoires.

Alex

Alex avait passé six semaines à soigneusement éviter de penser à son entretien professionnel. Il entreprit donc de remplir son formulaire d'autoévaluation vingt-deux minutes avant le rendez-vous. Le regard que le responsable des ressources humaines lui jeta lui confirma que sa négligence avait été remarquée. Il ne parvenait même pas à s'en soucier. Que pourrait faire Donnelly de toute façon ? Le virer ? Si c'était le cas, cela résoudrait probablement l'un de ses problèmes.

A la grande surprise d'Alex, ce n'était pas Donnelly et son gros bide qui l'attendaient dans la petite salle de réunion, mais la directrice du service en personne, Sarah Jenkins, dont les talons et les notes de frais atteignaient des sommets. Alex avait eu un échange gêné avec elle une seule fois, lors d'un pot de Noël, alors qu'il travaillait au ministère depuis seulement deux ans. Sur le seuil de la pièce, il hésita. Sarah Jenkins leva ses yeux bleu clair de la pile de dossiers qu'elle examinait.

— Alex, je suis contente de vous voir, dit-elle d'un ton formel. Je vous en prie, asseyez-vous.

Alex se laissa tomber docilement sur la chaise en face d'elle. Que se passait-il ? Si la grande patronne se chargeait de son entretien, c'était qu'il allait être promu ou renvoyé, la dernière option étant plus probable que la première…

— Où est…

Le prénom de son responsable lui échappait.

— … Donnelly ? conclut-il piteusement.

Sarah Jenkins lui décocha un autre de ses regards perçants.

— Je mène les entretiens pour certains membres de son équipe cette année, ceux pour lesquels il a jugé qu'il était préférable de m'impliquer, répondit-elle simplement.

Alex commença à faire des calculs dans sa tête : combien de temps ses économies lui permettraient-elles de tenir sans salaire ?

— Alors, Alex, déclara-t-elle sans sourire, vous travaillez pour nous depuis quelques années maintenant. Vous avez suivi la formation accélérée, n'est-ce pas ?

— Oui, madame.

Alex se détesta aussitôt pour le « madame », mais Sarah poursuivit, indifférente.

— Ancien élève de l'université de Brighton.

Alex cilla.

— Oui.

— Comme moi.

— Oh…

Il n'était pas sûr de savoir comment réagir à cette information. Ils étaient en quelque sorte liés pour s'être pris des cuites dans les mêmes bars étudiants…

— Vous savez, la plupart des agents de votre promotion ont déjà atteint la classe 8, et même la classe 7, pour certains.

Oui, il le savait.

— J'espérais obtenir une promotion cette année, déclara Alex en se frottant la joue.

Il sentit sa peau rugueuse sous ses doigts. Il avait certainement oublié une partie de sa barbe en se rasant à la va-vite le matin même.

— Donn… Michael a pensé que je n'étais pas encore prêt.

— Pour être honnête, Alex, Michael pense que vous ne serez jamais prêt pour diriger une équipe au sein de ce service.

Alex déglutit, honteux. Même si l'idée de passer le reste de sa vie à grimper les échelons de l'administration lui donnait envie de se pendre avec le fil de son clavier, il n'était pas agréable de s'entendre dire qu'il était un incapable.

— Avez-vous reçu des plaintes au sujet de mon travail ? parvint-il à demander finalement.

— Non, Alex, vous ne m'avez pas comprise. Vous êtes un agent très doué, et un membre de l'équipe respecté. C'est plutôt que vous ne semblez pas intéressé par l'idée d'en faire plus. Vous n'avez pas démontré l'ambition de quelqu'un de votre potentiel. Si vous le vouliez, vous pourriez aller loin au sein de l'administration.

Alex s'imagina à quarante ans, puis à cinquante ans, contrôlant à peine une équipe de jeunes égocentriques d'une vingtaine d'années convaincus qu'il était le dernier des cons, sa bedaine tendant sa propre collection de chemises TM Lewin tandis qu'il se plaignait à voix haute des frais de scolarité de ses gamins et des kilos en trop de sa femme qui ne cuisinait plus pour lui. Dès son premier jour, il avait su qu'il ne voulait pas aller loin, ni aller nulle part ici, d'ailleurs. Simplement, il ne savait pas quoi faire d'autre.

Sarah Jenkins se pencha vers lui, les coudes sur la table.

— Etes-vous d'accord avec cette affirmation, Alex ?

Alex croisa son regard.

— Oui.

Il pouvait presque entendre son attestation de fin de contrat de travail sortir de l'imprimante.

Sarah Jenkins sourit pour la première fois.

— OK, dit-elle en ordonnant les documents qu'elle tenait à la main et en les posant en une pile nette sur le bureau. Avez-vous envisagé une réorientation au sein du gouvernement de Sa Majesté ?

— Je... je n'y ai jamais vraiment réfléchi, pour être honnête.

Ce serait forcément la même chose. Le ministère des Affaires étrangères, les renseignements ou les services secrets : un autre bureau, une autre façon de ne pas s'épanouir.

— Eh bien, vous pourriez y réfléchir dans ce cas.

Sarah reboucha son stylo et fit rouler sa chaise en arrière.

— Aviez-vous d'autres éléments à soulever au cours de l'entretien ? demanda-t-elle à Alex au dernier moment.

— Euh… Non.

— Très bien, dans ce cas, passez une bonne semaine, Alex, et n'hésitez pas à venir me voir lorsque vous voudrez parler de votre avenir.

— Vous n'allez pas… me renvoyer ? lâcha Alex quand Sarah Jenkins se leva.

Elle le dévisagea comme s'il avait perdu la tête.

— Bien sûr que non. Comme je vous l'ai dit, vous êtes un employé modèle. Simplement, vous pourriez être bien plus. Nous souhaitons que vous exploitiez votre potentiel, que vous tiriez le meilleur parti de vos atouts !

Le fantôme du tatouage avorté d'Alex se moqua de lui : « Que votre vie soit extraordinaire. »

Alex retourna à son bureau et fixa son fond d'écran impersonnel d'un regard vide, attendant que les minutes passent.

Il regrettait encore une fois de ne pas faire partie de ceux qui savent qui ils sont et ce pour quoi ils sont faits. A l'université, lorsqu'il se sentait intouchable, la vie lui apparaissait comme un buffet gigantesque. Il avait obtenu son diplôme, il sortait avec une fille superbe, il avait une bague dans la poche et un peu d'économies à la banque : tout était possible.

C'était peut-être son assurance qui avait pris le plus gros coup à l'époque. Bien sûr, son cœur avait souffert. Encore maintenant, lorsqu'il passait près d'une femme qui portait le même parfum floral qu'Alice, il ressentait une pointe d'amertume à l'idée de cet amour perdu, mais c'était surtout le choc qui l'avait traumatisé.

« Tu m'aimes plus que je ne t'aimerais jamais », avait déclaré Alice cet après-midi-là, l'air désolé, mais pas autant qu'elle aurait dû l'être selon lui. Peut-être avait-il pensé, sans s'en rendre compte, que personne ne l'aimerait jamais de cette façon. Et tandis que les années passaient et que ses amis construisaient leur vie, il ne s'était jamais rendu compte qu'il était le seul responsable de la sienne.

Il avait toujours blâmé Alice Rhodes. Il s'était toujours dit que c'était elle qui avait tiré le tapis sous ses pieds, qui avait fait dérailler sa vie parfaite. Mais il devenait de plus en plus clair pour l'Alex plus sage et plus mûr d'aujourd'hui que c'était lui qui s'était infligé ça.

Alex soupira en regardant l'horloge murale dont les aiguilles semblaient figées. Au moins, il verrait Nadia ce soir, ce qui rendait toujours les journées plus supportables.

Nadia

— Je crois que le plus important, c'est de souligner que tu ne penses pas pouvoir mener une vie comparable en Russie, disait Holly. Tu n'auras qu'à évoquer le choc culturel. Dire que tu n'approuves pas la politique russe. N'importe quoi.

— Elle ne peut pas revendiquer un statut de réfugié politique ou prétendre craindre pour sa vie, protesta Alex.

Il lança un regard désolé à Nadia.

— Ses parents appartiennent à la classe moyenne, reprit-il. Elle parle russe. Aucun de ces arguments ne les convaincra. Tu devras simplement les persuader des dommages émotionnels graves que tu subirais si tu devais quitter la seule ville que tu considères comme la tienne. C'est ça, la stratégie.

— Est-ce qu'on ne pourrait pas dire que tu es lesbienne ? suggéra Ledge. Ils ne sont pas très sympas avec les homos en Russie, non ? Tu pourrais obtenir le statut de réfugiée pour discrimination.

— Ledge, sois sérieux ! s'exclama Holly en jetant un regard sévère à son cousin.

— Non, je suis sérieux, c'est une idée brillante ! poursuivit Ledge en s'enflammant pour sa cause. Il suffira de les convaincre que Nadia aime brouter…

Il fut coupé par l'oreiller qu'Alex lui avait lancé au visage, un peu trop tard malheureusement.

— Je crois qu'on aura déjà assez de mal avec le petit ami qui s'appelait Matt, qui n'existait pas, puis qui a existé, mais qui n'existe plus, fit remarquer Holly en se tournant vers Alex. Sans parler de sa situation amoureuse compliquée en général, pour être honnête.

Nadia observa Alex tandis qu'il se frottait la nuque, gêné.

L'orage avait fini par éclater, et il pleuvait à grosses gouttes. Une soirée parfaite pour rester à la maison, se faire livrer une pizza et se pencher sur la stratégie à adopter pour son audience.

Caro devait apporter le vin et les notes qu'elle avait prises en discutant au téléphone avec un ami de son père avocat, mais, deux heures plus tôt, elle avait envoyé ses notes par e-mail en prétendant qu'elle ne se sentait pas bien et qu'elle ne viendrait pas. Cela aurait pu être vrai, bien sûr — quand bien même ce serait une première —, mais une telle coïncidence était louche.

— Ça, c'est un coup de Monty, affirma Holly lorsque Nadia lui eut tendu le téléphone pour lui faire lire le message. Tu te souviens de la fois où elle a insisté pour venir avec nous à ce concert alors qu'elle avait les oreillons ?

— Ecoute, je connais la loi, expliquait encore Alex, et selon l'article 8, que Nadia a invoqué dans sa demande d'appel, nous devons prouver qu'il serait injuste de l'arracher à sa vie en Angleterre. Etant donné qu'elle n'a ni carrière ni famille...

— Ni petit ami ? ajouta Holly alors que le silence d'Alex commençait à devenir gênant.

— Disons ni partenaire depuis plus de deux ans, avec lequel il serait préférable qu'elle vive, argua Alex. Sans aucun de ces éléments, il va vraiment falloir en faire des tonnes au sujet de tes amitiés, ta vie sociale, ton sentiment d'être anglaise, tu vois ce que je veux dire, Nads ?

Nadia était trop occupée à tenter d'ignorer la peine qu'elle ressentait en entendant l'homme qu'elle aimait lister toutes les failles de sa vie. Alex sembla s'en rendre compte un peu tard. Il passa de l'agent flippant du ministère à un Alex doux et rassurant, et lui caressa gentiment le bras.

— Ne t'inquiète pas, tout ira bien. Tu es anglaise dans l'âme. Je veux simplement que tu sois le plus préparée possible. Ce n'est pas une mince affaire, tu sais.

Il parcourut la pièce du regard et observa le groupe hétéroclite de ses témoins, auquel il manquait Caro, bien sûr.

— Il faut que vous soyez tous bien préparés. Le juge peut vous poser n'importe quelle question. Vos réponses devront être brèves et claires. Pas de bafouillage. Pas de panique.

— A vos ordres, monsieur le juge, se moqua Ledge en levant les yeux au ciel.

Lorsqu'il faisait ça, son air de famille avec Holly était évident.

— On a compris. C'est aussi important pour nous, tu sais.

Nadia sentit une vague d'amour pour Ledge et Holly, ses plus vieux amis, ceux dont la famille l'accueillait pendant les vacances quand elle ne pouvait pas rentrer en Russie, ceux qui avaient été à ses côtés chaque minute, et qui la soutenaient encore, se battant jusqu'au dernier souffle d'espoir.

Le visage d'Alex s'adoucit.

— Je le sais.

Il les observa de nouveau.

— Vous allez bien vous en tirer. J'en suis sûr.

Nadia l'aimait un peu plus pour cette marque de douceur, mais elle ne pouvait s'empêcher de le détester de ne pas être là pour son audience.

Chapitre 23

Alex

— Il n'y a pas de pire nationalité, mon vieux, fut la conclusion accablante de David. C'est super tendu avec les Russes en ce moment, avec tout ce qui s'est passé ces dernières années. Ils ont déjà du mal à obtenir des visas touristiques, alors un titre de séjour permanent…

David prit une gorgée de l'ignoble café de la cantine en grimaçant. Alex l'imita. Il s'était attendu à cela, mais il restait difficile de l'entendre de la bouche de son collègue. David travaillait dans les services du ministère chargé des jugements. Si quelqu'un pouvait lui donner une idée réaliste des chances que Nadia avait d'obtenir gain de cause, c'était bien lui.

— Mais elle vit ici depuis qu'elle est gamine, protesta-t-il, parvenant à trouver des bribes d'espoir au fond de lui. Ils ne la considéreront peut-être pas comme n'importe quelle Russe.

David secouait déjà la tête.

— Je sais, j'ai lu son dossier. Alors, c'est ta copine, c'est ça ?

Alex n'avait rien précisé dans son message qui suggérait que lui et Nadia étaient plus que des amis. Merde. Ça devait être tatoué sur son front. Il hocha simplement la tête. David prit un air désolé.

— C'est compliqué, Alex, très compliqué…

— Est-ce que ça peut l'aider ou au contraire empirer son cas ? Le fait qu'elle sorte avec moi ? Si je me présente devant le juge ?

— Vous ne vivez pas ensemble. Votre relation ne dure pas depuis assez longtemps. Le juge considérera que ce n'est pas suffisamment sérieux pour entrer dans le cadre de l'article 8. Ça ne fera pas la moindre différence. En revanche, tu pourrais être renvoyé. Tu es censé déclarer toute relation avec une personne étrangère, Alex, ce qui signifie que tu n'es pas supposé avoir de relation avec une personne étrangère, en clair. Ça pourrait invalider certaines de tes habilitations.

Alex passa une main dans ses cheveux avant de se couvrir les yeux.

— Oui, je sais, dit-il dans un souffle. C'est juste que je viens à peine de lui avouer mes sentiments, alors comment j'aurais pu déclarer notre relation au ministère ?

David haussa les sourcils et prit une autre gorgée de son piètre café.

— C'est le genre d'histoire qui mérite d'être racontée devant une bière et pas un café filtré dégueulasse, dit-il. Tu es libre, ce soir ? On pourrait boire un verre après le boulot.

Alex cilla. Il travaillait ici depuis des années, et c'était la première fois qu'il recevait une invitation de ce genre de la part d'un collègue. Cela dit, il s'était toujours contenté de hocher poliment la tête lorsqu'il croisait David dans l'ascenseur jusque-là. Peut-être qu'en lui demandant son aide et en lui proposant de prendre un café, il avait abattu une barrière sociale invisible.

— Ce serait sympa, dit-il sincèrement, mais je vois Nadia ce soir.

David hocha la tête.

— Tu essaies de profiter du peu de temps qu'il te reste avec elle ?

Alex déglutit.

— Un truc dans le genre.

— Je compatis, mec. On se verra quand tout ça sera fini, alors.

Lorsqu'elle sera partie, voulait-il dire. David se leva et lui tapa sur l'épaule.

— Bonne chance.

Nadia

Nadia avait commencé à segmenter sa vie en créneaux horaires. Il lui restait huit jours avant l'audience. Le mercredi suivant, ce serait sa dernière soirée avant le jugement, et elle serait beaucoup moins détendue.

On n'aurait jamais dit qu'il était déjà 20 heures. Clapham Common était envahi par une foule de Londoniens qui profitaient de la douceur de la soirée, allongés dans l'herbe, pieds nus pour certains. La pelouse jaune et sèche était parsemée de sacs orange vif de chez Sainsbury, où chacun avait couru après le travail pour acheter un pique-nique de dernière minute.

Nadia avait apporté deux des petits coussins carrés de son salon et était donc étendue de façon relativement confortable, la tête sur l'un d'entre eux, un bras posé sur les yeux pour s'abriter de la lueur aveuglante du soleil. Elle pouvait sentir la présence d'Alex à son côté — solide et rassurante. La dernière fois qu'ils s'étaient étendus ici tous les deux, ils avaient partagé une nappe de pique-nique, chacun veillant à laisser à l'autre la même proportion de tissu. Cette fois, ils avaient leurs visages tournés l'un vers l'autre, ils étaient blottis l'un contre l'autre, et c'était beaucoup, beaucoup mieux.

Maintenant qu'ils avaient pratiquement eu leur conversation, l'ambiance était un peu tendue entre eux. Le genre de tension que l'on ressent avant de monter sur scène, ou quand on atteint le sommet des montagnes russes. Excitation et appréhension mêlées, caractérisant parfaitement cet été interminable qui semblait vouloir s'étendre à l'infini. A l'ouest, Nadia pouvait presque voir l'aire de jeux dans laquelle ils avaient eu cette première conversation, celle qu'ils n'auraient jamais avec personne d'autre, au sujet de la vie, de la solitude et de la nécessité de viser la barre.

Alex s'était montré un peu nerveux ces derniers jours. Il ne cessait d'évoquer la stratégie à adopter au tribunal, constituant une armée unie contre son expulsion, sans jamais abandonner. Mais accablé par la chaleur étouffante de cette soirée, il s'était maintenant plongé dans le silence et dormait paisiblement, le souffle régulier. Nadia se souvint de la nuit blanche qu'ils avaient passée au cinéma, quand elle avait effleuré ses lèvres des siennes alors qu'il s'était endormi. Il y avait eu tant de baisers manqués entre eux. A présent, ils étaient là, étendus ensemble dans un silence agréable. La fin était à la fois proche et lointaine…

Nadia aurait voulu avoir plus de temps avec Alex. Elle serait profondément triste de le quitter si l'audience tournait mal — ce qu'elle appréhendait de plus en plus —, mais elle ne regretterait aucun de ces instants volés, si brefs soient-ils, car, mis bout à bout, ils formaient un fil qui avait rendu sa vie heureuse. Son avenir ne serait sans doute pas aussi extraordinaire sans Alex, sans Holly et Caro, sans tous ses amis, mais la vie continuerait malgré tout. Nadia pourrait toujours emporter ces souvenirs avec elle, pour dix ans, cinquante ans, pour l'éternité, jusqu'à atteindre l'extrémité du fil...

S'allonger dans ce parc faisait partie de ses activités préférées. A présent, ce serait son souvenir préféré...

Alex

Lorsque Alex émergea, le parc était pratiquement désert, et il faisait presque nuit. Sa nuque et ses épaules étaient endolories, mais, quand il ouvrit les yeux, le spectacle de Nadia profondément endormie lui fit tout oublier. Elle était blottie contre lui, une jambe coincée entre les siennes, le visage apaisé. Il sut qu'il l'aimait, tout simplement, de la même façon qu'il savait qui il était. Ce n'était pas une révélation, mais plutôt la découverte d'un sentiment qui avait toujours été enfoui en lui, attendant patiemment d'être remarqué.

Et il sut qu'il ne supporterait pas de la perdre. Cette femme qui l'avait changé, qui avait bouleversé sa vie, le rayon de soleil qui avait chassé les nuages de son existence. Alex restait figé, immobile, craignant de la réveiller et de rompre la magie de cet instant dans l'obscurité paisible du parc. Il se mit à négocier avec un Dieu inconnu. *Allez. Je t'en prie. Tu nous as réunis. Ne gâche pas tout maintenant. Je t'en prie. Je ferai tout ce que tu veux.*

Le klaxon strident d'un taxi à bonne distance résonna, presque comme une réponse. Nadia sursauta et se redressa rapidement en se frottant le visage.

— Oh ! Je suis tombée comme une masse. Il est quelle heure ?

Alex consulta sa montre.

— Mince, il est 22 heures !

— 22 heures ?

Nadia se leva et s'étira langoureusement.

— On ferait mieux d'y aller alors.

Alex l'observa, toujours allongé, fasciné par le spectacle qu'elle lui offrait, par le moindre détail, par sa façon de tendre les bras au-dessus de la tête, ce qui faisait remonter l'ourlet de sa jupe sur ses cuisses.

— Où ça ? A la maison ?

Nadia sourit et se baissa pour récupérer les coussins qu'elle fourra dans un sac en plastique.

— Non ! Faire de la balançoire !

Nadia

Comme le colocataire de Ledge était en vacances, ils s'étaient réunis dans son appartement d'Earlsfield. Ledge montrait fièrement son système Home cinéma aux garçons après leur en avoir parlé pendant des semaines. Nadia et Holly étaient bien plus intéressées par la bouteille de Smirnoff à la pomme qu'il avait achetée.

C'était un samedi soir comme les autres, sauf que c'était le dernier avant son audience.

Et Caro n'était pas là.

D'après la conversation tendue que Nadia avait eue avec elle la veille, elle en avait déduit que ce n'était pas vraiment Monty qui empêchait Caro de sortir, mais plutôt Caro qui ne voulait pas l'emmener, bien trop consciente de la faible cote de popularité de son amant auprès de ses amis. Nadia pouvait comprendre son raisonnement. Caro ne voulait pas faire de vagues tant que la situation n'était pas stable, mais l'absence de l'une de ses meilleures amies pour ce précieux week-end lui restait en travers de la gorge. Elle rangea donc son portable dans son sac sans répondre à son dernier message.

Visiblement, Ledge avait considéré que la boisson qui se mariait le mieux avec la vodka à la pomme était du jus de pomme. Nadia prit une gorgée de son verre et éclata de rire.

— Ça me rappelle quand on introduisait des bouteilles d'alcool en douce dans les dortoirs et qu'on les mélangeait avec du Tizer acheté au distributeur dans le couloir.

Holly fit la grimace.

— Beurk… M'en parle pas, je garde un souvenir indélébile du Drambuie au Tizer…

— Ah, Hols ! la coupa Nadia en la prenant par la taille et en posant la tête sur son épaule. J'espère que je pourrai envoyer mes enfants étudier en Angleterre et qu'ils rencontreront des amis aussi géniaux que toi.

Holly prit les mains de Nadia, l'air grave.

— Tu n'auras pas besoin d'envoyer tes enfants en Angleterre pour étudier, Nads. Tu seras déjà ici. Ils pourront aller dans une école normale et retrouver leur adorable maman tous les soirs et ils verront leur tata Holly tous les week-ends.

Nadia secoua la tête tristement, déterminée à changer de sujet, pour que personne ne voie à quel point ces paroles étaient importantes à ces yeux.

— Holly…

— Holly, rien du tout !

Holly la serra dans ses bras avec force, étouffant les mots que Nadia était sur le point de prononcer.

— Tu n'iras nulle part. Si je dois m'enchaîner à toi comme un manifestant de Greenpeace à un arbre, je le ferai.

Nadia sentit les larmes lui brûler les yeux et lui brouiller la vue, mais elle les chassa, s'abandonnant à l'étreinte de son amie.

— Je le ferai, répéta Holly avec conviction.

Deux heures plus tard, ils étaient tous un peu nauséeux à cause des cocktails sucrés, mais la conversation restait légère, chacun cherchant à éviter le sujet de l'audience, et personne n'ayant plus rien à ajouter sur la situation de Caro. Ils avaient vaguement lancé l'idée d'un jeu quelques minutes plus tôt, mais aucun n'avait eu la motivation de prendre les choses en main. Ils se contentaient donc de bavarder, tout simplement.

La vodka finit par éveiller leur appétit, et ils trouvèrent la force de commander du poulet frit avec l'application Hungry House. Ils furent surpris d'entendre la sonnette retentir à peine vingt minutes plus tard. C'était une livraison supersonique pour un samedi soir à Londres. Ledge s'empara des billets et des pièces qu'ils avaient rassemblés sur la table et dévala l'escalier pour aller récupérer leur commande.

Ils entendirent Caro avant de la voir. Apparemment, elle les sentait depuis le couloir.

— Mon Dieu, c'est de la pomme ?

Nadia se redressa sur le canapé où elle était calée entre Alex et Rory.

— Caro ?

— Heureusement que j'ai pensé à acheter ça en route, déclara son amie en brandissant une bouteille de sauvignon qu'elle tenait par le goulot et en se dirigeant droit dans la cuisine ouverte pour prendre des verres.

Personne ne rompit le silence tandis qu'elle remplissait le sien et pivotait pour leur faire face. Ils avaient deviné qu'elle avait autre chose à annoncer.

— La femme de Monty m'a appelée.

Elle fit tourner son vin dans son verre comme s'il s'agissait d'un brandy.

Nadia et Holly échangèrent un regard inquiet.

— A l'instant ? demanda Nadia.

— Non, dans la journée.

— Est-ce que ça va ? lâcha Rory.

Caro lui lança un coup d'œil surpris.

— Ça va, lui assura-t-elle. Inutile de vous dire que ce n'est pas mon premier verre de la journée.

Caro leur adressa un faible sourire et, sous leurs regards horrifiés, fondit en larmes.

Elle s'était presque remise lorsque les filles l'entraînèrent dans l'intimité relative de la chambre de Ledge, où régnait une odeur d'humidité. Caro essuya ses joues humides d'un geste furieux, comme si les larmes coulaient sans qu'elle puisse les contrôler.

— Je suis une conne, dit-elle en s'agrippant à son verre de vin comme à une bouée. Une vraie conne. Je ne suis qu'un putain de cliché.

— Eh, on parle de ton cœur brisé ou de ta fierté ? demanda Nadia en essayant de lui remonter le moral et en prenant gentiment son verre pour le poser sur la table de chevet de Ledge.

— Que s'est-il passé ?

Caro resta silencieuse un moment, mettant visiblement de l'ordre dans ses pensées.

— Je savais que quelque chose clochait. Je ne suis pas idiote. Je savais qu'on n'était pas doués pour la vraie vie. On ne pouvait pas cuisiner ensemble ou juste se poser devant la télé, comme les couples normaux. C'était bizarre. Comme si on se sentait obligés de se cacher. Il n'y a qu'au lit qu'on était vraiment ensemble. On ne parlait jamais. Je pensais que ça irait mieux. J'ai pensé : mince, cet homme a quitté sa femme et sa fille pour moi. Si ce n'est pas de l'amour…

Elle haussa les épaules, l'air misérable.

— Tu pensais lui devoir quelque chose, lança Holly de façon perspicace.

— Peut-être…

— Alors, qu'a dit sa femme ? ne put s'empêcher de demander Nadia. Est-ce qu'elle a pété les plombs ? C'est drôle comme elles ont tendance à blâmer la maîtresse bien plus que leur propre époux.

Caro s'était remise à pleurer, en silence à présent.

— Rien de tout ça. Elle m'a appelée pour me parler. Elle avait deviné que je ne savais pas tout. Elle avait peur qu'il profite de moi. Elle avait raison.

— Qu'y avait-il à savoir ? demanda Nadia.

— Il ne l'a jamais quittée pour moi. C'est elle qui l'a foutu dehors.

Elle se mit presque à rire.

— Il s'est pointé chez moi parce qu'il ne savait pas où aller. Il n'avait plus de maison. Ce n'était pas par amour. Il ne m'a jamais aimée.

Et, bien que Caro continue à pleurer, elle semblait soulagée.

— Il t'a probablement aimée, la consola Nadia gentiment,

mais pas de la façon dont tu le mérites, et dont tu le seras un jour, Caro.

— C'est le plus gros des connards, et il ne méritait ni sa femme ni toi ! renchérit Holly. Vous l'avez échappé belle, toutes les deux.

— Je sais, admit Caro, je sais, mais ça fait quand même mal.

En silence, Nadia rendit son verre à son amie.

— J'imagine.

— Et bien sûr, il va falloir que je le supporte encore pendant quatre mois à la fac. Ça va être horrible !

— Tu peux en parler à quelqu'un ? demanda Holly.

Caro couvrit son visage de ses mains.

— Non. Après ce soir, franchement, je ne veux plus jamais en parler.

— Il ne devrait pas s'en sortir comme ça, tempêta Holly.

— Il a déjà perdu beaucoup, fit remarquer Nadia, il a tout perdu en fait, non ?

— Pour tout vous dire, faire le trajet tous les jours entre la maison de ses parents à Derby et le centre de Londres le poussera certainement à démissionner. Il ne peut pas se permettre de payer un loyer seul, pas avec son salaire, et il n'a pas vraiment d'amis chez qui squatter, dit Caro.

Elle avait simplement l'air triste à présent — fatiguée et triste. Nadia avait mal pour elle. Quel gâchis ! Une année perdue, tant de temps, d'amour et de souffrances qui auraient pu être consacrés à autre chose. Elle ne serait plus jamais la Caro qu'elle était avant de rencontrer Monty et de devenir le fruit défendu, l'autre femme, le paillasson. Au moins, maintenant, elle était libre de changer de vie.

— Est-ce que je peux dormir chez vous, ce soir ? demanda

soudain Caro en prenant une gorgée de son vin. J'ai rompu avec lui et je lui ai dit que je voulais qu'il soit parti quand je rentrerais, mais…

— Bien sûr ! s'écria Holly. Tu peux rester autant que tu veux !

— En attendant, je crois qu'on devrait mettre les garçons au boulot, dit Nadia en souriant.

— Les garçons ?

— Oui, ceux qui sont dans le couloir et qui nous écoutent à la porte, ajouta Nadia en haussant la voix. Eh, les mecs ? On a une mission pour vous.

La porte de la chambre s'ouvrit aussitôt, les trois hommes ne se donnant même pas la peine de prétendre qu'ils n'avaient pas tout entendu.

— Tu veux qu'on aille chez toi et qu'on s'assure qu'il est parti ? demanda Rory à Caro sans préambule. Ce sera un plaisir, crois-moi.

— Donne-nous tes clés, ajouta Alex. On va aller lui mettre la pression.

— C'est gentil, les garçons, mais ce n'est pas la peine d'y aller dans la minute. Je ne veux pas vous gâcher la soirée, leur assura Caro.

— Sérieusement, ça me fait plaisir, répéta Rory, donne tes clés. La sonnette retentit brusquement, et ils sursautèrent tous.

— C'est peut-être la bouffe, cette fois, déclara Ledge en riant.

Chapitre 24

Alex

Nadia ne voulait rien faire de particulier. Elle avait insisté sur ce point. L'audience au tribunal le lendemain matin serait suffisamment formelle, avait-elle souligné, et elle voulait simplement passer une soirée tranquille. Elle ne comptait pas sur une bonne nuit de sommeil de toute façon. Elle voulait surtout ne pas être seule.

Monty était parti depuis un moment lorsque les trois garçons étaient arrivés chez Caro, mais Caro avait quand même voulu rester quelques jours chez Holly et Nadia. Son fouillis traînait un peu partout, ce qui rendait Holly légèrement dingue, mais Nadia avait avoué qu'elle trouvait leurs chamailleries distrayantes, apaisantes même, et elle était heureuse d'avoir ses deux amies près d'elle. Près d'elle, c'était un euphémisme, en réalité, car les deux filles ne lâchaient pas Nadia d'une semelle. On aurait dit qu'elles avaient décidé de ne pas la laisser seule une seconde de peur qu'elle ne disparaisse par magie. Nadia avait ri en racontant ça à Alex, mais son rire était triste et mélancolique.

Le mois de septembre était déjà bien entamé, mais la chaleur refusait de tomber et, malgré l'heure avancée, le soleil brillait encore à pleins feux. L'été ne semblait pas vouloir finir cette année. Il y aurait d'autres soirées, bien sûr, même si l'audience tournait mal. Nadia bénéficierait de vingt et un jours de grâce avant de quitter le pays. Toutefois, il n'y en aurait jamais plus comme celle-ci, baignée d'incertitude et d'espoir.

Lorsque Nadia revint de la cuisine, elle s'installa près d'Alex sur le canapé, blottissant son corps contre le sien tandis qu'elle continuait à discuter tranquillement. Elle lui sourit en lui passant une bière et l'idée qu'elle puisse un jour ne plus être là, près de lui, lui sembla totalement inconcevable en cet instant.

Elle parlait, souriait, buvait, mais elle était différente ce soir. Sa panique était palpable derrière ses plaisanteries, comme un battement à peine perceptible. C'était presque contagieux. La poitrine d'Alex semblait vide et creuse, et toutes les bières qu'il pourrait avaler n'y changeraient rien.

Caro et Rory étaient assis en face d'eux, se partageant une bouteille de rouge ainsi qu'un énorme pouf, flirtant outrageusement comme s'ils avaient conscience de la nécessité de les distraire. Ou peut-être qu'ils se moquaient tout simplement de ce que les autres pensaient. Holly et Ledge faisaient de leur mieux, eux aussi, pour entretenir la conversation.

Ils formaient une sacrée bande tous les six. Une éternité plus tôt, avant qu'Alex ne les apprécie vraiment, Nadia lui avait confié qu'elle ne savait pas si Holly et Caro resteraient amies en son absence, et il avait parfaitement compris ce qu'elle voulait dire. Nadia était au cœur de tout. Il n'avait jamais été dans une pièce où sa présence n'était pas indispensable. Il avala une gorgée de bière dans une tentative courageuse de combler le gouffre qui se creusait en lui.

Ledge partit tôt pour attraper le dernier métro, mais Rory

et Alex traînèrent obstinément, refusant de laisser la soirée se terminer. Lorsque l'aube fut sur le point de se lever, Alex sut qu'ils devaient partir. L'audience était prévue à 14 heures, mais ils devaient malgré tout profiter des quelques heures qu'il leur restait pour dormir un peu. Nadia bâillait en empilant la vaisselle sale dans l'évier, et il se leva pour faire un saut aux toilettes.

Il était en train de s'essuyer les mains en ouvrant la porte ; il ne la vit donc pas immédiatement dans le couloir obscur. Il sursauta.

— Désolée, dit Holly à voix basse. Je ne voulais pas te faire peur.

— Evite de rôder dans le noir alors, plaisanta Alex en la contournant pour retourner dans le salon.

— Alex…

Ce fut davantage son ton que sa main posée sur son bras qui le fit s'arrêter.

— Je peux te parler une minute ?

Alex cilla. Il ne s'était pas attendu à ce qu'Holly, parmi tous les autres, s'interroge sur ses intentions aussi tardivement.

— Oui, bien sûr, qu'est-ce qu'il se passe ?

Il avait baissé le volume de sa voix pour chuchoter lui aussi.

— Je veux que tu sois honnête.

Holly croisa les bras sur sa poitrine timidement.

— Bien sûr. Qu'est-ce qu'il y a ? demanda Alex, résigné.

La voix d'Holly n'était plus qu'un murmure, si bien qu'il devait tendre l'oreille pour entendre ce qu'elle disait.

— Quelles sont ses chances ? Sois sincère.

Alex eut l'impression qu'on venait de lui lancer un seau d'eau glacée au visage.

— Ses chances ?

Holly ne se laissa pas duper par sa tentative évidente de gagner du temps. Elle se contenta de le dévisager dans un silence obstiné.

Il soupira.

— Je ne sais pas, Hols. Je travaille au ministère, c'est vrai, mais ce n'est pas comme si j'étais juge.

Holly fronça les sourcils.

— Tu as dit que tu serais honnête. Je veux simplement être préparée, OK ? Et prête à la soutenir… puisque tu ne seras pas là pour le faire.

Ce dernier coup porta ses fruits. Alex se hérissa.

— Tu veux vraiment savoir ?

Parfait. Après tout, pourquoi serait-il le seul à être rongé par l'inquiétude ?

— Ce n'est pas gagné. Pas gagné du tout, Holly. Mais tu le sais déjà. Tu n'es pas idiote. Tu sais qu'elle ne remplit aucune des conditions. Tu sais que la Russie est *persona non grata* pour l'ONU en ce moment et qu'elle ne pourrait pas venir d'un pire pays. Tu sais que le gouvernement est jugé sur ses statistiques migratoires et que, s'il ne peut pas empêcher les citoyens de l'Union européenne d'entrer sur le territoire, il peut le faire avec elle. Comment crois-tu que tout ça va se terminer ?

Holly ne répondit pas immédiatement. Elle semblait à la fois bouleversée et soulagée. Le couloir était terriblement silencieux. Un cliquetis suivi d'un coup sourd résonna, puis la voix de Caro à travers le salon, tapageuse comme à l'ordinaire, brisa l'angoisse qui les enveloppait. Les regrets l'envahirent brusquement.

— Je suis désolé, lança-t-il aussitôt.

— Pourquoi ? le coupa Holly avec un sourire triste. Tu as seulement été honnête.

Caro surgit dans le couloir et abattit sa paume sur l'interrupteur. Holly et Alex clignèrent des yeux, aveuglés par la lumière.

— Putain ! cria Caro. Vous êtes cons ou quoi ?

Alex porta son regard sur Rory qui se tenait derrière elle, mais son ami était aussi livide que Caro.

— Vous croyez que c'est le bon moment pour avoir cette conversation ? ajouta Caro en les foudroyant du regard.

Holly blêmit davantage.

— Vous nous avez entendus ?

— Nous ne sommes pas sourds ! hurla Caro.

Alex n'avait peut-être pas été aussi discret qu'il le pensait.

— Et Nadia non plus, ajouta Rory.

Alex comprit trop tard la signification des sons qu'il avait entendus : le cliquetis du clapet de la boîte aux lettres lorsqu'on ouvrait et fermait la porte. La voix de Caro qui montait dans les aigus sous l'effet de la panique en voyant son amie partir. Il se rua dans le salon, qui était bel et bien vide.

Il pivota vers Rory et Caro.

— Où est-elle allée ? Pourquoi vous l'avez laissée partir comme ça ?

— Eh ! Ce n'est pas ma faute ! protesta Caro. Et puis, ce n'est pas comme si elle était partie en pleurant. Elle a simplement dit qu'elle avait besoin de prendre l'air et d'être seule. Pour être franche, je la comprends. Tu es bourré et tu as parlé super fort ! T'es un gros naze, Alex !

— Je crois que tu lui as foutu les jetons, mec, conclut Rory d'un ton désapprobateur.

Muet, Alex se dirigea vers la grande fenêtre à guillotine qui était restée ouverte toute la nuit et qui laissait le vent, ainsi que le bruit lointain de la circulation incessante pénétrer dans l'appartement étouffant. Il sortit le buste et tendit le cou vers l'ouest en direction de la grande avenue, puis vers le nord en direction du parc. Holly essayait d'appeler Nadia, mais elle avait laissé son portable qui vibrait et tressautait sur la table basse.

— Merde ! s'exclama-t-elle en raccrochant. Il faut la retrouver ! dit-elle à Alex. Tu sais où elle a pu aller ?

Nadia

Nadia descendit du bus de nuit et prit une bouffée d'air frais après avoir supporté l'odeur vinaigrée des chips qu'un sans-abri avait trifouillées pendant la demi-heure de trajet.

Il était presque 4 heures du matin, mais cet endroit de la ville fourmillait toujours. Les passants se hâtaient autour de Nadia, pressés comme d'habitude, sans prêter la moindre attention à la petite blonde qui descendait l'escalier menant à la berge. Elle prit garde de ne pas tomber dans la semi-obscurité. C'était drôle que son havre de paix soit caché dans l'un des quartiers les plus animés de Londres.

Il avait été surréaliste d'entendre Holly chuchoter la question qu'elle mourait elle-même d'envie de poser à Alex — et encore plus étrange d'entendre Alex lui répondre avec autant de pessimisme. Mais elle ne pouvait pas leur en vouloir. En fait, elle était furieuse contre elle-même. Comment avait-elle pu nier la vérité comme ça ? Elle ferait mieux de rentrer. Ses amis devaient s'inquiéter. Et pourtant…

Elle eut l'impression de subir un choc. Ses poumons se vidèrent, et ses os semblaient sur le point de se briser. Son cœur se serrait, froid et solitaire, devant la certitude qui s'était soudain imposée à elle : dans un mois, à la même heure, elle aurait changé de vie. La Nadia Osipova qu'elle avait été ne serait plus qu'un fantôme et un souvenir. Qu'allait devenir cette jeune fille russe qui vivait avec sa meilleure amie dans Clapham Old Town, qui se ruait dans le dernier métro en riant et ne manquait jamais un spectacle de Candy au Placard le premier jeudi de chaque mois ? La Nadia qui arpentait vaillamment les berges de la Tamise à marée basse, l'œil braqué sur l'étendue boueuse en quête d'un trésor enterré. La Nadia dont Alex Bradley était tombé amoureux… Chaque seconde de sa vie ici avait été importante.

Elle n'était pas prête à quitter Londres. Il restait des rues qu'elle n'avait pas encore parcourues, des musées et des galeries qu'elle n'avait pas explorés, des endroits incontournables qu'elle n'avait pas visités. Elle n'avait jamais fait de patin à glace devant Somerset House à Noël ni visité le Parc olympique ou vu *La Souricière*. Elle n'avait pas eu le temps de voir Caro tomber amoureuse ni d'aider Holly à trouver un nouveau job. Elle n'avait pas vraiment embrassé Alex, pas de la façon dont il le méritait, en s'abandonnant, avec tout le cœur qu'elle pouvait y mettre.

Nadia s'installa sur le premier bloc de ciment qui se présenta, le regard perdu sur la rivière, si calme dans l'obscurité que la ligne entre l'eau et la rive opposée était presque imperceptible. La lune commençait à disparaître à présent. Pleine, immense, d'un jaune profond, elle était si proche qu'elle donnait l'impression de reposer sur l'eau, juste là, si bien que Nadia aurait pu marcher jusqu'à elle et la toucher. Elle enveloppa son buste de ses bras pour se protéger de la brise humide. Pour la première fois depuis des mois, elle avait froid.

Au moins, son dernier été à Londres avait été mémorable, dans tous les sens du terme. Elle ne l'oublierait jamais. Il resterait gravé dans son esprit comme une succession de journées ensoleillées auprès d'amis merveilleux et de fous rires incontrôlables. Elle avait rencontré l'amour, le vrai, celui qui vous nouait l'estomac et faisait faiblir vos jambes… Mais cet homme resterait un grand point d'interrogation pour elle : et si… ?

Déterminée, Nadia sortit un petit carnet de son sac posé sur ses genoux. Elle l'emportait partout avec elle, mais ne s'en servait jamais. Elle savait exactement de quelle sorte de distraction, de quelle catharsis elle avait besoin en cet instant.

Alex

Ce n'était pas le premier lieu auquel il avait pensé, simplement parce qu'il n'avait pas imaginé qu'elle ferait le trajet jusqu'à Blackfriars au petit jour la veille de son audience. Mais lorsqu'il ne l'avait pas trouvée dans l'aire de jeux au beau milieu du parc ou buvant un café dans le boui-boui de Stockwell qui restait ouvert toute la nuit, il avait finalement compris où elle était et avait sauté dans le premier bus en direction du nord de la Tamise. Elle avait besoin d'air et de calme, avait-elle dit. Il n'y avait qu'un endroit dans cette ville où l'on pouvait trouver quelque chose qui s'en approchait.

Il la repéra aussitôt lorsqu'il atteignit le niveau de la berge. Ses cheveux et sa robe claire brillaient sous la lueur de l'aube, flottant sous la brise qui provenait de la rivière, un peu plus bas. Minuscule et solitaire, elle était perchée sur l'un des blocs de ciment dont il ne s'expliquait pas la présence, la tête penchée en avant. Elle était tellement concentrée qu'elle ne le remarqua pas tout de suite. En approchant, il distingua un stylo dans sa main droite. Elle se raidit brusquement en entendant le bruit des galets sous ses pas et leva la tête, prête à prendre la fuite.

— OK, je suis le pire des salauds, lança-t-il pour essayer de faire de l'humour.

Nadia coinça une mèche de cheveux derrière son oreille et plaqua un calepin contre sa poitrine.

— Je suppose que tu n'es pas responsable du fait que mon pays de naissance ne respecte pas les frontières internationales, concéda Nadia après un moment. On dirait que je ne suis pas très douée pour m'enfuir, hein ? Tu m'as trouvée assez vite.

— Ce n'est pas le premier endroit où je suis allé, admit Alex. Je ne pensais pas que tu irais si loin.

— J'avais besoin de distance après ton comportement de salaud.

Malgré la dureté de ses paroles, Nadia se décala sur le bloc de ciment, l'invitant silencieusement à s'asseoir près d'elle.

— Nads, je suis tellement désolé. Holly aussi, évidemment. La dernière chose que nous voulions, c'était te bouleverser.

— C'est vrai, souffla Nadia, je suis en colère. Et je crois que j'ai le droit de l'être. Je suis furieuse qu'une bande d'avocats et de politiciens puissent décider de ma vie uniquement parce que le hasard a voulu que je naisse en Russie, plutôt qu'en Pologne ou en Roumanie. Je suis furieuse que mes relations, ma carrière et toute mon existence puissent faire l'objet d'un débat. Je dois supporter de voir mes amis tellement angoissés qu'ils chuchotent dans les couloirs et redoutent l'audience de demain presque autant que moi. Je dois me mentir à moi-même et prétendre que tout ira bien quand je sais que ça ne sera pas le cas.

Nadia prit une inspiration, une grande inspiration.

— Alex, je ne t'en veux pas. Je suis en colère, parce que demain, on va m'expulser de ce pays. Et je ne serai pas heureuse avant un long moment.

Alex était émerveillé. Elle continuait à tenir un discours combatif, la voix ferme, se contentant de hurler sa rage impuissante face à la rivière.

— Alex.

Elle pivota vers lui, son visage tout proche et tentateur.

— Il faut que je te pose la question. Il le faut. Je me détesterais si nous n'avons pas cette conversation. Si je ne partais pas…

Alex savait que le temps de la protéger était révolu. Il fit donc un effort pour ravaler les paroles réconfortantes qui lui montaient aux lèvres.

— Si je ne partais pas, tu penses… est-ce que tu es d'accord avec moi pour dire qu'entre toi et moi, ça aurait été magique ?

Elle avait dit cela simplement, le visage détendu, ne lui demandant rien de plus en cet ultime instant que la vérité.

En réponse, il glissa une main sur son visage et savoura la chaleur de sa peau tandis qu'elle pressait sa joue contre sa paume presque instinctivement.

— Ça l'est déjà, murmura-t-il.

Cette vérité avait toujours été là, enfouie quelque part. Il l'attira à lui et l'embrassa, mais leur baiser ne ressemblait en rien à ceux qu'ils avaient échangés jusque-là, doux et incertains. Cette étreinte était tout à la fois : excitante et familière, sûre et hésitante. C'est la dernière d'une certaine façon, mais aussi la première. Alex sut que s'il embrassait Nadia comme ça chaque jour du reste de sa vie, il s'en contenterait et en voudrait plus en même temps.

Lorsqu'ils durent se séparer pour reprendre leur souffle, Nadia se mit à rire.

— Je croyais qu'on ne faisait pas ça pour le moment, dit-elle en gloussant de façon incontrôlable. Je croyais qu'on attendait.

Alex haussa les épaules.

— C'était une idée stupide, fut tout ce qu'il trouva à dire avant de l'embrasser de nouveau, avide de sentir ses lèvres contre les siennes.

Il était incapable de déterminer le temps qui s'était écoulé lorsque Nadia le repoussa encore une fois.

— Attends, attends.

Inconcevable, pour Alex. Il ne voulait plus perdre une seule minute.

— J'ai quelque chose pour toi, poursuivit-elle en baissant les yeux sur le calepin qui avait glissé entre eux.

Elle arracha soigneusement la première page et la lui présenta avec un grand geste. C'était une liste rédigée avec application. En lettres capitales et souligné, le titre : *La To-Do List d'Alex.*

Alex leva les yeux vers elle, confus.

— Qu'est-ce que c'est ?

— Eh bien, nous sommes devenus amis grâce à ma liste de choses à faire avant de quitter Londres, expliqua Nadia. Et parce que ton programme était plutôt vide, alors que le mien était trop rempli, ajouta-t-elle en souriant. Tu n'es pas obligé d'arrêter lorsque je serai partie. En fait, tu ne dois pas arrêter. Alors, tadam !

Elle renouvela son geste.

— Une nouvelle liste rien que pour toi. Et tu pourras m'appeler ou me skyper pour me dire où tu en es.

Pour la première fois de la soirée, la voix de Nadia se brisa.

Silencieusement, Alex parcourut ses instructions.

Mets à jour ton CV et cherche du boulot !

Réessaie le speed dating (avec Rory ?)

Retourne à Brighton et envoie-moi des selfies pris au bout de la jetée

Finis ton tatouage

Continue à aller voir Candy pour moi — n'oublie pas, chaque premier jeudi du mois

Aime en premier

Aime beaucoup

Commande des ribs chez Bodeans (plus les accompagnements) et finis-les tout seul

Achète un pouf

Reste ami avec Holly et les autres

Finis la visite de la National Gallery

Mets de côté de l'argent et des jours de congé pour venir me voir en Russie.

Alex déglutit et raffermit sa voix.

— OK, lança-t-il, j'ai compris le message au sujet du nouveau job. Pour le tatouage, on verra… Candy, c'est un acquis. Les *ribs* à moi tout seul, je continue à croire que c'est physiquement impossible…

— Il faut au moins que tu essaies, le réprimanda Nadia gentiment, et Alex comprit qu'elle ne parlait pas uniquement des *ribs* géants.

— Je le ferai, promit-il en pliant la liste qu'il glissa dans la poche de son jean avant de reporter son attention sur Nadia et sur les petits soupirs qu'elle laissait échapper lorsqu'il l'embrassait.

Nadia

Ils appelèrent les témoins un par un.

Tout d'abord, son responsable de la boutique Oxfam, bien intentionné mais maladroit, qui radota au sujet de la nature philanthropique de Nadia et de son admirable conscience professionnelle avant d'être renvoyé à sa place, au fond de la salle.

Ledge était son premier témoin moral, mal à l'aise dans son costume, mais sincère dans ses paroles. Caro était la suivante — fervente — et Holly la dernière — impassible. Les deux se montrèrent passionnées au sujet de leur affection pour Nadia, de leur foi en son mérite et de leur désir de la voir rester. Lorsque le procureur en eut fini avec Holly, après un ennuyeux et péremptoire contre-interrogatoire, cette dernière tituba presque jusqu'à son siège, visiblement à cran. Quand elle se rassit, Nadia vit qu'Alex lui prenait la main et la serrait contre lui. Il avait été trop tard pour l'inscrire à la liste des témoins, mais au moins il était là, et sa présence, même si elle équivalait pratiquement à une démission, rendait la procédure un peu moins effrayante.

Une fois que le procureur eut prononcé le dernier argument de sa conclusion, des mots amers qui la réduisaient à une simple nationalité, Nadia — qui n'avait pas eu les moyens de se payer son propre avocat — se leva pour sa défense. Elle dit au juge à quel point elle aimait cette ville, ce pays. Comment elle se sentait profondément anglaise et rêvait dans la langue de Shakespeare, jamais en russe.

Elle expliqua son projet d'exploiter son bilinguisme à des fins utiles, sa volonté de travailler pour le gouvernement, si elle obtenait un jour la nationalité, et son ambition de faire la différence. Elle raconta qu'elle n'avait jamais été séparée d'Holly, qu'elles avaient grandi ensemble dans le même internat, le même dortoir — leurs lits toujours côte à côte — jusqu'à emménager dans leur petit appartement deux pièces ordinaire, mais si spécial à leurs yeux, dans la partie abordable de Clapham Old Town.

Elle admit qu'elle n'était pas mariée et qu'elle ne vivait pas avec son petit ami, mais elle en avait un, et leur amour n'en était pas moins fort. Elle fut envahie par une vague de fierté en désignant Alex, qui brisait toutes les règles pour être à ses côtés, puisant dans le souvenir de sa main sur sa joue juste avant qu'ils n'entrent dans la salle et dans la force qu'il lui avait communiquée par ce simple geste.

Même si elle savait que c'était un cri dans le vide, que son départ était une fin inéluctable, elle considérait qu'il valait la peine de se lever pour démontrer à cet étranger qui la jugeait que Nadezhda Osipova, de nationalité russe, née le 10 septembre 1988, était bien plus que ça.

Epilogue

21 jours plus tard

Holly était allée au WH Smith de l'aéroport et remplissait son sac de Mars. Elle savait que ces barres étaient les préférées de Nadia, et celle-ci n'avait pas eu le cœur de lui dire qu'elle pouvait les acheter en Russie. A la place, elle continuait à parler de leurs projets pour Noël — Holly prendrait deux semaines de congé et, si la situation politique le permettait, elle passerait les vacances avec Nadia. Elles n'auraient donc pas si longtemps à attendre avant de se revoir. Ce ne serait plus tous les jours, mais il y avait WhatsApp et Skype. Elles continueraient à s'aimer de la même façon.

Puis, au jour de l'an, ce serait au tour de Caro. A en croire la façon dont elle s'accrochait à la main de Rory en dissimulant son visage larmoyant contre son torse, ils seraient probablement deux d'ici là. Nadia sourit. Elle n'avait aucun problème avec ça. Au contraire, ce serait pratique. C'était étrange la façon dont les choses évoluaient. Lorsque la vie décidait d'y mettre du sien, elle donnait un côté magique à tout.

Comme s'il savait qu'elle pensait à lui, Alex se détourna de sa conversation avec Ledge et lui sourit. Ç'avait été la course, mais, finalement, quelqu'un de haut placé dans son service avait tiré quelques ficelles, et la paperasserie administrative avait été effacée. Pour le moment, il avait donc un visa de travail de deux ans en poche et un job à l'ambassade britannique de Moscou, qui s'accompagnait d'un petit logement de fonction en plein centre-ville. Ils troqueraient donc Trafalgar Square pour la place Rouge, et Alex lui avait avoué qu'il potassait déjà quelques faits historiques pour l'impressionner. Nadia se demandait si les berges de la Moskova dissimulaient des trésors, elles aussi, et avait hâte de le découvrir. Une nouvelle ville pleine d'aventures s'offrait à eux, et elle avait bien l'intention d'en profiter.

Alex partagea un sourire mystérieux avec Nadia et sentit cette sensation l'envahir de nouveau. La même sensation qu'il avait éprouvée en parcourant le dossier de Nadezdha Osipova, la conviction d'être — pour la première fois de sa vie — là où il devait être.

Nadia avait pleuré sans s'arrêter en lui demandant s'il avait perdu la tête, s'il était sûr de sa décision, s'il l'aimait suffisamment, et il avait répondu oui à toutes ces questions avec une facilité troublante.

Il savait que les prochains mois ne seraient pas faciles, mais le chemin vers le bonheur ne l'est jamais. Et si la vie offrait des centaines de directions possibles, chacune d'entre elles l'avait conduit à ce moment précis.

Cette aventure serait effrayante, éprouvante, puisqu'ils apprendraient à construire une nouvelle existence ensemble, mais, au moins, Alex avait la certitude que leur vie serait extraordinaire.

Le Londres secret
de Nadia Osipova

Bonjour ! Je m'appelle Nadia Osipova et je suis accro à Londres. J'ai vécu ici toute ma vie d'adulte et j'adore cette ville : les touristes, les restaurants hors de prix et totalement inauthentiques, les trottoirs bondés, les légers retards du métro... Ha, ha ! Je plaisante (enfin presque), mais depuis que j'ai appris mon expulsion éventuelle, je me suis découvert une passion pour cette ville. Quand un homme (ou une femme) est fatigué de Londres, c'est qu'il est fatigué de la vie ; car on trouve à Londres tout ce que la vie peut offrir. Ou un truc dans le genre.

Mais Londres ne se limite pas à Buckingham Palace, aux musées et aux excursions en bateau sur le lac Serpentine (même si ces activités sont très sympas) — au cours des années que j'ai vécues ici, j'ai découvert que la vieille ville cache de nombreux secrets...

Voici mon top 15 !

1. Incrustés dans la façade du WH Smith de Cannon Street, abrités derrière une grille, se trouvent les vestiges d'une roche calcaire autrefois bien plus grande, car... c'est comme ça (cette

histoire avait déjà été oubliée à l'époque des Tudor). Il est cependant communément accepté que la pierre est arrivée à Londres avec les Romains, bien que certains préfèrent croire qu'elle provient de l'autel d'un temple bâti par Brutus de Bretagne, l'homme mythique qui a fondé Londres un millier d'années avant l'arrivée desdits Romains. Niveau trois de l'échelle du romantisme, la pierre de Londres serait celle dont le roi Arthur a extrait l'épée Excalibur. Quoi qu'il en soit, elle est arrivée ici, et la légende dit que sa destruction annoncera celle de la ville.

2. Londres est célèbre pour ses histoires sinistres et ses fantômes — pour une poignée de livres, vous pourrez participer à des visites guidées à travers les sites les plus macabres. Mais elles n'incluront certainement pas le fantôme le plus étrange des contes londoniens : celui du poulet déplumé de Pond Square. Selon la légende, Francis Bacon (oui, celui qui apparaît assez fréquemment dans les films sur Elizabeth Ire), pris dans une tempête de neige en janvier 1626, découvrit la théorie de la réfrigération (il ne fallait pas être un génie !). Impatient de tester son idée, il s'empressa d'acheter un poulet qu'il égorgea avant de farcir sa carcasse de neige pour voir si le froid permettait de préserver la chair. Par une merveilleuse ironie, Bacon n'obtint jamais la réponse : au cours de son périple, il contracta un vilain coup de froid qui se transforma en pneumonie et le tua deux jours plus tard. Mais ce n'est pas le spectre mécontent de sir Francis Bacon qui hante Pond Square. Plusieurs personnes ont rapporté pendant des centaines d'années qu'un poulet fanto-matique apparaissait de nulle part et tournait en rond sur la place en battant frénétiquement des ailes avant de disparaître soudainement. Alors, si vous êtes du côté de Highgate un soir,

vous pourriez peut-être aller faire un tour sur cette place et voir si le poulet apparaît pour vous…

3. Londres est une ville éblouissante, mais elle manque furieusement de plages, n'est-ce pas ? Eh bien, si vous prenez la Central Line vers l'ouest et que vous descendez au terminus, vous trouverez un bassin de retenue doté d'une plage artificielle niché près de Ruislip Woods. Le vieux bassin a été transformé en piscine de plein air destinée au canotage et à la pêche en 1933 et, bien que la pollution ait fini par pousser les autorités à interdire la baignade un certain temps, il y a une pataugeoire où la propreté de l'eau est désormais considérée comme acceptable (!) pour faire trempette (à condition d'être désespéré). La plupart des gens se contentent de profiter du paysage — il faut à peu près une heure et demie pour faire le tour du bassin à pied, mais vous pouvez aussi emprunter le charmant train miniature tenu par des bénévoles.

4. Empreint de la grandeur et de la romance que la mort revêt pour les victoriens, le cimetière de Highgate est l'un des plus célèbres du monde, mais la plupart des Londoniens ignorent où il se trouve. En parcourant ses allées, vous découvrirez les tombes de poètes, de peintres, de princes et d'indigents, y compris (parmi les plus célèbres) Karl Marx, le romancier George Eliot, l'homme qui a inventé la poste moderne et celui qui a inventé le cinéma ! Vous pourrez facilement vous perdre dans ses sentiers venteux en admirant les majestueuses tombes gothiques typiques du XIXe siècle — même si de nos jours le cimetière est plus connu pour son prétendu vampire. Les filles, si vous cherchez un frère Lestat/Edward/Salvadore, prenez la Northern Line !

5. La plupart des gens vont au Crystal Palace pour… euh… voir le Crystal Palace, ce qui est assez logique. Mais si les squelettes de dinosaures grandeur nature vous branchent, n'oubliez pas pour autant le parc du Crystal Palace, un vaste terrain typique de l'époque victorienne. Une étendue merveilleusement sauvage dotée d'un lac où vous pourrez faire de la barque et d'un autre où vous pourrez pêcher (les deux activités ne devant jamais se mélanger), de sculptures d'espèces animales disparues (le site du Conseil de Bromley décrivant celles-ci comme étant rien de moins que « la réponse victorienne à Jurassic Park » et vous conseillant, de manière très contradictoire, de prendre votre smartphone pour accéder à la visite audio), d'un labyrinthe naturel et d'un petit zoo (si vous préférez les animaux dont l'espèce n'est pas encore éteinte).

6. Si vous allez au nord du nord de Londres, vous arriverez à Enfield, où les rois Plantagenêts possédaient un terrain de chasse. Dissimulée dans la végétation qui recouvre désormais la zone, vous trouverez une île entourée de douves artificielles, connues depuis la nuit des temps comme les douves de Camelot. Des fouilles archéologiques ont révélé qu'un grand château trônait autrefois sur le site et existait déjà à l'époque des Romains. Sans surprise, les douves de Camelot sont le lieu de rassemblement des adeptes de spiritisme et de magie, et beaucoup croient que cet endroit a été habité par le légendaire Camelot. Le spectre du château du Graal est censé apparaître aux plus croyants ! Quoi que vous pensiez du roi Arthur, la promenade à travers le parc et autour de l'île rendra votre après-midi magique.

7. Vous ne pouvez pas ne pas remarquer le Windmill International — son enseigne n'étant pas parmi les plus subtiles. Il fut autrefois connu sous le nom de Windmill Theatre et demeure célèbre aujourd'hui encore pour avoir produit le premier spectacle de filles nues de la capitale dans les années 1930. Avant cela, la situation économique de l'établissement était catastrophique — les spectacles de variétés n'attirant plus les foules —, ce qui poussa les propriétaires à s'inspirer de la stratégie commerciale du Moulin-Rouge. Toutefois, pour éviter la censure de lord Chamberlain, les filles devaient rester totalement immobiles, comme des statues (leur argument étant : comment des statues nues pourraient-elles être moralement répréhensibles ?). Certains soldats impertinents y venaient lorsqu'ils étaient en permission et jetaient des souris ou des araignées sur la scène dans l'espoir que les filles crieraient ou s'agiteraient un tant soit peu. Mais les filles du Windmill restaient parfaitement stoïques. Tout comme le théâtre. « Nous ne fermons jamais », affiche-t-il clairement, encore maintenant. Et effectivement, les spectacles du Windmill furent maintenus même sous les bombardements de la Seconde Guerre mondiale. Désormais (après une courte période durant laquelle le Windmill a été un cinéma/casino), l'établissement est un club de strip-tease haut de gamme. Quoi qu'il en soit, il est toujours drôle de constater le goût immuable des Britanniques pour une jolie paire de seins (même sous les bombes des Allemands).

8. Le palais de Westminster est connu dans le monde entier — même si certains Londoniens ne savent même pas qu'il porte ce nom. En effet, il est plus communément appelé Houses of Parliament, puisque le Parlement s'y réunit depuis

le xiiie siècle. Le palais — le plus grand du Royaume-Uni —
possède huit bars, six restaurants, mille pièces, cent escaliers,
onze cours, un salon de coiffure et un champ de tir (comme
toute propriété digne de ce nom, bien entendu). Une vieille
légende prétend que personne n'est autorisé à passer l'arme
à gauche dans le palais (si vous êtes un peu pâlot, il est donc
vraisemblable qu'ils appellent aussitôt une ambulance). Cela
vient probablement du fait que, le palais étant (officiellement,
pas en pratique) une résidence royale, quiconque y mourrait se
verrait offrir d'onéreuses funérailles nationales. Mais la chose la
plus intéressante au sujet du palais de Westminster, c'est que
ses ascenseurs sont dotés, encore aujourd'hui, d'un crochet
pour suspendre son épée. Et dans la Chambre des Communes,
les places sont espacées de la distance de deux épées. Juste
au cas où le débat s'envenimerait.

9. La carte du métro de Londres est probablement l'une des
images les plus emblématiques de la capitale. Le réseau compte
270 stations actives, mais aussi 40 stations oubliées ou fantômes.
Ces arrêts ont été fermés en raison du faible nombre d'usagers
qui les empruntaient. Désormais, leurs façades donnant sur la
rue ont été transformées en All Bar Ones ou en Pizza Express,
mais les quais et les tunnels existent encore… Si vous savez où
et quand regarder, vous pourrez apercevoir les vieux quais par
la fenêtre du métro — parfois, elles sont encore carrelées, et le
nom de la station y est fièrement affiché. La plus célèbre et la
moins oubliée des stations est celle d'Aldwych, fermée dans
les années 1990 en raison d'une sous-fréquentation chronique.
Elle reste utilisée lorsque les sociétés de production souhaitent
tourner une scène dans une station londonienne typique. Ces

petits morceaux d'histoires pittoresques ne subsisteront plus très longtemps, cependant. Transport of London recherche activement des investisseurs pour transformer plusieurs d'entre elles en bars, discothèques ou restaurants. Essayez de les apercevoir dans leur gloire abandonnée avant que cela n'arrive (et après, allez-y pour boire des cocktails, évidemment).

10. Les fans de Peter Pan de J.M. Barrie sauront probablement que les Darling, tout comme Barrie lui-même, vivaient dans le quartier de Kensigton Gardens, et c'est précisément à cet endroit que Barrie a décidé d'implanter la statue en bronze de Peter qu'il avait commandée. La statue a été secrètement érigée au cours d'une nuit de l'année 1912, apparaissant comme par magie au petit matin du 1er mai, à la grande joie des enfants. Elle ne fit pas l'unanimité, cependant. Des questions furent posées à la Chambre des Communes au sujet de la possibilité pour un auteur de promouvoir son travail en érigeant une statue de son personnage principal au beau milieu d'un parc public ! Les enfants l'adorent néanmoins et ils continuent à grimper sur les animaux de la forêt et les fées sculptés sur son socle pour essayer d'approcher le garçon qui n'a jamais grandi ! Désormais, ils peuvent même utiliser leur smartphone pour scanner un flashcode leur permettant de recevoir un appel personnalisé de Peter Pan en personne ! Au cours de l'histoire, toutes les représentations de Peter ont été moulées sur la statue, et il en existe de nombreuses reproductions à travers le monde.

11. Allez à Embankment et tendez le cou pour apercevoir l'Aiguille de Cléopâtre. Elle a presque trois mille cinq cents ans, et sa jumelle se trouve à New York. Pillée à Louxor, en Egypte,

et transportée jusque-là à un coût faramineux, l'Aiguille a été de nouveau érigée à Londres en 1878. On dit qu'une capsule témoin dissimulée dans son socle contient (entre autres choses) des cigares, un rasoir, un portrait de la reine Victoria, des horaires de bus, la copie de dix quotidiens nationaux et les photos de douze beautés anglaises contemporaines. Le nom de Cléopâtre est totalement inapproprié, puisque le monolithe avait déjà plus de mille ans à l'époque de sa naissance. Et bien sûr, comme tout artéfact égyptien digne de ce nom, l'Aiguille est censée être maudite — en tout cas, elle fut le premier monument de Londres à être frappé par une attaque aérienne lors de la Première Guerre mondiale. Pendant que vous y êtes, allez jeter un coup d'œil aux deux sphinx en bronze qui flanquent l'obélisque. Ils ont été installés le dos tourné, si bien qu'ils regardent l'Aiguille plutôt qu'ils ne la gardent, la rumeur affirmant que la Reine Victoria trouvait cette disposition bien plus esthétique.

12. Lorsque vous visiterez le Shakespeare's Globe Theater (parce que, soyons sérieux, vous ne pouvez pas ne pas y aller), n'oubliez pas de jeter un coup d'œil au Ferryman's Seat. A l'époque, seul existait le London Bridge pour traverser la rivière à pied. Ce n'était pas très pratique. Alors, les taxis de l'époque, les *ferrymen*, alignaient leurs bateaux le long de la berge pour transporter les passants d'une rive à l'autre. Les lieux de divertissement — maisons closes et théâtres — étaient regroupés sur la rive gauche et, souvent, les clients demandaient aux *ferrymen* de les attendre pendant qu'ils profitaient des délices de Southwark. Ces hommes avaient besoin de bancs. Et voilà d'où vient ce vieux banc en granit où les courageux *ferrymen* pouvaient reposer leurs os éprouvés par les rudes traversées à

travers l'eau boueuse de la Tamise. C'est le dernier de Londres. Je ne m'aventurerais pas à m'y asseoir.

13. Partez en direction de l'est, sur l'EC4, à mi-chemin entre Londres et Tower Bridges, et là, au beau milieu de la ville, vous découvrirez les ruines anciennes d'une église, Saint Dunstan in the East. Initialement construite par les Normands, aux alentours de l'an 1100, l'église était déjà très vieille lorsqu'elle a été endommagée par le grand incendie de 1666. Comme la plupart des bâtiments londoniens, elle fut alors reconstruite grâce à l'aide de sir Christopher Wren et parvint ainsi à tenir jusqu'au XIXᵉ siècle, quand elle fut de nouveau rebâtie. Puis, en 1941, l'église a été gravement touchée par les bombardements des Allemands. Etrangement, les parties les plus anciennes résistèrent le mieux, la tour de Wren et le clocher ayant survécu à l'attaque. La décision fut prise de ne pas la reconstruire et, dans les années 1970, les ruines furent transformées en jardin public, une jolie bulle de verdure coupée du monde au cœur de la ville.

14. Visitez Big Ben. Je parie que vous vous dites que c'est sans doute l'endroit le plus touristique de Londres et que vous me soupçonnez d'essayer de vous piéger, puisque vous savez évidemment que Ben est la grande cloche et non la tour en elle-même (ça, c'est la tour Elizabeth). Mais saviez-vous que les visites guidées de Big Ben sont gratuites pour tous les résidents du Royaume-Uni ? Le truc, c'est que vous devez écrire à votre député local pour lui demander très, très poliment de vous inscrire sur la liste — et avec un maximum de dix mille personnes autorisées chaque année, c'est une liste assez longue...

15. Les sept nez de Soho. Les oreilles cachées de Covent Garden. Non, je n'ai pas perdu la tête. Ce sont de vrais objets, et ils sont légendaires, puisqu'ils sont censés porter chance à ceux qui les découvrent tous ! Un peu partout dans Soho se trouvent sept sculptures de pifs. Dans les années 1990, l'artiste Rick Buckley a installé plus de trente-cinq nez en réaction à l'installation controversée de caméras de surveillance (des nez sous le nez des caméras, vous captez ?). La farce ne fut pas médiatisée et plusieurs légendes urbaines ont depuis cherché à expliquer la présence de ces nez mystérieux. On dit que le nez placé sous l'Arc de l'Amirauté a été installé là pour se moquer de Napoléon ou encore que les hommes de la cavalerie toute proche le frottent pour se porter chance lorsqu'ils passent sous l'arche. Un autre artiste, Tim Fishlock, a repris cette idée en installant des oreilles cachées autour de Covent Garden (« les murs ont des oreilles… »). Il y en a deux qui sont assez faciles à trouver sur Floral Street, mais la plupart restent encore à découvrir…

Bonne exploration !

NADIA X

Composé et édité par HarperCollins France.

Achevé d'imprimer en septembre 2016.

La Flèche
Dépôt légal : octobre 2016

Pour limiter l'empreinte environnementale de ses livres, HarperCollins France s'engage à n'utiliser que du papier fabriqué à partir de bois provenant de forêts gérées durablement et de manière responsable.

Imprimé en France